Es geschah in Berlin 1972

Petra Gabriel

Im Rausch

Ein Kappe-Krimi

Jaron Verlag

Petra Gabriel, geborene Stuttgarterin, ist gelernte Hotelkauffrau, Dolmetscherin und Journalistin. Als freiberufliche Autorin lebt sie in Laufenburg und Berlin. Sie schreibt historische Romane, Jugendbücher und Krimis, zudem verfasst sie Kurzgeschichten. Zur Krimireihe «Es geschah in Berlin» trug sie bereits vier Bände bei, zuletzt «Tod eines Clowns» (2015).

Originalausgabe
1. Auflage 2019

www.jaron-verlag.de
Umschlaggestaltung: Bauer+Möhring, Berlin
Satz: Prill Partners | producing, Barcelona
Druck und Bindung: CPI books GmbH, Leck

ISBN 978-3-89773-866-9

Für Horst Bosetzky (1938–2018),
den Kollegen und Freund,
der mich mit Kappe bekannt gemacht hat

PROLOG

ALLES war wie sonst in der Hafenstraße in Königs Wusterhausen, in dieser idyllischen Wohngegend mit den gemütlichen Einfamilienhäusern. Ihr gegenüber reckten sich große Kiefern der Augustsonne entgegen. Die brütende Hitze brachte die Luft zum Flirren. Ab und zu bog ein Radfahrer auf einen Plattenweg ab, der von der Hafenstraße in den Wald führte. Paul B. kannte jeden Quadratmeter um das Wasserwerk, das in dem Waldstück lag. Gegen siebzehn Uhr war der 32-jährige Sicherheits- und Brandschutzinspektor auf dem Weg nach Hause. Er freute sich auf seine Familie, auf seine Frau und seinen dreijährigen Sohn.

Paul B. war glücklich über sein neues Moped, denn Fahrradfahren wäre an diesem 14. August des Jahres 1972 sehr schweißtreibend gewesen. Er dachte darüber nach, dass Erich Honecker in elf Tagen Geburtstag feierte, am selben Tag wie seine Frau Monika. Sie wurde dreißig Jahre alt. Übermorgen, so hoffte Paul B., würde er Nachricht bekommen, ob es mit dem Kurzurlaub in Schwerin klappte. Wenigstens zwei Tage. Das sollte die Geburtstagsüberraschung für seine Frau werden. In etwa zwei Wochen, am 1. September, mussten die Kinder zurück auf die Schulbänke.

Meer, Wind, Wellen – Paul B. seufzte sehnsuchtsvoll. Als er gestern zur Arbeit gefahren war, hatten die Meiers gerade ihren Trabant beladen. Sie fuhren jeden Sommer an die Ostsee. Es hatte den üblichen Vorbereitungsstress gegeben. Die Kinder waren ständig im Weg gewesen und deshalb weggeschickt worden. Sie hatten dann Fußball auf dem Wäscheplatz vor dem dreistöckigen Mehrfamilienhaus gespielt. Eigentlich war das nicht erlaubt.

Im Haus lebten Ärzte und Krankenschwestern mit ihren Familien, die manchmal auch Nachtdienst hatten. Aber niemand hatte Einspruch erhoben, trotz des Lärms.

Auch am Zentralflughafen Berlin-Schönefeld schien alles zu sein wie immer. Der Lärm der Flugzeugstarts und -landungen, der von dort herüberschallte, war für die Menschen im Ortsteil Neue Mühle von Königs Wusterhausen an der Tagesordnung. Die TU-134, die IL-18 oder die IL-62 waren nun mal laut. Königs Wusterhausen, die Kleinstadt nahe dem Berliner S-Bahn-Ring, die zum Bezirk Potsdam gehörte, war für die Bewohner ohne die ständigen Überflieger nicht mehr vorstellbar.

Am 22. April 1970 hatte die DDR-Staatsfluglinie Interflug ihren ersten Langstreckenjet vom Typ Iljuschin IL-62 vom großen Bruder Sowjetunion bekommen. Der 51-jährige Kommandant Heinz P. flog die IL-62 seit ihrer Einführung. Er hatte 8100 Flugstunden mit über vier Millionen Kilometern Flugerfahrung vorzuweisen, auch als Pilot der IL-14 und der IL-18. Mit Urlaubern an Bord sollte es an die Schwarzmeerküste gehen. An seiner Seite wusste er an diesem Tag erfahrene Männer: Copilot Lothar W. mit 6041, Navigator Achim F. mit 8570 sowie Flugingenieur Ingolf S. mit 2258 Flugstunden. Die 148 Fluggäste an Bord der IL-62 mit der Kennung DM-SEA wurden von vier Flugbegleiterinnen betreut. Christa K. war eine von ihnen. Sie begriff als Erste, dass etwas nicht stimmte. Unwillkürlich begann sie zu beten.

KAPITEL EINS
in dem Peter Kappe einen Toten findet

PETER KAPPE streifte mit Wolle Kaufmann, seinem Kollegen vom sogenannten Diskussionskommando, durch Charlottenburg. Die Gegend war als «Brennpunkt für Diskussionen und Bürgeraufruhr» eingestuft worden. Bisher sah es allerdings gut aus, keine Antiräumungsdemo weit und breit. Hoffentlich kam er heute mal früher heim. Sarah hatte von einer Überraschung gesprochen.

Peter vermutete, dass sich seine Eltern zu einem Besuch angekündigt hatten. Denn heute, am 30. März 1972, wurde seine Tochter ein halbes Jahr alt. Die Kleine war ungeplant, aber dafür umso heftiger in sein Leben getreten – und sie hatte es komplett umgekrempelt. Tabea Gertrud Kappe. Der Name Tabea sollte an die jüdische Herkunft seiner Frau erinnern. Im Arbeiter-und-Bauern-Staat, aus dem Sarah geflüchtet war, war die Ausübung des jüdischen Glaubens nicht gern gesehen und zog Repressalien nach sich. Seit Sarah in West-Berlin lebte, konnte sie sich aber den religiösen Riten ihrer Mutter ohne Angst vor staatlichen Übergriffen widmen. Neulich hatte sie sogar einen siebenarmigen Leuchter mitgebracht. Ja, die Dinge hatten sich geändert, nicht nur, weil Sarah jetzt in einem anderen Staat lebte, sondern auch, weil sie inzwischen selbst Mutter und damit Teil einer Tradition war.

Der zweite Vorname der Kleinen, Gertrud, war ein Kompromiss. Damit hatte Peter seinen Eltern Gertrud und Otto einen Gefallen tun wollen.

Peter wurde warm ums Herz. Er nannte seine Tochter einfach

Tabbi. So ein kleiner Sonnenschein, der einen anstrahlte, das war schon was. Und eine Frau, die sich freute, wenn er nach Hause kam. Zumindest meistens. Ihretwegen lebten sie jetzt in Berlin, obwohl er als Psychologe in der Wendland-Klinik hätte bleiben können, anstatt zur Polizei zu gehen. Aber Sarah fand, es sei wichtig, in der Nähe der Großeltern der Kleinen zu wohnen. Wenigstens mit einem Großelternpaar sollte Tabea aufwachsen. Sarahs Mutter war Witwe und lebte in der DDR, in Köpenick. Der Vater war während des Pogroms in Kielce am 4. Juli 1946 erschlagen worden.

Der Alltag hinterließ in Peters Ehe langsam Spuren, ein Baby war nicht immer eitel Freude und Sarah oft müde. Der erste Lack der jungen Liebe blätterte ab. Doch die Verbindung hielt. Obwohl Sarah sich mehr und mehr in eine Feministin verwandelte. «Die 68er-Revolte», pflegte sie zu sagen, «das ist doch die Revolution der Männchen und Sexisten. Die freie Liebe wird nur propagiert, damit die mehr Frauen zur Auswahl haben. Lass dir ja nicht einfallen, mir untreu zu werden! Dann bin ich weg. Nichts mit freier Liebe und so!»

Dabei hatte Peter gar nicht vor, sie zu betrügen. Er liebte seine Frau, er achtete sie. Sarah, seine schöne braunäugige Sarah mit dem blonden Lockenkopf, der trotz der Geburt immer noch knabenhaften Figur und der schmalen Taille wusste, was sie wert war. Sie bildete sich ihre eigene Meinung und hielt sich nicht an die gängigen Verhaltenskodizes.

Auch mit seinem Vater kam Peter wieder besser zurecht. Das war nicht zuletzt auf die Polizeiarbeit zurückzuführen. Peter war inzwischen einer von sechzig sogenannten Laberbullen vom Diskussionskommando des Referats MEK 5, der Einsatzgruppe Erprobung und Sonderaufgaben, kurz EgrEuS genannt.

Die Polizeieinheit war 1969, rund zwei Jahre nach dem Tod von Benno Ohnesorg und der zunehmend eskalierenden Gewalt in den Straßen Berlins, gegründet worden. Anfangs hatte sie nur aus 47 Männern bestanden. Deshalb war sie ursprünglich auch Gruppe 47 genannt worden. Nun waren es schon sechzig. Das

Wort Laberbullen war schnell in die Berliner Alltagssprache eingegangen. «Reden statt knüppeln» lautete jetzt die Devise.

Peter schaute sich um. Vieles in dieser Gegend war ihm vertraut. Er war hier aufgewachsen. Die Eltern lebten seit Ewigkeiten im Horstweg. Eigentlich ein friedlicher Kiez. Doch jetzt lag Ärger in der Luft. Und Staub. Der Bau der U-Bahn-Linie 7 Richtung Spandau hatte auch jenen der schiefen Häuser im Sumpf von Charlottenburg den Rest gegeben, die bisher noch vom Abriss verschont geblieben waren. Sie sackten immer weiter ab. Die teilweise eilig angeordneten und schlecht geplanten Räumungen hatten den Zorn der Bürger zusätzlich befeuert. Besonders bei der Blitzräumung im Februar in der Hebbelstraße hatte es Proteste und Aufruhr gegeben. Sogar der Bausenator Rolf Schwedler hatte die Räumung im Nachhinein als überstürzt bezeichnet.

Es gärte nicht nur hier im Charlottenburger Sumpf. Peter und seine Kollegen besuchten auch die Studenten an der Freien Universität, um zuzuhören, zu schlichten und zu deeskalieren. Die Wut auf die USA und die Professoren, die für die staatliche Ordnung standen, war groß. Der Vietnamkrieg, dieses sinnlose Abschlachten, trieb die jungen Leute auf die Barrikaden. Peter verstand jeden, der dagegen protestierte. Er fühlte sich durchaus nicht immer wohl in seiner neuen Rolle als Polizist. Viele der Vorbehalte gegen das etablierte System teilte er.

Der Charlottenburger Sumpf war eine der größten Bausünden Berlins. Kurz nach 1900 hatte der Baulöwe Alfred Schrobsdorff im Dreieck von Zillestraße, Fritschestraße und Hebbelstraße jene Miethäuser errichten lassen, die jetzt fielen. Und das im Bereich eines Torfgrabens und des ehemaligen königlichen Karpfenteichs, mitten im Morast. Man hätte wissen können, dass hier niemals Häuser hätten erbaut werden dürfen. Doch die Gier nach Rendite hatte einmal mehr den Sieg über die Vernunft davongetragen.

1955 hatten dann die ersten der vom Einsturz bedrohten Quergebäude und Seitenflügel abgerissen werden müssen. Nun, rund achtzehn Jahre später, sollten die Häuser vollends verschwinden. Das wollten einige der Bewohner nicht einfach so hinnehmen. Es brodelte hinter den Kulissen, der Senat befürchtete Ausschreitungen. Und genau diese sollten die beiden Polizisten vom Diskussionskommando verhindern. Ihre Aufgabe war es, mit Argumenten für Deeskalation zu sorgen. Aber was gab es da schon zu diskutieren? Die Häuser mussten weg.

Peter wurde auf zwei ältere Damen in geblümten Kittelschürzen aufmerksam. Sie beobachteten etwa fünfzig Meter vor ihm mit griesgrämigem Gesichtsausdruck einen Bauarbeiter im Blaumann, der in das Führerhaus eines Krans kletterte. An der mächtigen Maschine auf der anderen Straßenseite baumelte eine Abrissbirne.

Wolle Kaufmann würdigte die Frauen keines Blickes. Er hielt einen Vortrag über den Abriss der Häuser. Peter ließ es über sich ergehen, obwohl er die ganze Geschichte kannte.

«Det hätte alles nicht sein müssen. Die von der Baufirma für die U-Bahn-Station Wilmersdorfer Straße ham mehr als hundert Kubikmeter Grundwasser die Stunde abgepumpt. Kein Wunder, det hier allet abgesackt is. Inzwischen müssen die 'ne Extraerlaubnis fürs Pumpen von solchen Mengen einholen.»

Peter nickte, aber er war mit seinen Gedanken ganz woanders. Er hatte eine Bewerbung für die Zulassungsprüfung zum Kripo-Fachlehrgang abgeschickt. Die sollte sehr schwierig sein. Aber er wusste genau, worauf er sich einließ. Als Kind eines Beamten der Mordkommission hatte er schon so einiges mitbekommen. Erst hatte sich sein Onkel Hermann, dann dessen Neffe Otto, sein Vater, inzwischen 61 Jahre alt, im Dienste der Kripo abgerackert. Und bald würde er das womöglich auch tun. Hoffentlich. Denn noch war er bei der Schutzpolizei.

«Du bist 'n Streber, Peter!», sagte Wolle Kaufmann. «Aber zuhören tuste nicht. Müsstest du aber können als Psychologe.»

«Wie kommst du darauf?»

«Na, da bist du schon een Studierter, aber dann musstestе ja unbedingt Schupo werden. Und nun reicht es dir nicht, den Schupo-Fachlehrgang II zu machen. Nee, die Kripo muss es sein.

Aber klar doch, wenn der Vater schon bei der Mordkommission gedient hat … Liegt praktisch im Blut, die Kriminalistik, wa? Is wie bei Kaisers.»

Das klang, als glaubte Wolle, Peter wolle mit Vitamin B, mit Beziehungen Karriere machen.

Das mit dem Vater bei der Mordkommission stimmte natürlich, aber beide hatten lange Zeit ein kompliziertes Verhältnis zueinander gehabt. Inzwischen konnten sie wieder entspannter miteinander umgehen. Otto Kappe hätte seinem Sohn aber niemals Vorteile verschafft.

Peter schmunzelte in sich hinein. Er sah seinen Vater in Gedanken vor sich, wie er mit Tabea spielte, voller Staunen angesichts dieses kleinen Wunders. Otto und Gertrud Kappe waren ganz verrückt nach ihrer Enkelin. Mittlerweile hatten sie auch Sarah ins Herz geschlossen. Deshalb begegnete Peter seinem Vater nun öfter. Sie hatten Frieden geschlossen, schon der Kleinen zuliebe. Otto hatte nach wie vor seine Vorbehalte gegen Peters linke Vergangenheit. Aber er sagte nichts mehr dazu.

«Kaiser gibt's bei uns schon lange nicht mehr», erwiderte Peter leicht verärgert über Wolles Bemerkung und fügte hinzu, dass ein Mann schließlich seine Familie ernähren müsse. Er runzelte die Stirn. Nein, es war noch lange nicht sicher, dass das mit der Bewerbung klappte. Seit Neuestem gab es den sogenannten Radikalenerlass, der allen das Leben schwerzumachen drohte, die sich in der linken Szene zu Hause gefühlt hatten. So wie er. Seine diesbezüglichen Kenntnisse hatten ihm zwar gemeinsam mit seinem Psychologiestudium nach einer ungewöhnlich kurzen Anfangszeit als Quereinsteiger bei der Bereitschaftspolizei die Aufnahme beim Kommunikationskommando beschert, doch nun drohte ihm seine Vergangenheit Schwierigkeiten zu bereiten. Er befürchtete, als Radikaler eingestuft zu werden.

Das neue Gesetz, auch Extremistenbeschluss genannt und von den Ländern im Januar 1972 auf Bestreben der CDU verabschiedet, konnte Berufsverbot für ihn bedeuten. Denn danach durfte nur derjenige in das Beamtenverhältnis berufen werden, der jederzeit aktiv für die freiheitliche demokratische Grundordnung im Sinne des Grundgesetzes eintrat. Peter war zu Ohren gekommen, dass einige Kollegen bereits überprüft wurden. Wenn die Sachverständigen nun zu dem Schluss kamen, dass er, Peter Kappe, in der Vergangenheit nicht jederzeit für die freiheitliche demokratische Grundordnung eingetreten war, dann bedeutete dies das Aus für seine Polizeikarriere.

«Guck mal dort vorn auf der anderen Straßenseite! Gleich kracht die Abrissbirne in ein weiteres Haus!», sagte er zu Wolle, statt weiter auf dessen Vorwurf einzugehen.

Wolle schaute kurz hoch, zuckte aber nur mit den Schultern und fuhr fort: «Die in der Hebbelstraße haben den Bescheid, dass sie aus den Wohnungen rausmüssen, erst an dem Tag bekommen, an dem die Räumungen offiziell bekannt geworden sind. Wusstest du, dass kaum Ersatzwohnungen für die Leute bereitstehen? Auch nicht für die aus der Schloßstraße, da wo meine Oma wohnt? Den Kriech ham wa hier überstanden, un nu ditte, sagt sie.» Wolle hielt inne. Denn eine der beiden Kittelfrauen zeterte jetzt so laut, dass auch er aufmerksam wurde.

«Kiek ma, gleich is schon wieda een Jemäuer dahin. Und dann die Bruchbuden, in die se uns jesteckt ham! Man sollte die alle … Bomben inne Amtsstuben, sag ick nur, Bomben!»

Bomben? Peter schaute zu den Damen. Sie schienen ein Fall fürs Diskussionskommando zu sein. Hoffentlich konnten Wolle und er sie beruhigen. Er beschleunigte seinen Schritt.

Immerhin, die Polizeieinheit, zu der er derzeit gehörte, galt als das Fortschrittlichste vom Fortschrittlichen in der gesamten Geschichte polizeistrategischer Konzepte West-Berlins. Die «Leberwursttaktik», die noch bei der Demonstration vor der Deutschen Oper ihre Anwendung gefunden hatte, hatte ausgedient. «In die Mitte hineinstechen und an beiden Enden ausdrücken», hatte Polizeipräsident Erich Duensing am 2. Juni 1967 anlässlich der Proteste gegen den Besuch des Schahs von Persien propagiert. Der folgende Aufruhr auf den Straßen hatte aber dazu geführt, dass der Regierende Bürgermeister Heinrich Albertz und sein Innensenator den Hut nehmen mussten. Polizeipräsident Duensing war entlassen worden. Und spätestens seit den Auseinandersetzungen zwischen der Außerparlamentarischen Opposition und der Polizei am Tegeler Weg im Frühjahr 1968, als in West-Berlin ganze Hundertschaften der Polizei die Flucht hatten ergreifen müssen, war deutlich geworden, dass man eine neue Strategie benötigte. Im Frühjahr 1969 hatte dann der neue Polizeipräsident Klaus Hübner als erste Reaktion auf die anhaltenden APO-Unruhen die Aufstellung des Diskussionskommandos verfügt. Seitdem debattierten die Polizisten, mit Mao-Zitaten ausgerüstet und getreu Hübners Motto «Wer redet, wirft keine Steine».

Die beiden erbosten Damen jedenfalls wirkten, als könnten sie sich durchaus vorstellen, mit Steinen zu werfen. Es lagen ja auch genügend davon herum. Inzwischen hatten Peter und Wolle sich ihnen bis auf fünfzehn Meter genähert.

«Ick hab schon vor Jahren an den Senat jeschrieben. Und was machen die? Nüscht! Noch nich mal Messungen. Det musste doch schiefjehen. Schon der alte Otto Springer, der Baustoffhändler in der Nähe der alten Caprivibrücke war, hat det gesagt. Von dem haste bestimmt schon jehört – haste, Margret?»

Die Angesprochene nickte. Ihr Gesicht war hochrot, die Arme hatte sie vor der Brust verschränkt, ihr Minipli kräuselte sich um ihren Kopf, als stünde sie unter Strom. Sie war vielleicht siebzig Jahre, schon etwas in sich zusammengesunken, aber hatte ebenfalls eine kräftige Stimme. «Klar, den kenn ick, der wohnte am Luisenplatz. Hat mit meene Eltern verkehrt. Det Töchterchen wurde vom Kinderfräulein am alten Karpfenteich spazieren jeführt. Der war nur noch eene Pfütze und wurde dann Müllabladeplatz … 'ne Schande, so wat!»

«Weeß ick doch, Margret! Und der Springer hat von Anfang an jesagt, det mit den Häusern da, det jeht nich jut. Da ham se een paar Pfähle in den Sumpf jerammt. Und darauf ham se denn

Häuser jebaut. Hatta aber abjelehnt, da mitzumachen. Damals jab es noch anständije Leute.»

«Zu denen jehörn aba nich die im Baustadtrat. Solln *die* doch mal ihre Häuser verlassen, wo sie lange jelebt ham, und inne Bruchbude ziehn zu Wuchermieten. 'n janzet Leben einfach so futsch. Da oben, dritter Stock, det war mal meen Küchenfenster. Kannste dir noch erinnern, wie wa da jefeiert ham, als die Gören kleen warn? Schöne Zeiten warn det. Un nu? Kaum ham se uns rausjeworfen, da hat sich so 'n Gesocks einjenistet, obwohl det doch vabotn is, det da jemand wohnt. Steht übaall uffn Schildern. *Betretn vabotn!* Aba manche könn wohl nich lesn. Kannste dir noch anne Aufstände vonne Insassen inne Erziehungsheime erinnern und det viele damals wegen die üblen Zustände einfach abjehaun sind? Ick denke, zwee oda drei Jahre is det her. Und wo denkste, sind die Gören hin? Die hatten ja nüscht, ooch keen Respekt vor janüscht. Ick gloobe ja, 'n paar von denen ham die Jelegenheit für 'n Übergangsquartier gewittert und sind jetzt in unsere Wohnungen. Uns werfen se raus, und jegen die tun se nüscht. 'ne Demo ausrufen solltn wa! Wie die jungen Leute heutzutage. Die da oben mal uffrütteln.»

Die Stimme der Frau, die Margret hieß, stieg noch um eine halbe Oktave und schallte jetzt weithin durch die Hebbelstraße. «Hört ihr det, Leute? Auflehn müssen wa uns!» Dann wurde sie wieder etwas leiser. «Haste det jelesen, wat heute im *Tagesspiegel* stand über die Räumungen der Häuser inner Zillestraße, Inge? Stehn ja nun ooch leer. Offiziell jedenfalls. Rita hat jesagt, sie jeht heimlich wieder rin. Trau ick der zu. Hoffentlich passiert nüscht, wenn der da drüben im Kran uff die andere Straßenseite in der Nähe von dem Steinhaufen gleich die Abrissbirne schwingt. 'n Trauerspiel is det.»

Peter musste den Damen im Stillen recht geben. Insgesamt waren im «nassen Dreieck» bis zum heutigen Tag 436 Wohnungen, neunzehn Läden, zwei Gaststätten und ein Kino geräumt worden, wie der Leiter des Charlottenburger Bauaufsichtsamtes,

Baudirektor Horst Georg Lüders, unlängst erklärt hatte. Hinter diesen Zahlen verbargen sich Geschichten von Verlust, Entwurzelung und Trauer.

Und das mit den überteuerten neuen Wohnungen stimmte ebenfalls. Der Charlottenburger Baustadtrat Hans-Jürgen Bultmann hatte unter Hinweis auf Mängel in den Wohnungen an die Vermieter appelliert, die zum 1. Januar zulässige fünfzehnprozentige Mieterhöhung nicht vorzunehmen. Doch kaum einer hatte sich daran gehalten. Und viele der Ersatzwohnungen waren tatsächlich Bruchbuden.

Im Moment bereitete Peter aber eine andere Sache Sorgen. Hatte er richtig gehört? War da noch jemand in den Wohnungen, die eigentlich leer stehen sollten? Wenn stimmte, was die beiden Frauen behaupteten, dann mussten sich dort nach der Räumung illegal Menschen eingenistet haben. An entlaufene Zöglinge aus Berliner Erziehungsheimen glaubte er aber weniger. Er hielt es für wahrscheinlicher, dass die Hausbesetzer, sollte es sie tatsächlich geben, aus der linken Szene stammten. Vielleicht gehörten sie den «umherschweifenden Haschrebellen» an. Einige von denen kannte Peter sogar, allerdings nicht von einem gemeinsamen Drogenrausch, sondern nur vom Sehen. Neuerdings machten sie wieder von sich reden. Sie sollten sich mit Mitgliedern anarchokommunistischer Zellen in der «Bewegung 2. Juni» zusammengefunden haben. Benannt worden war die neue Gruppe nach dem Todesdatum von Benno Ohnesorg.

Peter atmete tief durch. Hoffentlich fanden sie in den Abrisshäusern keine gewaltbereiten Aufwiegler. Dann könnte die Lage brenzlig werden. Wie auch immer, sie mussten schnellstens kontrollieren, ob sich noch Menschen in den Häusern befanden. Und das, bevor der Kranführer mit seiner Abrissbirne loslegte.

Unwillkürlich wanderten Peters Gedanken erneut zurück in seine linke Vergangenheit. Die erschien ihm manchmal wie ein anderes Leben. Er hatte die Seiten gewechselt, redete jetzt auf Demonstranten und Unzufriedene ein. Er war einer der Psychobullen, oft belächelt, aber irgendwie doch akzeptiert. Bei den Laberbullen sah Peter die Chance, sein psychologisches Wissen für die Stärkung des sozialen Friedens einzusetzen. Die Anwendung von Gewalt zur Veränderung der gesellschaftlichen Verhältnisse widersprach seinen Überzeugungen zutiefst. Ja, der Untertanengeist hatte verheerende Folgen gehabt. Trotzdem glaubte Peter daran, dass es zuallererst guter Bildung bedurfte, um Kinder zu jenen mündigen Bürgern zu erziehen, für die Jürgen Habermas in der Nachfolge von Max Horkheimer und der Frankfurter Schule eintrat. Und neben der Soziologie spielte nach Peters Meinung die Psychologie dabei eine wichtige Rolle.

Der erste Chef der Laberbullen war Werner Textor gewesen – inzwischen eine Legende bei den Kollegen. Der Polizeioberkommissar mit der Dienstnummer 79 444 war ein kräftiger Mann mit ausgeprägten Gesichtszügen, der die Menschen in seinen Bann zog. Statt mit Gewalt nach Lösungen zu suchen, nutzte Textor seinen Wortwitz, die trainierte Stimme und ab und an sogar einen Zaubertrick, um zu deeskalieren. Er war zudem keiner, der katzbuckelte.

Der jetzige Chef des Diskussionskommandos, Oberkommissar Andreas Wagner, war ein anderes Kaliber, im Herzen war er ein Sozialarbeiter. Wagner schickte seine Leute schon mal mit Verpflegungsrationen zu den Hippies und Haschrauchern auf den Stufen der Kaiser-Wilhelm-Gedächtnis-Kirche. So war er bei den fliegenden Händlern, den Gedächtniskirchen-Gammlern und den Selbsthilfeorganisationen ehemaliger Rauschgiftsüchtiger bestens als «Andi» bekannt. Aber auch an den anderen größeren Unruheherden wie dem Grunewaldsee oder dem Wannsee tauchten auf seinen Befehl hin die Psychobullen auf.

Inzwischen hatten Peter und Wolle die beiden Frauen erreicht, die gerade die Straße überquerten.

«Bomben sollte man legen! Bomben! Und den Kerl sollte man von seinem Kran holen», keifte die Frau namens Margret.

«Aber meine Damen, Bomben, Gewalt – det meenen Sie doch

sicherlich nich so. Und der arme Kranführer kann auch nüscht dafür. Da finden sich bestimmt andere Möglichkeiten. Vielleicht kann ick ja helfen. Gestatten, Wolfgang Kaufmann, Schutzpolizei.»

«Erst einmal sollten wir von der Straße gehen, sonst passiert hier wirklich noch etwas», mischte sich Peter ein. Kurzerhand nahm er die beiden Frauen am Arm und führte sie auf den gegenüberliegenden Bürgersteig. Gleich darauf schrien die Damen erschreckt auf. Kein Wunder, die Erde bebte, als die Abrissbirne gegen eine nicht allzu weit entfernte Mauer krachte.

Margret schüttelte seinen Arm ab. «Da sehn Se, wat die mit unsere Wohnungen machen tun!»

Plötzlich brüllte eine männliche Stimme: «Gehen Sie sofort da weg! Hallo, Sie, gehen Sie da weg! Sehen Sie denn nicht, dass hier ein Haus abgerissen wird?»

Als Peter niemanden entdecken konnte, schaute er nach oben und begriff, dass die Stimme dem Führer des Krans gehörte, an dem die Abrissbirne inzwischen unruhig hin- und herschwang. Der Mann gestikulierte wild und wies immer wieder mit dem Arm nach unten, auf einen Haufen Steine, der sich etwa zehn Meter von ihnen entfernt direkt unter der Abrissbirne befand. Als Peter verstand, was der Kranführer meinte, bekam er einen Riesenschreck und spurtete zum Schutthaufen. Dort kniete ein junges Mädchen auf dem Boden und wühlte ungerührt im Schutt. Was um sie herum geschah, schien sie nicht zu stören. Auch um das Geschrei des Kranführers kümmerte sie sich nicht. Doch wo kam sie so plötzlich her? Vermutlich hatte er sie nicht bemerkt, weil er so stark in seine Gedanken vertieft gewesen war.

Wieder brüllte der Kranführer. Peter war bei der jungen Frau angelangt und fasste sie bei der Schulter. «Sind Sie wahnsinnig geworden? Was tun Sie hier? Sie müssen sofort weg von hier. Stehen Sie auf! Wenn Sie nicht aufpassen, werden Sie noch von der Abrissbirne oder von herumfliegenden Steinen getroffen.»

Große grüne Augen sahen zu ihm auf. «Ich suche die Vergangenheit», sagte sie sanft. «Die, in der noch alles besser war. Die muss hier irgendwo vergraben sein. Vielleicht kommt sie jetzt wieder heraus, weil die Häuser abgerissen werden. Dann werd ich sie zu meinen Freunden bringen.» Das Mädchen kicherte.

Peter hätte beinahe mitgelacht, so ansteckend war ihr Kichern. Dann registrierte er die geweiteten Pupillen, die unreine Gesichtshaut. Das Mädchen war so mager wie eine streunende Katze. Offenbar eine Fixerin. Verwahrlost schien sie aber nicht.

«Kommen Sie, ich bringe Sie nach Hause. Sie können hier nicht bleiben!»

Sie runzelte die Stirn. «Ich geh nicht hier weg. Ich hab schon einen Zipfel der Vergangenheit gesehen. Da, schau!»

Der Kranführer schimpfte erneut lauthals. Schließlich schüttelte er den Kopf.

Peter versuchte das Mädchen wegzuzerren, doch sie war erstaunlich stark, stärker, als er vermutet hatte.

«Ich geh hier nicht weg. Erst müssen wir die Vergangenheit herausholen, sonst erstickt sie. Da, schau!»

Peter begriff, dass er keine Wahl hatte, wenn er nicht Gewalt anwenden wollte. «Da ist nichts.» Er trat an den Steinhaufen, in dem sie gewühlt hatte.

«Sehen Sie, da ist ...»

Er erstarrte. Doch, da war etwas. Zwischen den Steinen schimmerte etwas Hautfarbenes. «Hören Sie sofort auf, da liegt ein Mensch vergraben!», rief er dem Kranführer zu. «Wolle, komm her! Hilf mir!»

Der Kranführer schien verstanden zu haben, denn er begann, von seinem Kran herunterzuklettern.

Peter räumte mit fliegenden Händen Steine zur Seite und dankte dem Himmel für die Trockenheit in den letzten Wochen, im März hatte es kaum geregnet. Bald bedeckte ihn Staub, und er musste husten. Das Mädchen war inzwischen von alleine aufgestanden und schaute ihm zu.

Zwei Minuten später wühlte auch der Kranfahrer neben Peter

Kappe und Wolle Kaufmann im Schutt. Doch schnell wurde klar: Sie kamen zu spät. Der Mann unter den Steinen war tot.

«Haste det gesehen? Das …» Inge schwand die Stimme.

Der Kranführer war kreidebleich. «Ich hab das Mädchen vorhin nicht gesehen. Die muss gekommen sein, während ich auf den Kran gestiegen bin … Wirklich, ich hab sie jetzt erst entdeckt.» Der Mann wimmerte fast.

«Ganz ruhig. Das wird sich alles klären. Ich werde das Mädchen jetzt nach Hause bringen. Bleiben Sie bitte hier, bis die Kollegen kommen», antwortete Peter ihm.

Der Kranführer nickte.

«Wie heißen Sie?»

«Gieseke, Paul Gieseke.»

«Ich verlasse mich auf Sie. Mein Kollege wird Ihre Personalien aufnehmen.» Peter sah zu Wolle. «Ich suche ein Telefon, sage den Kollegen Bescheid, und dann bringe ich das Mädchen erst einmal nach Hause. Sie sieht aus, als stünde sie unter Drogen. In diesem Zustand kann sie nicht vernommen werden.» Er wandte sich an die junge Frau. «Wo wohnen Sie?» Er rechnete eigentlich nicht mit einer klaren Antwort.

«Wir können zum Richter gehen. Grätz. Der beschäftigt sich oft mit der Vergangenheit. Da putzt meine Mutter heute», sagte sie voller Stolz, als müsse jedermann wissen, wer der Richter war. «Das ist nicht weit. In Charlottenburg.»

«Gibt es da ein Telefon?», fragte Peter.

«Natürlich», sagte sie und kicherte ein weiteres Mal.

«Dann mal los.» Peter Kappe packte die junge Frau zur Sicherheit am Arm, und beide machten sich auf den Weg.

KAPITEL ZWEI

in dem Otto Kappe die Ermittlungen aufnimmt

ETWA EINE STUNDE SPÄTER stand Kriminaloberkommissar Otto Kappe neben Steinhaufen und Leiche und machte sich Sorgen. Ihn beschäftigte aber nicht die Frage, wie der Tote in den Charlottenburger Schutt gekommen war, das würde er schon noch klären. Er machte sich Gedanken über seinen Leibesumfang. Einst hatte Kappe die Figur eines Mittelstreckenläufers gehabt, doch die war längst der eines gemütlichen, ziemlich molligen Bären gewichen. Es wurde für ihn zunehmend schwieriger sich zu bücken, zum Beispiel beim Schnürsenkelbinden. Deswegen suchte er sich in letzter Zeit unauffällig einen Ort, an dem er sich setzen konnte, wenn er seine Schuhe anzog. Seine Frau Gertrud pflegte in solchen Fällen regelmäßig und ziemlich spitz anzumerken: «Otto, du musst etwas für deine Figur tun, mach Sport!» Ebenso regelmäßig erwiderte er dann: «Mach ich doch.» Und stets lautete ihre Antwort: «Kegeln und Fußballgucken reicht nicht.»

Gertrud … Otto Kappe musste zugeben, dass sich seine Frau gut gehalten hatte. Sie war immer noch schlank und sah aus wie aus dem Ei gepellt. Sie arbeitete als Kontokorrentbuchhalterin bei Sarotti in Tempelhof und hatte seit einigen Jahren Prokura. Soweit er wusste, war sie eine bei den Kollegen beliebte und bei den Chefs geschätzte Mitarbeiterin. Solch einen Spagat musste man erst einmal hinbekommen. Nur der etwas verkniffene Zug um den Mund passte nicht zu ihrer äußerlichen Perfektion. Es war nicht immer alles rundgelaufen in ihrer Ehe, und die Krisen hatten ihre Spuren hinterlassen. Aber auch nach dem letzten großen Streit waren sich Gertrud und er einander wieder nähergekommen. Für seine

Ehe galt, was auch andere Beziehungen bestimmte: Die Liebe und das gegenseitige Vertrauen waren zerbrechlich und konnten schnell verloren gehen. Eines wusste Kappe jedoch: Gertrud war ebenso bereit wie er, am Erhalt ihrer Partnerschaft zu arbeiten. Und ebenso wenig wie er war sie jemand, der schnell davonlief. Auch wenn es heutzutage in Mode gekommen zu sein schien, sich scheiden zu lassen. Ein Eheversprechen war ein Eheversprechen. Und es war heilig. Da waren sich Gertrud und er einig, nicht nur weil sie einen gemeinsamen Sohn hatten.

Peter hatte immer schon ein engeres Verhältnis zu seiner Mutter gehabt als zu ihm. Vielleicht war das normal. Glücklicherweise gab es nun Sarah und Tabbi, den kleinen Sonnenschein. Kappe lächelte, als er an seine Enkelin dachte. Anfangs hatte er Sarah, der studierten Medizinerin aus der DDR mit den jüdischen Wurzeln, eher skeptisch gegenübergestanden. Peter hatte sie bei einem Urlaub am Balaton kennengelernt und ihr dann zur Flucht nach West-Berlin verholfen. Inzwischen mochte Otto Kappe die Frau, die so unversehens zu seiner Schwiegertochter geworden war – nämlich als klar geworden war, dass sie ein Kind von Peter erwartete.

Sarah verstand sich gut mit Gertrud und tat alles, um Vater und Sohn einander näherzubringen. Das rechnete Otto Kappe ihr hoch an. Außerdem war sie klug genug, um das nicht allzu direkt zu versuchen. Offenbar hatte sie in ihrem früheren Leben Erfahrungen mit Sturköpfen gesammelt. Vielleicht hatte es davon auch welche in ihrer Familie gegeben. Sarah vermisste ihre Mutter und hatte immer wieder versucht, Kontakt zu ihr aufzunehmen. Doch die wollte mit ihr, der Republikflüchtigen, nichts mehr zu tun haben. Auch nicht, nachdem die kleine Tabbi geboren worden war.

Otto Kappe stand also im nassen Dreieck und schickte sich an, sich zu dem Toten im Schutt hinunterzubeugen. Dabei schnaufte er unwillkürlich. Das Bücken fiel ihm wegen seiner Leibesfülle immer schwerer. Wie ein Walross, dachte er. Vielleicht hatte Gertrud doch recht, er musste mehr für seine Linie tun. Diese ganze neumodische Diäterei widerstrebte ihm allerdings zutiefst.

Die drei Männer von der Kriminaltechnik hatten den Toten im Schutt bereits zum großen Teil freigelegt. Kappe nickte ihnen zu und ging in die Knie, um die Leiche aus der Nähe zu betrachten.

Der Kollege von der KT, der neben ihm stand, wich zur Seite. Kappe kannte ihn nicht, er musste neu sein.

«Passen Sie auf!», bekam er zu hören.

«Wo ist denn Wuttke?», muffelte Kappe zurück.

«Was weiß denn ich! Mal wieder im Urlaub, glaub ich.»

«Na Meester, da kiekste, wa?», sagte da eine bekannte Männerstimme.

Kappe schaute hoch und grinste verhalten. Der Kollege Hans-Gert Galgenberg war eingetroffen. Er gehörte seit einigen Jahren dem Verein zur Erhaltung der Berliner Mundart an und verwendete, wenn immer es angemessen schien, Berliner Jargon. Galgenberg war vor kurzer Zeit zum Kriminalkommissar befördert worden. Kriminalrat Friedhelm Keunitz, ihrer beider Chef, hatte Druck gemacht und erklärt, Galgenberg sei aufgrund seiner unbestreitbaren Verdienste endlich «an der Reihe». Kappe war schon lange dieser Meinung gewesen. Der Rangunterschied zwischen ihnen hatte ohnehin nie eine Rolle gespielt. Sie waren längst mehr als Kollegen. Sie waren Freunde.

Wie immer zweckmäßig gekleidet und auf alles vorbereitet, stand Galgenberg neben ihm, in seiner inzwischen jahrzehntealten graugrünen Jacke, Nietenhosen und einer Art halbhoher Cowboystiefel. Hinter der randlosen Brille, die wie festgetackert auf dem freundlichen Mondgesicht saß, zwinkerte sein linkes Auge Kappe zu. Der Kollege liebte diese Brille und weigerte sich standhaft, eine neue anzuschaffen. Auch seine Frau Sabine konnte ihn nicht davon überzeugen, sich eine neue Sehhilfe zuzulegen.

Zur Überraschung aller hatte Galgenberg vor einigen Jahren geheiratet. Denn eigentlich hatte ihn jeder für den typischen ewigen Junggesellen gehalten. Seine Frau Sabine war Buchhändlerin und liebte Fontane. Kappe mochte sie. Gertrud konnte sie nicht leiden. Frauen! Was sollte man da machen? Frauen hatten es eben nicht so mit der Logik.

Die Galgenbergs lebten nun schon eine Weile in Steinstücken, der kaum einen Kilometer langen und dreihundert Meter breiten, zum Zehlendorfer Ortsteil Wannsee gehörenden Exklave mitten in der DDR. Um zur Arbeit zu kommen, musste Galgenberg einen DDR-Grenzposten passieren, weshalb er ab und an zu spät zum Dienst erschien. Vor etwa zwei Jahren hatte er sogar einmal einen Republikflüchtling in seinem Holzschuppen entdeckt. Da war es noch später geworden mit dem Dienstantritt.

«Was machst du hier überhaupt?», fragte Kappe.

«Keunitz hat mich geschickt.» Immer wenn Galgenberg ernst oder amtlich wurde, sprach er fast astreines Hochdeutsch. Hin und wieder aber auch aus Gründen, die Kappe nicht genau nachzuvollziehen vermochte.

«Aha», meinte Kappe nur. Er wusste auch nach vielen Jahren nicht so recht, was er von Kriminalrat Friedhelm Keunitz halten sollte, der sich immer so steif und gerade hielt, als könne er auf diese Weise ausgleichen, was der Herrgott ihm an Körpergröße versagt hatte. Vielleicht wollte er auch nur imposant erscheinen. Das Einzige, was indessen an Keunitz, äußerlich gesehen, nachhaltig beeindruckte, waren seine mächtigen Augenbrauen und die Bartstoppeln, die ihn schon nach einem halben Tag wie unrasiert wirken ließen.

Otto Kappe dachte darüber nach, wie er am elegantesten wieder in die Senkrechte kam.

«Und? Biste zu irgendeener Erkenntnis gelangt?» Galgenberg schaute interessiert.

«Tot ist er.»

«Wat du nich sagst! Schon lang? Wat sagen die Zeugen dazu? Jibt's überhaupt Zeugen? Wer hat denn den Toten jefunden? Und wie heißta?»

«Hans-Gert, nun spiel hier nicht das Maschinengewehr! Ich bin ja auch noch nicht lange da.»

«Außerdem bin ick hier die Beschauerin», meldete sich eine weibliche Stimme zu Wort. «Det Wann und Wie is meene Sache.»

Galgenberg schaute verkniffen. Dr. Doreen Niedergesäß, geborene Krüger, seit zwei Jahren an der Seite von Dr. Konrad König am Pathologischen Institut des Städtischen Krankenhauses in Moabit, Invalidenstraße 59, tätig, war nicht sein Fall. Die Gerichtsmedizinerin war ihm zu forsch. König und Niedergesäß verstanden sich dagegen prächtig, entgegen allen Unkenrufen. Denn König war Schwabe und die Niedergesäß eine Urberlinerin. Und diese beiden Volksstämme konnten angeblich überhaupt nicht miteinander.

«Immer mit die Ruhe und dann mit 'm Ruck, wa? Dann geh ick ma lieber Zeugen befragn. Wo sind denn die?» Galgenberg sah sich um, eine Augenbraue fragend hochgezogen.

Kappe wies mit dem Finger auf zwei Männer, die abseitsstanden. Galgenberg schlurfte zu ihnen.

«Na, denn machen Se ma Platz, damit ick wat seh. Nee, nich wegkrabbeln. Ick meente, uffstehn», befahl Frau Dr. Doreen Niedergesäß. Auch an diesem Tag trug sie einen der von ihr so geliebten Hosenanzüge. Wieder einmal erinnerte sie Kappe an Claire Waldoff, allerdings an eine ziemlich feministisch eingestellte Version der Volkssängerin. Vielleicht lag das an der handfesten Art der Dame. Frau Dr. Niedergesäß fackelte nicht lange und wusste sich durchzusetzen. Sie war mit drei Brüdern aufgewachsen und mit einem Richter des Kriminalgerichts Moabit verheiratet. Gelernt war eben gelernt.

Schnaufend tat Kappe, wie ihm befohlen. Irgendwie mochte er die Walküre aus dem Moabiter Totenreich – wie Galgenberg Doreen Niedergesäß zu nennen pflegte – und ihre burschikose Art.

«Nu stehn Se nicht rum wie der da drüben vonne KT mit seine Schaufel, nämlich wie 'n Abeetadenkmal.»

Kappe trat zur Seite und sah zu, wie sich Doreen Niedergesäß zur Leiche niederbeugte. Sie schnaufte kein bisschen, trotz ihres Formats. Sie ist auch viel jünger, sagte sich Kappe. Dann machte er sich weiter seine Gedanken zu dem Toten im Schutt. Der hatte dunkle Haare. Sein Gesicht wirkte ein wenig wie eine Maske. Wie war der Mann wohl unter die Steine gekommen? Ob er noch gelebt hatte, als er dort eingebuddelt worden war? Die blauen Augen starrten in den Charlottenburger Himmel, sein Gesicht war blutverschmiert. Alles schien darauf hinzudeuten, dass der Mann kurz vor seinem Tod in eine Schlägerei verwickelt gewesen war. Eines seiner Augen war blutunterlaufen. Ob er weitere blaue Flecke hatte, konnte Kappe nicht sehen, dafür musste die Leiche erst entkleidet werden.

Kappe öffnete den Mund, um etwas zu fragen.

«Nee», sagte Dr. Doreen Niedergesäß.

«Wie jetzt?»

«Sie wolln wat fragen. Ick hab Ihnen die Antwort jejebn.»

«Wie, nee?»

«Ick weeß nich, oba noch jelebt hat, als er da rinjeraten is, ick meene, zwischen die Steine, und wann det war. Hättet jeregnet, könnte ick mehr sagen. Aber det war janz sicher nachm letzten Rejen. Und der is schon 'ne Weile her. Is allet viel zu trocken. Schreckliche Sache, det mit die Waldbrandgefahr. Nu ja, jedenfalls hab ick keenen genaueren Zeitpunkt. Ick muss ihn erst mitnehm. Der erste Augenschein is dafür nich jenug.»

«Sie können wohl Gedanken lesen.»

«Kann ick nich. Aba ick kenn Se doch. So wat fragen Se imma. Ham Se nüscht anderes zu tun?»

Kappe war sprachlos. So leicht war er zu durchschauen? «Na», sagte er, «dann helfe ich mal meinem Kollegen Galgenberg.»

Doch vorerst kam er nicht dazu. Denn zwei Frauen unterhielten sich so laut und so schrill, dass man sie einfach nicht überhören konnte.

«Der Kerl reißt sich keen Bein aus. Steht rum und stöhnt wie

’n lahmer Gaul. Aba sag mal, den kenn ick doch. Wohnt der nich im Horstweg? Die Frau von dem kiekt immer so wehleidig.»

Jetzt erkannte auch Kappe die Damen, die ihren Platz in sicherem Abstand hinter der Absperrung behaupteten, welche die Kollegen von der KT errichtet hatten. Es handelte sich um die beiden größten Tratschtanten der Gegend. Er sah sich um. Die Kollegen von der Spurensicherung hatten ihre Arbeit am Steinhaufen wieder aufgenommen. Inzwischen hörten sie widerspruchslos auf die Kommandos von Frau Dr. Niedergesäß. Einer machte Fotos vom Tatort, andere begannen die Gaffer zurückzudrängen, die sich in immer größerer Zahl an der Absperrung drängten.

Kappe marschierte auf die beiden Damen zu. «Guten Tag, wir kennen uns vom Sehen. Wenn ich mich nicht täusche, leben Sie schon lange in diesem Kiez. Kennen Sie den Toten vielleicht?»

«Gloob ick nich», antwortete die eine der beiden Frauen.

Die andere schüttelte den Kopf.

«Können Sie das mit Sicherheit sagen? Haben Sie sich ihn genau angeschaut?»

«Nur ’n kurzen Blick», räumte Inge ein. «Aber den kenn wa nich.»

«Der muss sich wohl irgendwie nach die Räumung von die Häuser wieder ringeschlichn ham. ’n Obdachloser, vamute ick.»

Kappe seufzte innerlich. Das waren gleich zwei schlechte Nachrichten. Erstens: Kein Hinweis auf die Identität des Toten. Zweitens: Offenbar trieben sich noch immer Menschen in den Abrisshäusern herum, obwohl sich da eigentlich niemand mehr aufhalten durfte. Und da der Abriss bereits begonnen hatte, war Eile geboten, sonst würde noch jemand zu Schaden kommen. Das bedeutete, sie brauchten Unterstützung, um alles abzusuchen. Schnellstens.

Galgenberg näherte sich ihm.

«Und – was sagen die Zeugen?»

Galgenberg deutete auf einen jungen Schutzpolizisten. «Det is Wolle Kaufmann. Kennste den?»

Kappe wiegte den Kopf.

«Nich? Na, dann halt dir fest. Also, Wolle Kaufmann, um genau zu sein Wolfgang Kaufmann, ist ein Zeuge, wenn auch kein Tatzeuge. Falls es denn eine Tat gegeben hat. Er hat den Toten zusammen mit einem Kollegen gefunden. Er kommt nachher zu uns ins Büro und macht seine Aussagen nochmals fürs Protokoll.»

«Und?»

«Wie und?»

«Und wer ist der andere? Der, der neben diesem Kaufmann steht?»

«Det is 'n Kranfahrer. Der kann nüscht Erhellendes sagen, wie ick det einschätze. Aber det hab ick nich gemeint. Beim Auffinden der Leiche warn noch weitere zwee Jestalten beteiligt.»

«Und?»

«Du wiederholst dir. Der eene is eene die, 'ne Göre, die da im Schutt jebuddelt hat. Der andere is, nu halt dir fest, dein Sohn Peter. Der hat det Gör entdeckt, wie se im Schutt jewühlt hat. Angeblich uff der Suche nach de Vergangenheit. Die war irgendwie plemplem. Kaufmann vermutet, die war uff Drogn. Und denn hat dein Peter den Toten entdeckt.»

Kappe ließ sich seine Verwunderung nicht anmerken. «Peter. Aha. Auf der Suche nach der Vergangenheit?»

«So hat es Wolle Kaufmann gesagt. Oder besser, det Mädchen.»

«Und wo sind die beiden jetzt?»

«Die sind losgegangen, um den Fund zu melden.»

«Und?»

«Mensch Otto, du nervst! Die sind bei irgendeinem Richter, der hier in der Gegend wohnt, dort wolln se telefoniern.»

«Richter?»

«Ick gloobe langsam, du bist 'n Papagei.»

«Und was soll das mit der Vergangenheit?»

«Wat weeß denn ick! So wie ich deinen Peter kenne, is der inzwischen schon längst im Präsidium am Platz der Luftbrücke eingetroffen, vermutlich mit der Zeugin.»

KAPITEL DREI

in dem Otto Kappe und sein Sohn den Auftrag bekommen, zusammen zu ermitteln

KRIMINALRAT FRIEDHELM KEUNITZ saß hinter seinem Schreibtisch im Präsidium und dozierte, als Otto Kappe zusammen mit Hans-Gert Galgenberg sein Büro betrat. Dozieren war eine von Keunitz' Lieblingsbeschäftigungen. Und Peter Kappe hörte andächtig zu. Zumindest tat er so.

Kappe stutzte, als er sich seinem Sohn so unvermittelt gegenübersah. Einige Sekunden überlegte er fieberhaft, wie er reagieren sollte. Dann entschied er sich, so zu tun, als sei es ganz normal, dass er Peter im Büro des Leiters der Mordkommission traf. Wie lange kannten sie sich nun schon, er und der Leiter der Kriminalinspektion M I der Abteilung K wie Kriminalität im Polizeipräsidium West? Kappe erschrak, als er errechnet hatte, dass Keunitz nun schon seit rund 22 Jahren sein Chef war.

Der Kriminalrat hatte sich in dieser Zeit kaum verändert. Trotz der Niederungen, mit denen er es zu tun bekam, hatte er sich etwas Jungenhaftes bewahrt. Er trug die Haare nicht mehr militärisch kurz rasiert wie zu Anfang ihrer Bekanntschaft, sondern punktete bei den Frauen inzwischen mit einem Lockenkopf. Der lichtete sich allerdings schon etwas im rückwärtigen Bereich. Die neue Frisur ließ sein Gesicht weicher erscheinen. Das konnte aber auch daran liegen, dass er nicht mehr ganz so spillrig wirkte wie in den Anfangsjahren, sondern mittlerweile mehr zum Napoleon-Typ mutiert war. Dem von der Schlacht bei Waterloo. Seine tragende Stimme tat das Ihrige.

«Es ist gut, dass die U7 seit Januar letzten Jahres von der Möckernbrücke bis zum Fehrbelliner Platz führt. Das ist eine der bisher größten U-Bahn-Streckenverlängerungen, wie Sie sicherlich wissen. Die war unbedingt notwendig. Allerdings ist es ärgerlich, dass wegen der Grundwassersenkungen im sogenannten nassen Dreieck von Charlottenburg die Häuser abgesackt sind», erklärte er in wichtigem Tonfall. Er hielt inne und nickte Otto Kappe zu. «Oberkommissar Kappe, gut, dass Sie da sind. Und Galgenberg ist gleich mit von der Partie. Kollege Kynast müsste auch jeden Moment kommen. Ebenso wie Fräulein Lenné. Polizeimeister Kaufmann war auch schon bei mir und hat Bericht erstattet. Er ist aber bereits wieder gegangen.»

Kappe war verblüfft. «Wieso denn Fräulein Lenné?», fragte er. Erst langsam begriff er, dass er die Kriminalmeisterin von der Weiblichen Kriminalpolizei wiedersehen würde. Ihm wurde leicht blümerant in Erinnerung an vergangene Zeiten, in denen er ihr mehr als einmal verstohlen hinterhergeschaut hatte. Doch das war lange her. Lenné sollte inzwischen in festen Händen sein. Einige von Lennés früheren Freunden hatten zur US-Armee gehört. Als junge Frau war sie oft in der «Eierschale» am Breitenbachplatz gesehen worden. Sie liebte Jazz, aber auch Rock'n' Roll und hatte häufig im «Silver Wings» am Columbiadamm getanzt, bis die Sonne aufgegangen war. Nun aber waren die wilden Jahre wohl auch für sie vorbei.

«Setzen Sie sich, wir warten noch, bis die anderen da sind. Sonst muss ich alles zweimal erzählen.» Keunitz wies auf zwei Holzstühle, die um einen kleinen Tisch standen. Auf dem dritten saß Peter. Otto Kappe nickte ihm kurz zu.

«Die Zillestraße führte früher den Namen Wallstraße, wie Sie sicher wissen», setzte der Kriminalrat seine Ausführungen über das nasse Dreieck fort.

Drei Männerköpfe nickten.

«Sie leben doch in der Nähe, Kappe, nicht wahr? Horstweg, wenn ich mich recht erinnere. Dann wissen Sie sicherlich genauestens, wovon ich rede. Die Schloßstraße endete früher in Höhe der Zillestraße vor dem Lietzenseegraben. Friedrich I., der erste preußische König, ließ den Lietzenseegraben aufstauen, und es entstand ein Karpfenteich. An dem hatten seine Nachfolger kein sonderliches Interesse mehr, der königliche Tümpel verlandete und wurde 1856 schließlich zugeschüttet. Als zu Beginn des 20. Jahrhunderts hier erstmals Bauten entstanden, ignorierte man, dass der Untergrund morastig war. Und später machte man es nicht besser. Typische Berliner Planung. Das ist jedenfalls meine unmaßgebliche, vor allem aber inoffizielle Meinung.»

Unterschätzt? Ja, so konnte man das natürlich auch ausdrücken. Jetzt hatte Otto Kappe genug. Wieso plusterte sich Keunitz so auf? «Der Lietzenseegraben war nicht der einzige Wasserlauf vor dem Schloss Charlottenburg. In der Nähe floss früher der Schwarze Graben, ein kleiner Seitenarm der Spree, der teilweise mehr als dreißig Meter tief und schlammig war. Vom Volkspark Wilmersdorf aus nahm er seinen Weg durch Schöneberg, genauer gesagt, er folgte dem Winterfeldtplatz und der Charlottenburger Kaiser-Friedrich-Straße, um dann an der Lohmeyerstraße in die Spree zu münden. Beim Bau des Bahnhofs Charlottenburg hatte der Schwarze Graben dann teilweise kanalisiert werden müssen, damit das Bahnhofsumfeld überhaupt zu bebauen war. Die Planer hätten die Situation im Untergrund eigentlich kennen und in ihre Überlegungen miteinbeziehen müssen. Meiner Ansicht nach kann man das ruhig laut und offiziell sagen.»

Keunitz schaute leicht unterkühlt.

Erneutes Klopfen an der Tür – und inneres Aufatmen bei Otto Kappe, Hans-Gert Galgenberg und Peter Kappe, die darauf hofften, dass Keunitz seinen Vortrag jetzt beenden würde.

Kollege Günter Kynast betrat das Zimmer, wie immer mit betont jugendlichem Schritt. Er war 1927 geboren, ignorierte aber standhaft, dass er die vierzig nun auch schon eine Weile überschritten hatte. Zur Begrüßung hob er nur die Hand. In Ermangelung weiterer Stühle blieb er stehen. «Kriminalmeisterin Lenné lässt ausrichten, sie sei noch bei einem anderen Einsatz», erklärte er sodann.

«Davon wusste ich nichts. Na, dann legen wir los, wir können ja nicht ewig warten», entschied Keunitz.

Acht Augenpaare musterten ihn erwartungsvoll. Das gefiel dem Kriminalrat offensichtlich. «Wir haben da diesen Bombenanschlag vom 2. Februar im britischen Yachtclub, bei dem ein Hausmeister ums Leben gekommen ist. Erwin Lüttke. Eine Bewegung 2. Juni hat sich dazu bekannt. Die ist relativ neu, deshalb wissen wir noch nicht genau, wer dahintersteckt. Die Kollegen vom Staatsschutz kommen nicht so recht voran», erklärte er leutseliger, als es zu dem Thema passte. «Kappe, den Fall übernehmen Sie!»

Otto Kappe war überrascht. Damit hatte er nicht gerechnet. «Ist das der Fall, bei dem der Hausmeister vom britischen Yachtclub einen Gegenstand, den er gefunden hat, in seinen Schraubstock eingespannt hat? Ich habe in der Zeitung gelesen, das Ding hätte wie ein Feuerlöscher ausgesehen. Keine Ahnung, warum dieser Lüttke einen Feuerlöscher öffnen wollte, aber das hätte er wohl nicht tun sollen. Der Inhalt reagierte heftig. Das Gemisch aus Zucker und Unkrautvernichter explodierte und zerfetzte den armen Mann. Zwei Autos der in Berlin stationierten britischen Streitkräfte sind meines Wissens kurz danach ebenfalls in die Luft geflogen, auch aufgrund von Sprengsätzen aus Unkrautvernichter und Zucker. Glücklicherweise saß niemand drin.» Kappe sah den Kriminalrat fragend an. «Aber ich verstehe nicht, was wir da ausrichten sollen. Die Ermittlungen laufen doch bereits. Die leitet der Generalbundesanwalt, wenn ich richtig informiert bin. Schließlich war bisher immer von Terrorismus die Rede. Außerdem müssten die Briten das genehmigen.»

«Im Prinzip schon. Allerdings ist das keine rein interne Angelegenheit der Engländer. Hier ist schließlich ein Deutscher gestorben. Deswegen fällt das sehr wohl in die Zuständigkeit der Mordkommission. Zumindest, bis eindeutig klar ist, ob wir es tatsächlich mit Terrorismus zu tun haben.»

Kappes Miene verdüsterte sich. Das hörte sich nach schwierig abzugrenzenden Zuständigkeiten an. Und so etwas bereitete immer Probleme. Unangenehme Probleme. «Ich dachte, das mit dem Terrorismus sei eindeutig.»

Keunitz zuckte mit den Schultern. «Es gibt bei bestimmten ... Stellen Zweifel.»

«Bei *bestimmten Stellen*, soso. Kein Terrorismus? Das glaube ich nicht. Denken Sie doch nur an den Anschlag auf unser Landeskriminalamt Anfang März. Es heißt, dahinter stecken dieselben Leute wie in Gatow, diese neue Bewegung 2. Juni. Es gab doch auch in diesem Fall ein Bekennerschreiben. Ich dachte, beide Anschläge hängen mit der Erschießung von Thomas Weisbecker bei seiner Festnahme Anfang März in Augsburg zusammen. Der hatte doch mit der Kommune I Kontakt und auch mit den Berliner Tupamaros. Auf ihrem kurzen Flugblatt mit der Aufschrift *Jetzt reicht's!* bezieht sich diese Gruppe meines Wissens außerdem auf die im letzten Jahr ebenfalls bei einer Festnahme erschossenen Petra Schelm und Georg von Rauch, die allesamt der militanten Linken angehörten.»

Kappe konnte sich noch gut daran erinnern. Von Rauch war festgenommen worden, nachdem er zusammen mit Weisbecker und einem weiteren Komplizen den *Quick*-Journalisten Horst Rieck zusammengeschlagen hatte. Im Juli letzten Jahres hatten sich Weisbecker, von Rauch und der dritte Komplize vor dem Moabiter Kriminalgericht verantworten müssen. Die Verhandlung war wegen weiterer Beweisanträge vertagt worden, das Gericht war dem Antrag auf Haftverschonung für den dritten Mann sowie für Weisbecker nachgekommen. Lediglich von Rauch hatte aufgrund eines Brandanschlags auf das Kammergericht und eines Verfahrens wegen Opiumbesitzes zurück in die Untersuchungshaft gemusst. Das eigentlich Spannende an dem Fall war aber, dass Weisbecker und von Rauch einfach die Rollen getauscht hatten. Von Rauch war anstelle von Weisbecker unbehelligt aus dem Gerichtssaal marschiert.

Später hatte Weisbecker seine Identität preisgegeben und war laufengelassen worden. Trotz der vorübergehenden Verhaftung wegen Beihilfe zur Flucht gelang es ihm erneut, unterzutauchen. Dann war ihm die Polizei in Augsburg auf die Spur gekommen. Erst vor wenigen Wochen, am 2. März, war er beim Versuch der Festnahme erschossen worden.

«Das passt doch alles zusammen – Bombenanschlag, Terror, Rache für erschossene Gesinnungsgenossen. Und jetzt wollen Sie uns plötzlich sagen, dass diese Gruppierung nichts mit dem Anschlag im Yachtclub zu tun hat?», fragte Kappe.

«Meiner Meinung nach nicht. Bekennen können sich viele. Die Bomben waren sicherlich nicht das Werk von Profis. Ich glaube im Gegensatz zur Bundesanwaltschaft, die den Fall aus den bekannten Gründen ziemlich schnell an sich gezogen hat, dass es sich um einen als Terrorismus getarnten Mordanschlag handelt. Bloß, dass da der Falsche in die Luft geflogen sein könnte.»

Keunitz hielt offenbar nicht viel von den Ermittlungen der Karlsruher Behörde. Und wo die Bundesanwaltschaft die Terrorismusermittlungen leitete, war auch der Verfassungsschutz nicht weit. Das gefiel Kappe nicht. «Und wer wäre der Richtige gewesen?»

«Genau das sollen Sie herausfinden, Kriminaloberkommissar Kappe.»

«Aber …»

«Nichts aber! Das ist unser Fall und ganz sicherlich nicht der des Bundeskriminalamtes oder gar des Verfassungsschutzes, auch wenn sich der da schon eingemischt hat. Aufgrund der Vorgehensweise habe ich nämlich große Zweifel, dass es sich um einen terroristischen Anschlag handelt. Der britische Stadtkommandant sieht das ähnlich, der hat sich telefonisch bei mir beschwert, gewissermaßen auf dem kleinen Dienstweg. Wir kennen uns. Generalmajor Alan Cathcart hält gar nichts von Ermittlungen des deutschen Staatsschutzes auf britischem Hoheitsgebiet. Er glaubt ebenfalls nicht an einen Terroranschlag. Er sagt, es gebe keinerlei Anhaltspunkte dafür, dass ein Freizeitgelände mit harmlosen Seglern ins Visier von Terroristen geraten sein könne. Anderenfalls hätten sie das selbst gemerkt. Aber nun, da es um Mord geht, bin ich mir sicher, Sie als erfahrener Ermittler finden einen für alle Seiten gangbaren Weg, Oberkommissar Kappe.»

Keunitz machte eine vielsagende Pause und fuhr dann fort. «Sie können jetzt vermuten, die Briten fürchten insgeheim um ihren Ruf als Ordnungsmacht. Aber mal unter uns: Was schadet es, wenn wir, auch im Zeichen der Völkerverständigung, die Angelegenheit vorerst nicht ganz so hoch ansiedeln? Sie sind ein hervorragender Ermittler, Kappe, und denen beim Bundeskriminalamt können wir noch lange das Wasser reichen. Falls sich bei Ihren Nachforschungen aber doch herausstellen sollte, dass Terroristen im Spiel sind, sehen wir weiter.»

Hier ging es also um Kompetenzgerangel in Zusammenhang mit dem Viermächtestatus von Berlin. Da konnte er ja nur zwischen die Stühle geraten. Kappe begriff sehr wohl, warum die Bundesanwaltschaft die Ermittlungen ursprünglich an sich gezogen hatte. Die ganze Nation war im Ausnahmezustand seit den Geschehnissen von 1968 und erst recht seit der Radikalisierung von Teilen der Linken. Diese ständigen Tumulte, dieses Hinterfragen von allem Hergebrachten war tatsächlich schwer zu ertragen. Insbesondere die Bereitschaftspolizei bekam ihr Fett ab. Selbst aus den südlichen Bundesländern mussten Einheiten anrücken, wenn wieder eine Demonstration angekündigt war. Die Berliner schafften es nicht mehr allein. Sie hatten genug mit den Schlägereien und Kundgebungen zu tun, die nicht angekündigt waren, und jede Menge Überstunden auf dem Konto. Und sie hatten nicht wenige Blessuren davongetragen, trotz Schutzausrüstungen und Wasserwerfern. Nicht allen, die sich den Demonstranten anschlossen, ging es um politische Veränderungen, um Proteste gegen den Vietnamkrieg. Einige ließen einfach ihrem Hass auf alles und jeden, besonders auf Besserverdienende, freien Lauf oder hofften auf Diebesbeute. Nicht selten flogen Steine, manchmal auch Molotowcocktails. Geschäfte wurden geplündert, Autos angezündet. Und wenn es einen Sprengstoffanschlag gab wie den am britischen Yachtclub, der nicht binnen kürzester Zeit aufgeklärt werden konnte, dann schrillten quer durch alle Dienstebenen die Alarmglocken.

«Wir haben einen Toten in Charlottenburg.» Otto Kappe klang verstimmt.

«Ihr Sohn hat mir zusammen mit seinem Kollegen bereits alles erklärt. Besonnener Mann, Ihr Sohn, Kappe. Er hat den Leichenfund schnellstens gemeldet – von Richter Grätz aus, der in der Nähe des Fundorts lebt. Die Zeugin hat er gleich der Mutter übergeben, die bei der Familie Grätz arbeitet. Sie sei Zugehfrau, sagte Ihr Sohn. Ich habe sofort erste Schritte in die Wege geleitet, aber das betrifft Sie ja jetzt nicht mehr. Nur zu Ihrer Information – ich weiß ja, wie pflichtbewusst Sie sind –, es sind bereits Kollegen von der Bereitschaftspolizei unterwegs, die die Häuser in der Umgebung des Fundorts durchsuchen. Vielleicht finden die einen Hinweis auf den Toten. Auf jeden Fall müssen wir dafür sorgen, dass sich niemand mehr in den geräumten Wohnungen aufhält. Ist denn überhaupt schon klar, ob es sich nicht um einen Unfall handelt?»

Otto Kappe schüttelte den Kopf. «Frau Doktor Niedergesäß ist noch dran.»

Keunitz zuckte nicht mit der Wimper. «Na, sehen Sie! Wenn geklärt ist, ob der Mann ermordet wurde oder nicht, können wir ja immer noch weitersehen. Aber jetzt kümmern Sie und Ihr Sohn sich erst einmal um Gatow. Ich brauche dort Leute mit Fingerspitzengefühl.»

«Grätz? War det nich der Richter, der den Kriminalobermeister Karl-Heinz Kurras wegen der Tötung von Benno Ohnesorg anlässlich des Schah-Besuchs am 2. Juni 1967 freigesprochen hat?»

«Jaja, Kollege Galgenberg.» Kriminalrat Keunitz wurde ungeduldig.

«Die junge Frau, die bei dem Toten gefunden wurde, heißt Ulrike Gerke», warf Peter Kappe ein.

«Das können Sie Ihrem Vater und seinem Kollegen Galgenberg alles später erzählen. Ich brauche Sie beide jetzt erst mal im britischen Yachtclub. Da ist am 2. Februar immerhin ein Mensch in die Luft geflogen, dazu laut derzeitiger Aktenlage zwei Pkws. Aber das habe ich Ihnen ja schon vorhin erklärt. Noch einmal: Das ist alles ziemlich chaotisch gelaufen. Da waren Dilettanten am Werk. Das lässt auch der Verfassungsschutz durchblicken. Bewegung 2. Juni? Das glaubt der ebenfalls nicht. Dennoch dürfen wir die Spur nicht ganz außer Acht lassen. Aber wir haben ja einen Fachmann, der sich in der linken Szene auskennt ... Vielleicht hilft Ihnen Ihr ... Vorleben bei den weiteren Ermittlungen in Gatow.» Keunitz schaute Peter Kappe vielsagend an.

Otto Kappe atmete tief durch. Er sah, wie sein Sohn blass wurde. Natürlich, der Radikalenerlass!

«Kappe junior, Sie kennen sich doch in der linken Szene aus, oder? Ich meine, als Mitglied des Diskussionskommandos des Referats MEK 5 sind Sie ja bestens in Maoismus und Marxismus geschult. Und obendrein studierter Psychologe ... Ihr Chef Oberkommissar Andreas Wagner hält große Stücke auf Sie. Das ist gut. Sie wissen ja selbst, dass so manchen Kollegen aufgrund dieses neuen Erlasses Ungemach droht. Das muss ja bei Ihnen nicht auch so sein. Vielleicht zeigen Sie, dass Sie dazugelernt haben und dass Sie ...» Keunitz beendete den Satz nicht.

Peter Kappe hatte sich aufgerichtet. «Heißt das, ich werde in die Ermittlungen wegen der Yachtclub-Sache einbezogen?»

«Vorerst zumindest. Je nachdem, was sich bei den Zeugenbefragungen ergibt. Ich habe bereits mit Ihrem Chef gesprochen. Der leiht Sie an uns aus. Zumal Sie ja sowieso Ambitionen haben, zur Kriminalpolizei zu wechseln, wie er mir erzählte. Was sagt denn Ihr Vater dazu?» Er blickte Otto Kappe an. «Ich meine, zur Zusammenarbeit mit Ihnen.»

Der Vater war im ersten Moment viel zu perplex, um zu antworten. Er wollte natürlich einerseits seinem Sohn helfen. Andererseits ... «Aber gern», brachte er schließlich heraus. «Und was ist mit dem Todesfall in Charlottenburg?»

«Den können vorerst Galgenberg und Kynast übernehmen. Zunächst geht es vor allem darum, herauszufinden, wer der Tote ist. Wenn wir wissen, ob der Mann ermordet wurde, sehen wir weiter. Wirklich, Kappe, wir brauchen Sie. Ich verspreche Ihnen, Sie bekommen jede Unterstützung, die Sie benötigen.»

Otto Kappe schaute skeptisch. «Jede?»

«Jede.»

«Ich brauche die Akte Gatow.»

«Ich sorge dafür. Ich kann allerdings nichts versprechen. Die liegt … mir derzeit noch nicht vor. Aber ich bin über alles informiert.»

Dass der Kriminalrat in Bezug auf die Akte so ausweichend geantwortet hatte, verhieß Otto Kappe nichts Gutes. Sein Chef schien sich also doch nicht ganz so sicher zu sein, ob es sich in Gatow um einen terroristischen Anschlag handelte oder nicht. Und nun sollte er die Kohlen aus dem Feuer holen. «Was wissen wir denn überhaupt über diese Bewegung 2. Juni?», fragte er.

«Laut unseren Informationen fand zum Jahreswechsel 1971/72 in Berlin ein Treffen von Mitgliedern der Tupamaros West-Berlin, der Haschrebellen und anderer gewaltbereiter Gruppen statt, bei dem ein Zusammenschluss diskutiert wurde. Daraus soll dann die Bewegung 2. Juni hervorgegangen sein. Aber ob die tatsächlich hinter dem Anschlag steckt? Wie man aus Unkrautvernichter und Zucker eine Bombe zusammenbasteln kann, ist heutzutage kein großes Geheimnis.»

Otto Kappe schaute seinen Sohn von der Seite an. Er konnte ihm ansehen, dass ihm klar war, dass es hier auch um seine berufliche Karriere ging. Allerdings, das musste Kappe zugeben, war es ein ziemlich kluger Zug von Keunitz, den Sohn hinzuzuziehen. Peter kannte sich in der linken Szene tatsächlich gut aus. Und dem Sohn bot sich auf diese Weise die Möglichkeit, sich vor den gestrengen Augen der Untersuchungskommission in Sachen Extremistenbeschluss zu bewähren.

«Und was ist mit diesem Mädchen aus Charlottenburg, dieser Ulrike Gerke? Was meinen Sie, Kappe junior? Haben Sie was aus ihr herausbekommen? Kennt sie den Toten? In welchen Kreisen bewegt sie sich? Nur damit die Kollegen Galgenberg und Kynast einen Anhaltspunkt haben, wenn sie den Fall übernehmen», sagte Keunitz. Er schien nicht weiter über die linksextremistische Gruppe sprechen zu wollen.

Peter Kappe schaute zu den Genannten. «Ich könnte mir vorstellen, dass sie mit den Haschrebellen in Kontakt steht. Und von denen sind ja nun einige zur Bewegung 2. Juni gestoßen. Wir müssen die junge Dame aber erst noch vernehmen. Als ich sie fand, war das nicht möglich, sie stand unter Drogen. Ich hatte aber den Eindruck, dass Ulrike Gerke den Toten kennt.»

Keunitz wirkte plötzlich sehr angespannt. «Haschrebellen? Bewegung 2. Juni? Sie sehen da einen Zusammenhang? Kann ich mir nicht vorstellen, da müssen Sie sich irren! Die Befragung der jungen Frau soll Kriminalmeisterin Lenné übernehmen, deswegen habe ich sie hinzugezogen. Eine Frau kommt sicherlich besser an die Kleine heran als ein Mann», sagte der Kriminalrat. «Ach ja, und Sie, Kollegen Galgenberg und Kynast, halten sich besser zurück, bis wir Genaueres wissen. Da die Mutter der Zeugin bei einem Richter putzt, ist es angebracht, nicht zu viel Staub aufzuwirbeln. Ich denke, Sie, Herr Kappe ...», der Kriminalrat schaute wieder den Sohn an, «... sollten die Kriminalmeisterin bei der ersten Befragung von Fräulein Gerke begleiten. Sie haben sie schließlich gefunden. Sie wird Ihnen also eher vertrauen. Das könnte hilfreich sein. Danach stehen Sie aber voll und ganz Ihrem Vater im Fall Gatow zur Verfügung, und die Kollegen Galgenberg und Kynast übernehmen. Ich versuche sofort die Kollegin Lenné aufzutreiben. Irgendwo muss sie ja stecken. Aber, Polizeimeister Kappe, noch mal: Halten Sie den Ball flach! Das Thema 2. Juni vermeiden wir am besten in diesem Zusammenhang. Wie gesagt, es ist ein Richter involviert. Das würde unnötige Unruhe verursachen. Das wäre es dann, meine Herren. Machen Sie sich an die Arbeit!»

«Herr Kriminalrat ...»

«Ist noch was?»

«Ich war doch mit einem Kollegen unterwegs», begann Peter Kappe. «Wolfgang Kaufmann. Er sagt, er hatte den Eindruck, dass Ulrike Gerke von einem Mann beobachtet wurde, ist sich aber nicht ganz sicher.»

«Davon hat er vorhin nichts gesagt. Na ja, aber er scheint sich ja sowieso nicht sicher. Vielleicht sollten Sie Herrn Kaufmann bei der ersten Vernehmung hinzuziehen», sagte Keunitz nach kurzem Nachdenken. «Wenn er Fräulein Gerke den Mann beschreibt, kann sie eventuell sagen, um wen es sich handelt. Aber noch mal zum Mitschreiben: Danach übernehmen die Herren Galgenberg und Kynast. Und jetzt werde ich versuchen herauszufinden, wo Kriminalmeisterin Lenné steckt, und sie benachrichtigen. Treffen mit ihr morgen um acht Uhr, Polizeimeister Kappe. Am besten auf dem Präsidium.»

Peter Knappe nickte. «Das passt mir gut.»

«Da brat mir doch eener 'nen Storch», murmelte Hans-Gert Galgenberg.

Erst in diesem Augenblick fiel Otto Kappe auf, dass sich der Freund und Kollege angesichts der veränderten Ermittlungslage für seine Verhältnisse ziemlich schweigsam verhalten hatte. Ebenso der Kollege Kynast.

KAPITEL VIER

in dem Peter Kappe nach der Vergangenheit forscht und Staub aufwirbelt

PETER KAPPE wartete am nächsten Morgen vergeblich auf Fräulein Lilli Lenné. Auch die Kollegen von der Weiblichen Kriminalpolizei konnten die Kriminalmeisterin nicht erreichen. So hinterließ er bei der Sekretärin Frieda Kessel eine Nachricht, wo er zu finden sein würde. Zusammen mit Wolle Kaufmann machte er sich dann auf den Weg zur Zugehfrau des Richters – oder besser gesagt zu deren Tochter.

Während der Autofahrt zu Mutter und Tochter Gerke erzählte Peter Kappe dem Kollegen vom Diskussionskommando, was sich am Vortag bei den Grätzens zugetragen hatte. Ulrike war ihrer völlig verdutzten Mutter heulend in die Arme gefallen und hatte erneut etwas von einer Vergangenheit gemurmelt, die sie im Schutt entdeckt hätte. Darüber hinaus war ihr kein vernünftiges Wort mehr zu entlocken gewesen, sosehr die Mutter sich auch bemüht hatte.

Peter Kappe hatte deshalb verkündet, er halte es für sinnvoll, Mutter und Tochter zunächst Ruhe zu gönnen. Das war auf allgemeine Zustimmung gestoßen. Frau Grätz hatte Franziska Gerke vorgeschlagen, sich vorläufig freizunehmen. Diese hatte das Angebot dankend angenommen. Und Mutter und Tochter hatten sich auf den Weg nach Hause gemacht.

Nachdem Franziska und Ulrike Gerke die Grätz'sche Wohnung verlassen hatten, hatte Peter die Gelegenheit genutzt, um allein mit der Hausherrin zu reden.

«Haben Sie noch einen Augenblick Zeit für mich?», hatte Peter die Befragung eingeleitet.

«Wenn es Ihnen nichts ausmacht, dass wir uns in der Küche weiter unterhalten. Ich habe einen Braten auf dem Herd.»

Peter war ihr in die Küche gefolgt und von einer sonnengelben Einrichtung und den neuesten Küchengerätschaften empfangen worden, die es derzeit auf dem Markt gab.

«Eine Heidepal-Küche», hatte die Frau des Richters nicht ohne Stolz in der Stimme mitgeteilt, als ihm die Feststellung «Schön!» entfahren war.

Durch seine Äußerung hatte Peter anscheinend das Herz von Frau Grätz gewonnen, die mit einem Mal sehr auskunftsfreudig geworden war. So erfuhr er einiges über Ulrike, «das arme Kind», und ihre Familie. Diese Formulierung benutzte Frau Grätz immer wieder, während sie Kartoffeln schälte. Dabei stellte sie sich nicht sehr geschickt an, fand Peter. Seine Mutter beherrschte das Handwerk schneller. Er schämte sich, weil sein Magen knurrte. Aber Frau Grätz schien das nicht zu bemerken, zumindest ließ sie sich nichts anmerken und fuhr ohne Unterbrechung mit ihrer Schilderung der Familienverhältnisse ihrer Zugehfrau fort.

Ulrike hatte ihren Vater schon mit vier Jahren verloren. Seit dieser Zeit schlug sich die Mutter alleine mit der Tochter durch. Deshalb, so das küchenpsychologisch aufbereitete Resümee, habe das «arme Kind» Probleme, sich im Leben zurechtzufinden. Der Richter und sie täten zwar alles, was ihnen möglich sei, aber wenn der Vater fehle …

Peter nickte verständnisvoll und erfuhr Weiteres.

Franziska Gerke, Ulrikes Mutter, kam aus Niederschlesien, sie war eine Vertriebene aus der Gegend von Patschkau. Inzwischen, das hieß seit dem großen Schlachten, gehörte Niederschlesien zu Polen, und Patschkau nannte sich seit 1945 wieder Paczków. Franziska Gerke lebte mit ihrer Tochter in einer Zweiraumwohnung in der Mansfelder Straße, nahe dem Fehrbelliner Platz. Auch hierzu wusste Frau Grätz einiges zu berichten und gab Peter ganz nebenbei eine kleine Geschichtsstunde. Benannt worden sei der Fehrbelliner Platz nach der Schlacht bei Fehrbellin von 1675. In der hätten die Truppen des Großen Kurfürsten die schwedischen Invasoren unter ihrem Oberbefehlshaber Carl Gustav Wrangel zum Rückzug aus der Mark Brandenburg gezwungen, hatte sie ausgeführt.

Nach dem Gespräch bei Keunitz hatte Peter weitere Informationen über Ulrike Gerke eingeholt. Auch davon erzählte er nun dem Kollegen Kaufmann. Er hatte mit einigen alten Bekannten aus der linken Szene telefoniert, die wiederum Kontakt zu den sogenannten Haschrebellen pflegten. Bei Letzteren war die fünfzehnjährige Ulrike Gerke gut bekannt, um nicht zu sagen beliebt. Denn sie verfügte immer mal wieder über Informationen, wann und wo Razzien im Drogenmilieu anstanden. Informationen, die das Mädchen vermutlich im Hause des Richters aufgeschnappt hatte. Und die gab sie gerne weiter. Er hatte also mit seiner Vermutung richtig gelegen. Und wenn von den Haschrebellen die Rede war, war neuerdings auch die Bewegung 2. Juni nicht weit, auch wenn dieser Schluss dem Kriminalrat Keunitz ganz offensichtlich nicht gefiel.

Peter hatte sich vorgenommen, unbedingt mit seinem Vater darüber zu reden, ehe er diese Information weitergab. Aber vielleicht irrte er sich ja auch, und das Mädchen hatte nichts mit der als terroristisch eingestuften Gruppierung zu tun.

Franziska Gerke empfing Peter Kappe und Wolle Kaufmann an diesem Morgen mit verheulten Augen. Ihr war anzusehen, dass sie sich sehr um ihre Tochter sorgte. Zu Recht, wie Peter insgeheim dachte. Ulrike hingegen machte einen schlecht gelaunten Eindruck.

«Ich hätte einige Fragen, Fräulein Gerke. Es dauert auch nicht lange.» Peter Kappe bemühte sich um einen lockeren Tonfall, in der Hoffnung, die Stimmung der jungen Frau etwas aufzubessern. Es war unschwer zu erkennen, dass sie unter Entzugserscheinungen litt.

«Bitte lassen Sie uns doch in die Küche gehen», sagte Franziska Gerke. «Da können wir uns besser unterhalten als hier im Flur.»

Ulrike schaute noch mürrischer.

Die Küche der Gerkes war nicht mit der der Grätzens zu vergleichen – zusammengewürfelte Schränke, ein Waschbecken aus der Zeit vor dem Krieg, ein Herd, der schon bessere Tage gesehen hatte, ein kleiner Tisch, um dessen rosa geblümte Wachstuchdecke vier Stühle angeordnet waren. Auf denen nahmen sie Platz.

Wolle Kaufmann würde zunächst nur zuhören, das hatten er und Peter Kappe so vereinbart. Letzterer unterdrückte eine leichte Aggression, die angesichts Ulrikes Miesepetrigkeit in ihm aufzusteigen drohte. Er war schließlich Psychologe. Er entschied, den Drogenkonsum der Fünfzehnjährigen erst einmal außen vor zu lassen.

«Geht es Ihnen heute besser, Fräulein Gerke? Der Fund des Toten hat Sie sicherlich mitgenommen.»

Das Mädchen verzog keine Miene, sie schaute durch ihn hindurch, als gäbe es ihn nicht. «Ich rede nicht mit Bullen.»

«Ulrike, wie kannst du nur!» Die Mahnung der Mutter klang kraftlos und nicht recht überzeugend. Sie hatte wohl schon zu oft die Erfahrung gemacht, dass ihre Worte an der Tochter abprallten.

Ulrike Gerke schaute weiterhin durch Peter hindurch.

Der tat, als habe er das Wort Bullen nicht gehört, und gab sich weiterhin verbindlich. «Sind Sie öfter in der Gegend?»

Ulrike zuckte mit den Schultern.

«Was wollten Sie denn dort?»

Das Mädchen antwortete nicht.

«Sie sagten, Sie suchen nach der Vergangenheit. Was sollte das bedeuten?»

Wieder nur Schulterzucken.

«Wollten Sie damit sagen, dass Sie den Toten kennen?»

Peter nahm eine fast unmerkliche Regung in Ulrikes Gesicht wahr.

Wolle Kaufmann konnte das Schweigen des Mädchens nicht mehr ertragen. «Nun reden Sie schon. Haben Sie etwas gesehen? Wissen Sie, wie der Mann in den Schutt gekommen ist? Hat er da noch gelebt? Wissen Sie, ob es ein Unfall war?»

Ulrikes Gesichtsausdruck wurde wieder starr.

Es läutete an der Wohnungstür. Franziska Gerke stand auf und ging in den Flur. Eine Frauenstimme drang in die Küche. Dann kam Frau Gerke mit Kriminalmeisterin Lilli Lenné im Gefolge zurück. Die nickte freundlich in die Runde.

«Tut mir leid, dass ich erst jetzt komme. Erst war mein Auto kaputt, dann hatten wir einen Einsatz, und danach ...» Lenné brach ab.

Wolle Kaufmann machte große Augen. Lilli Lenné war ein ganzes Stück älter als er, dennoch konnte er sich ihrer weiblichen Ausstrahlung nicht entziehen.

Peter Kappe erinnerte sich, dass sein Vater einmal mit der Kriminalmeisterin zusammengearbeitet und danach gerne und angeregt von ihr erzählt hatte. Auch im Polizeipräsidium war von der Kollegin Lenné immer mal wieder die Rede. Fast kein Kollege, der von ihr sprach, war von ihrem Charisma nicht beeindruckt. Vielleicht war es ihr leicht französisch anmutender Charme, dieses gewisse Strahlen, die Lebensfreude, die von ihr ausging. Ihre Figur konnte es nicht sein. Ihr Hinterteil war ausladend, ihre Beine eigentlich zu dick. Damit entsprach sie keineswegs dem Idealbild einer anziehenden Frau. Heutzutage wollten alle Frauen so dünn sein wie Twiggy, dieses englische Fotomodell. Selbst Sarah hungerte.

Die Kriminalmeisterin hatte jedenfalls eine positive Wirkung auf die beiden Frauen. Ulrike machte einen etwas weniger verstockten Eindruck, als sie sie erblickte. Die Mutter schien sogar verhalten hoffnungsvoll.

«Entschuldigen Sie bitte, dass ich so spät komme», wiederholte Lilli Lenné. «Ich ... also wir ... Könnten wir mal unter sechs Augen reden?» Sie sah Peter Kappe an.

«Wir sind hier mitten in einer Befragung.»

«Ich weiß», sagte die Kriminalmeisterin und machte ein unglückliches Gesicht. «Trotzdem.»

«Na gut.» Peter stand auf. «Bitte entschuldigen Sie uns, Frau Gerke. Meine Kollegen und ich sind gleich wieder zurück.»

Franziska Gerke nickte.

«Kann ich jetzt gehen?» Ulrikes Stimme klang gepresst. Die Entzugserscheinungen wurden anscheinend schlimmer.

«Sie müssen uns erst einige Fragen beantworten», sagte Peter. «Dann können Sie gehen. Warten Sie bitte kurz auf uns.»

Als sie zu dritt im Flur standen, erzählte ihnen die Kriminalmeisterin, dass sie einen Mann entdeckt hatte, der in der Nähe des Hauses herumlungerte, als warte er auf jemanden. Den wollte sie Peter Kappe und Wolle Kaufmann zeigen.

Gesagt, getan. Der genannte Mann lehnte an der übernächsten Hausecke, kaute Kaugummi und tat so, als ließe er den lieben Gott einen guten Mann sein.

«Den hab ick schon mal gesehen», sagte Wolle, nachdem er vorsichtig zur Haustür hinausgeschielt hatte. «Det wa eener der Gaffer in der Nähe des Schuttbergs und der Leiche. Is dann aber abgehauen, bevor wir den befragen konnten.»

«Das ist ja interessant», sagte Peter. «Dann müssen wir wohl unsere Pläne ändern. Kollegin Lenné, was meinen Sie, wie sollen wir vorgehen? Vermutlich wäre es am besten, wenn Sie wieder hoch zu Mutter und Tochter gehen. Vielleicht bekommen Sie ja mehr aus dieser Ulrike heraus als wir.»

Die Kriminalmeisterin nickte. «Und in zwanzig Minuten beende ich die Befragung und lasse Ulrike gehen. Herr Kaufmann und Sie warten vor dem Haus. Falls Ulrike sich nach draußen begeben sollte, werden Sie beide das Mädchen und diesen Mann im Auge behalten. Sie wird bestimmt nicht lange in der Wohnung bleiben. Sie braucht den nächsten Schuss.»

«Und wir treffen uns später im Präsidium und besprechen, was wir herausgefunden haben», ergänzte Peter Kappe.

«Natürlich», sagte Fräulein Lenné spitz. «Übrigens, auf dem Schreibtisch Ihres Vaters liegt eine Akte.»

Peter registrierte, dass die Kriminalmeisterin pikiert war, und begriff auch sofort, warum. Er hatte sich mit seinem letzten Satz ein wenig im Ton vergriffen. Sie war die Ranghöhere, hatte also das

Sagen und nicht er. «Tut mir leid, ich wollte keine Anweisungen geben. Jedenfalls war es nicht so gemeint. Was für eine Akte?»

«Na, die von dieser Ulrike. Sie ist noch jung, aber Drogen nimmt sie schon eine ganze Weile, nämlich seitdem sie zwölf ist. Die bei der Drogenfahndung sind sich ziemlich sicher, dass Ulrike als Informantin dient. Immer wieder laufen Razzien in der Drogenszene ins Leere. Vielleicht schnappt das Mädchen ja über ihre Mutter das eine oder andere über Polizeiaktionen auf. Die arbeitet schließlich bei diesem Richter Grätz. Ist sie oft bei den Grätzens?»

«Ich denke schon», bestätigte Peter. «Ähnliches habe ich auch gehört. Hervorragend, dass Sie gleich bei den Kollegen von der Drogenfahndung angerufen haben.» Kaum hatte er den letzten Satz ausgesprochen, hätte sich Peter am liebsten auf die Zunge gebissen. Das hatte schon wieder viel zu überheblich geklungen. Aber es war auch nicht leicht für einen Mann, sich daran zu gewöhnen, dass Frauen immer selbstbewusster wurden und Respekt für sich und ihre Position einforderten. Männer hatten in Sachen weiblicher Emanzipation noch einiges dazuzulernen, musste er sich eingestehen. Das galt auch für ihn, er musste an Sarah denken und schmunzelte in sich hinein. «Aufmüpfig» war von der Gesellschaft für deutsche Sprache wohl nicht grundlos zum Wort des Jahres 1971 gewählt worden.

Lilli Lenné grinste nur und zwinkerte ihm zu.

KAPITEL FÜNF

in dem Otto Kappe im Yachtclub Gatow Erstaunliches erfährt

DER BRITISCHE YACHTCLUB lag idyllisch an der Havel, abseits vom Trubel der Stadt an einer kleinen Straße. Am gegenüberliegenden Ufer, von der Straße aus kaum zu sehen, ragte der Grunewaldturm aus dem gerade frisch sprießenden Frühlingsgrün. Von den Berlinern wurde er auch Flautenpinsel genannt, weil der Wind die Segler auf dem vor ihm liegenden Gewässer oft im Stich ließ.

An diesem Tag hatte Kriminaloberkommissar Otto Kappe noch keine Segelboote entdecken können. Vermutlich waren die Yachten und Boote zu dieser Jahreszeit noch hochgebockt und wurden für den großen Tag des Ansegelns vorbereitet. Die letzte Sommersaison und die Zeit im Winterlager hatten die größeren und kleineren Wasserfahrzeuge wahrscheinlich wie jedes Jahr in Mitleidenschaft gezogen. Das bedeutete Arbeit für die Segler. Es musste geschmirgelt und lackiert werden, ehe die Boote wieder zu Wasser gelassen werden konnten.

Rechts der Straße zum Yachtclub zog sich ein Hang mit einem verwilderten Waldstück entlang, linker Hand, in Richtung Wasser, standen Laubenpieperhäuschen. Einige stammten wohl noch aus der Vorkriegszeit, andere schienen relativ neu zu sein.

Die Geschichte des Ortes hatte 1947 mit der Gründung des United Forces Sailing Club und des United Services Yacht Club begonnen. Während der Blockade Berlins und der Luftbrücke der Alliierten war Berlin durch die British Airforce vom Clubgelände aus mit Treibstoff versorgt worden. Wasserflugzeuge der Briten waren hier gelandet, um die Existenz West-Berlins zu sichern. 1952 war dann der British Berlin Yacht Club (BBYC) gegründet worden, der seit etwa zwei Jahren auch deutsche Mitglieder aufnahm.

Kappe hoffte, dass er auf dem Gelände einem Deutschen begegnen würde. Sein Englisch war, um es gelinde auszudrücken, ausbaufähig. Doch zunächst traf er nur Menschen, die ihn nicht zu verstehen schienen. Der Clubmanager war auch nicht vor Ort. Aber dann endlich fand er einen Landsmann, einen kleinen Mann in Arbeitskleidung. Dessen Miene verdüsterte sich, als Kappe ihm erklärte, wer er war und dass er einige Fragen zu dem Sprengstoffanschlag und dem toten Hausmeister hätte.

«Weeß von nüscht.»

«Und wer könnte mir Auskunft geben?»

«Woher soll ick det denn wissn? Außerdem warn die von die Ermittlungen schon da. Fragn Se doch die Kollegen! Ick hab die Zeit nich. Ick muss weitermachen. Sonst wird det Boot nie fertich.»

«Um welches Boot kümmern Sie sich denn?»

Der Mann zeigte auf eine Jolle.

«Verraten Sie mir Ihren Namen?»

«Wozu?»

«Nur damit ich den vermerken kann und nicht noch einmal jemand bei Ihnen nachfragt.»

«Sehr witzig …»

«Ich verstehe das nicht. Es muss doch in Ihrem Interesse sein, dass dieser Anschlag aufgeklärt wird.»

«Fragen Se doch ma nach die Autos, die ooch hochjegang sind. Nach die erkundigt sich keener. Zum Beispiel, wem die jehörn. Ick bin ja neu hier, so als Hausmeester jednfalls. Und ick mach det ooch bloß aushilfsweise, weil die Englända jut zahlen tun, und ick brauch det Jeld. Musste mir 'n neuet Auto koofn. Sonst würd ick nie hier aushelfn. Det is mir hier nämlich zu jefährlich. Nachher jehen noch mehr Bomben hoch. Een Hausmeister is schon tot.

Ick kannte den alten Lüttke ja nich sonderlich jut, aber muss 'n netter Mann jewesen sein. Der Neffe jedenfalls, der war janz außer sich, als er vom Tod seines Onkels erfahren hat. Aba den kenn ick ooch nich weiter.»

«Und wo ist der Neffe jetzt?»

«Bin ick Moses, wächst mir Jras aus die Tasche?»

«Wissen Sie wenigstens, wie er heißt?»

«Manfred, sachta.»

«Das bedeutet, Sie haben mit ihm geredet.»

«Sach ick doch.»

«Hat der Neffe auch einen Nachnamen?»

«Vamutlich.»

«Und?»

«Wat und?»

«Wie lautet der?»

«Weeß ick nich.»

Kappe seufzte innerlich. «Und was ist nun mit den Autos, die hier hochgegangen sind?»

«Na, die jehören die Engländа, die wo hier segeln tun. Zwee jedenfalls.»

Kappe wurde aufmerksam. «Wieso betonen Sie das so? Sind denn noch weitere Wagen in die Luft gegangen?»

«Ja, eener. Der hatte aba selbst keene Rohrbombe unterm Bodenblech wie die anderen. Soweit ick weeß jedenfalls. Trotzdem hat's den zerfetzt, weil er zwischen den andern beeden Autos stand.»

«Und was für ein Wagen war das?»

«Das war 'n Mercedes. Die Markn von die zwee anderen Autos weeß ick nich. Wat Englisches, vamute ick.»

Kappe runzelte die Stirn. «Hat sich hier vielleicht jemand Feinde gemacht?»

«Nich, dass ick wüsste. Warum fragn Se det?»

«Und warum haben Sie Ihre Beobachtung bezüglich des dritten Autos nicht gemeldet? Hatten Sie Angst? Hat Sie jemand bedroht? Und wieso wissen Sie das überhaupt? Waren Sie an dem Tag des Anschlags auf dem Gelände?»

«Bedroht? Wie komm Se denn daruff? Ick hab nüscht jesacht, weil ick nich gloobe, det se von die Polizei wat auf die Reihe kriegn. Die Terroristen machen doch, wat se wolln. Zeiten sind det! Wie im Kriech. Und ick gloobe, der Lüttke, also der, wat mein Vorgänger war, war nich jemeint. Kollateralschaden, wa. Und ick war am 2. Februar eher zufällig uff dem Gelände, weil der Lüttke Hilfe brauchte. Da bin ick eenjesprungen, weila doch so wat wie mein Vetter is. Und bevor Se fragn – nee, wir kennen uns trotzdem nich näher. Ham det erst letztes Jahr festjestellt mit die Verwandtschaft. War Zufall, det wir uns hier übern Weg jeloofn sind. Na ja, det interessiert Se nich, ick merke det schon. Jedenfalls, eena von die Engländа hatte mir 'n Ufftrag jejeben, sein Boot in Schuss zu bringn. Da sind wa uns hier det erste Mal bejegnet. Seit Lüttke tot is, bin ick jetzt ja täglich hier. Aba für die Zeit davor isset bessa, wenn Se den Neffen fragn. Der weeß mehr als ick.»

«Und wo finde ich den Neffen?»

Der Mann schaute ratlos. «Manfred? Also, der lebte 'ne Zeit in 'ner Pension, seit der Trennung von seiner Frau. Inne Wohnung von seim Onkel hier uff dem Yachthafengelände ooch 'n paar Tage. Aber det jeht nich mehr. Erst hat die Polizei die versiegelt, und jetzt wird se renoviert. Für den nächsten Hausmeester. Die suchen aber noch.»

«Und wem galt der Anschlag, wenn nicht dem Hausmeister, was glauben Sie?»

«Wirklich, wat fragn Se mir! Vielleicht hat da jemand wat jejen die Engländа. Jefällt nich jedem, det die sich hier breitmachen. Außerdem: *Sie* sind doch von die Polizei!»

Das stimmte in der Tat. «Noch mal von vorn. Wie ist Ihr Name?»

«Klingenberg, Horst.»

«Haben Sie etwas bemerkt, bevor der Mercedes und die anderen beiden Wagen in die Luft geflogen sind? Haben Sie vielleicht jemanden gesehen, der sich an dem Auto zu schaffen gemacht hat? Wem gehörte der Mercedes? Jetzt lassen Sie sich doch nicht alles aus der Nase ziehen!»

Horst Klingenberg schüttelte den Kopf. «Nu wern Se mal nicht unjeduldig. Wem der Mercedes jehört hat, det weeß ick nich jenau. Hab jehört, der is von 'nem englischen VIP, der wohl deutsche Wertarbeit zu schätzen weeß. Der war aba an dem Tag trotzdem irgendwie kaputt. Deswegen stand der am Yachthafen. Ick gloobe, der Lüttke sollte sich um den kümmern und den reparieren lassen. Und bevor ... ick meene, bevor der übern Jordan ging, ham wa üba so wat nicht jesprochn. Ick war nur so wat wie 'n Hiwi. Der Mercedes war jedenfalls da, zwischen die beeden Autos, als es peng jemacht hat. Ick war da jerade unten am Wassa. Hab die Knallerei aba selba jehört und später die Schrottteile jesehen. Warn janz schön weit verstreut. Der erste Knall, det war der Lüttke, als er in die Luft jeflogen ist. Mitsamt dem Schaubstock. Een paar Oogenblicke später dann die Autos. Ick hab jehört, die hatten Zeitzünder. Später hattet jeheißn, der alte Lüttke hätte da 'ne Rohrbombe einjespannt, die wo aber aussah wie 'n Feualöscha. Wenn der Schraubstock nich im Freien jestanden hätte ... ick meene, wenn noch die Werkstatt mit in die Luft jejangen wäre ... Na ja, det wissen Se ja allet schon. Und wenn wa schon dabei sind, für den Diebstahl ham sich die Kollegen übahaupt nich interessiert.»

«Für welchen Diebstahl?»

«Na, von meem Audi. Hatte den vor 'n paar Monaten dem alten Lüttke abjekooft. Jedenfalls fast. Auf Ratn. Der Lüttke brauchte Jeld, weeß nich, wofür. Solange ick den Audi nicht komplett bezahlt hatte, konntn wa den beede nutzen. Und ooch der Neffe, wenn der mal seine Kumpels chauffieren musste. Det war jedenfalls unsa Arrangemang. Bald hätt ick die Fahrzeugpapiere und den zweetn Satz Schlüssel bekommen, und ausgerechnet dann ist der Mercedes inne Luft jeflogn. Und wat is passiert? Geklaut hamse ihn mir, den Audi. Hab det aba erst nach dem Anschlag festjestellt, als ick wegfahrn wollte. Da hab ick Anzeige erstattet. Und gloobn Se, die Kollegen tun wat? Nee, wenn sich so 'n einfacher Mensch wie ick mal 'nen Traum erfüllen tut, det interessiert niemanden. Und wat den Neffn betrifft, der hat jetz die Autopapiere, weil er doch der Erbe is. Und stelln Se sich ma vor, Manfred will ooch noch den Rest vom Kaufpreis von mir einsacken, obwohl det Auto ja nu garnich mehr da is. Kamma dajegn nüscht machen?»

«Da müssten Sie sich an einen Anwalt wenden, dazu kann ich nichts sagen. Aber was anderes: Der Diebstahl ereignete sich also nach dem Anschlag? Wann genau? Glauben Sie, beides hat etwas miteinander zu tun?»

«Anwalt! Wer hat schon Jeld für so wat? Und wat die Anschläge anjeht: Sach ick doch, ick weeß nüscht weiter. Der Mersedes is inne Luft jeflogn, un meen Auto is irgendwann danach jeklaut wordn. Die Kollegn ham jesacht, det allet solln wir diskret behandln. Und die Engländer sagen det ooch. Die wollen wohl nich, det die deutsche Polizei in ihrm Hoheitsgebiet rummacht. Na ja, die sind da pingelich. Vielleicht wegn ihrm guten Ruf oda so. Vielleicht gloobn die, det die andern Alliierten sonst denkn könntn, det se ihren Laden nich in Schuss haben. Wat weeß ick. Aber det gilt ja wohl nich für Sie, oder? Ick nehm mal an, Sie ham die Engländer jefracht, ob Se hier rindürfn?»

Das hatte Otto Kappe nicht getan, er ließ es sich jedoch nicht anmerken. «Sie wissen, dass ich Ihre Aussage überprüfen werde?»

Der kleine Mann kniff den Mund zusammen. «So langsam finde ick det komisch. Wenn Se ooch eener von denen sind, müsstn Se det doch allet schon wissen. Ick sach jetze nüscht mehr. Am Ende sind Se gar keen Polizist.»

Kappe stöhnte innerlich. «Ich kann Ihnen versichern, dass ich tatsächlich Polizist bin. Eigentlich sogar Kriminalkommissar, wie ich anfangs schon sagte. Aber ich werde die Kollegen fragen, die hier ermittelt haben.» Und die, befürchtete Kappe, waren vom Verfassungsschutz. Und diese «Kollegen» wollten offensichtlich nicht, dass einiges von dem bekannt wurde, was sie herausbekommen hatten. Warum hatte niemand von dem dritten Wagen gesprochen, der in die Luft gegangen war, und auch nicht von dem gestohlenen Audi? Das konnte natürlich auf mangelnder Kommunikation zwischen den Engländern und den Deutschen respektive den Leuten vom Verfassungsschutz und Kriminalrat Keunitz beruhen. So etwas kam immer wieder vor. Konnte, musste aber nicht. Er würde der Geschichte jedenfalls auf den Grund gehen. Hoffentlich bekam er bald Akteneinsicht. «Wissen Sie wenigstens die Autonummer von dem Mercedes?»

«Bin ick die Meldestelle?»

«Und von Ihrem Audi?»

«Nee, der wäre ja sowieso bald umjemeldet wordn. Da merk ick mir so wat nicht mehr. Und die Fahrzeugpapiere hat der Neffe, fragn Se den. Weeß nur noch, da war die Dreizehn dabei. Hab mir hinterher jedacht, vielleicht war det 'n schlechtes Omen. Aba steht det allet nich in die Akten? Jibtet denn von meenem Wagen schon wat Neuet?»

Kappe zückte Notizbuch und Stift. «Leider nein. Na, Herr Klingenberg, dann geben Sie mir mal Ihre Adresse und eine Nummer, unter der ich Sie erreichen kann, wenn ich nach dem Gespräch mit den Kollegen noch Fragen habe.»

Schon als sie sich dem Moabiter Totenreich näherten, hörten Günter Kynast und Hans-Gert Galgenberg den Leiter der Gerichtsmedizin Dr. Konrad König und dessen rechte Hand Dr. Doreen Niedergesäß lachen. Es hieß, König habe regelrecht ein Faible für seine Mitarbeiterin entwickelt. Die beiden bildeten ein merkwürdiges Gespann: eine Walküre mit wallender Mähne und Berliner Schnodderschnauze und ein Schwabe mit bereits ziemlich schütterem aschblondem Haar, der es auch nach über zehn Jahren in Berlin noch nicht so recht schaffte, seinen Heimatdialekt zu verbergen. Der 45-jährige, eigentlich etwas schüchterne König war zwar des Hochdeutschen mächtig, aber die Sprachmelodie des

Schwäbischen konnte er nicht ablegen. Redete er mit Menschen, die er mochte, verfiel er manchmal unwillkürlich in seinen Heimatdialekt. Das war für die Angesprochenen meist ein zweischneidiges Vergnügen, sie verstanden ihn dann nämlich nicht mehr.

Einst war König der Liebe wegen nach Berlin gekommen. Seine Angebetete war inzwischen weg, er noch da.

Dem Lachen folgte ein ziemlich langer schwäbischer Ausruf. Ein Fluch, vermuteten Galgenberg und Kynast. Galgenberg machte ein griesgrämiges Gesicht. Er begab sich nicht gern zu den Toten. Das hatte sich auch nach so vielen Jahren bei der Kriminalpolizei nicht geändert.

Kynast, gebürtiger Berliner und ewiger Dandy, verzog ebenfalls das Gesicht. Der Mode entsprechend, hatte er inzwischen von der James-Dean-Frisur Abschied genommen und sein Haar wachsen lassen, gerade so lang, dass die Vorgesetzten an seiner Haarlänge keinen Anstoß nahmen. Überhaupt legte er großen Wert auf sein Äußeres und trug gerne Schlaghosen. Er hatte nie geheiratet.

Hans-Gert Galgenberg bot mit seinen Nietenhosen und Cowboystiefeln äußerlich das Kontrastprogramm zu seinem Kollegen. Doch die beiden Männer, die sich seit Jahren kannten, kamen gut miteinander aus.

Galgenberg öffnete die Tür zur Pathologie. «Könn wa hier nich ma Inländisch redn? Det hört sich ja an wie bei Hempel, der wat unterm Sofa sucht und nüscht findet.»

Doreen Niedergesäß griente Galgenberg entgegen. «Juten Tach erst ma. So viel Höflichkeit muss sein, wa?»

«Tach», erwiderte Kynast.

«Und wat ham Se eben nu jesäuselt, Meester?» Galgenberg bestand auf eine Aufklärung. Er ignorierte die Walküre und musterte König. Jeder von seinen Kollegen wusste es: Er wurde einfach nicht warm mit Doreen Niedergesäß. Hätte man Galgenberg gefragt, warum er die Gerichtsmedizinerin nicht so recht mochte, hätte er keine Antwort geben können. Beide berlinerten. Beide hatten diesen trockenen Humor. Vermutlich seien sie sich einfach zu ähnlich, hatte Otto Kappe einmal angemerkt, als er in einer ruhigeren Stunde bei einem Glas Bier mit seinem Freund Galgenberg darüber gesprochen hatte. Der hatte entrüstet bestritten, irgendetwas mit der Dame gemein zu haben.

Dr. König grinste den beiden Besuchern entgegen und wies auf den Leichnam, der nackt und aufgeschnitten auf dem Obduktionstisch lag. Den Kriminalbeamten bot sich ein ausgezeichneter Blick auf dessen Innereien. «Birschle, du kommsch mir grad gschliffa! Emmr do sai wella, wo scho gschaffd, abbr no nedd gässa isch!»

«Wie bitte?», fragte Kynast.

«So wat Albernet aba ooch», maulte Galgenberg. Und dann fragte er gezwungenermaßen in Richtung Doreen Niedergesäß: «Hatta sich een anjedudelt mit Methylalkohol?»

«Schpässle gmacht?», fragte Doreen Niedergesäß in nicht astreinem Schwäbisch.

König schmunzelte und fuhr auf Hochdeutsch fort: «Man sollte nicht an Türen lauschen. Wir sind mit der Obduktion auch noch nicht fertig.»

«Na, wenn Se brülln, als wollten Se mit die Affen im Zoo konferiern …» Galgenberg machte gerne Scherze, aber Scherze auf die eigenen Kosten mochte er nicht.

«Immer mit der Ruhe. Wir haben gerade etwas Schreckliches festgestellt, und da ist dem Kollegen König ein Fluch in seiner Muttersprache herausgerutscht.» Die Gerichtsmedizinerin wies auf die Leiche auf dem Tisch. «Det is der aus'm Schutt in Charlottenburg. Wir ham ihn den halben Morgen geputzt und gestriegelt. Unter dem janzen Staub konnteste ja nüscht sehen. Und denn ham wa ihn aufjeschnitten.»

Galgenberg war sofort bei der Sache. Er konnte persönliche Antipathien durchaus beiseitelassen, wenn es um Ermittlungen ging. «Und wat ham Se nu festjestellt?»

«Wir haben Staub in der Lunge entdeckt.»

«Und das heißt, der hat noch gelebt, als er unter dem Schutt vergraben wurde?» Galgenberg sprach sicherheitshalber ebenfalls hochdeutsch.

König nickte. «So sieht es derzeit aus. Wir sind uns aber noch nicht zu hundert Prozent sicher. Endgültiges morgen früh. Scheußlicher Tod: Ersticken im Schutt.»

Galgenberg nickte, er war versöhnt. «Wohl wahr. Dann müssen wir morgen früh noch mal vorbeischauen. Und wie ist er in den Schutt gekommen? Hat sich ja bestimmt nich alleen verbuddelt, wa.»

«Keene Ahnung», sagte König jetzt in bemühtem Berlinerisch. «Det wissn wa nich. Aber bald.»

Jetzt musste auch Galgenberg grinsen. In schönstem Hochdeutsch erklärte er: «Ein großes Lob an Sie, Herr König. Ich habe Hoffnung, dass auch aus Schwaben, zumindest sprachtechnisch gesehen, noch was werden kann. Vielleicht sollte ich auch mal auf Schwäbisch fluchen lernen.»

«Kann es ein Unfall gewesen sein?», erkundigte sich Kynast.

«Eher nicht. Wie Sie schon richtig geschlussfolgert haben, hat der sich nicht selbst eingebuddelt», antwortete Doreen Niedergesäß ungeduldig. «Aber der jenaue Tathergang is Ihr Bier.»

«Also, wie lautete der Fluch?» Wenn Galgenberg etwas wissen wollte, dann beharrte er auf einer Antwort.

«Das können wir gelegentlich bei einem Bier besprechen. Der war nicht jugendfrei.» König grinste erneut. «Außerdem werden wir uns melden, wenn wir mehr wissen. Ist Kriminaloberkommissar Kappe auch hier? Sollte der nicht die Ermittlungen leiten?»

«Nee, der segelt gerade», gab Galgenberg zur Antwort und freute sich über die verblüffte Miene des Gerichtsmediziners. «Aber det besprechn wa ooch beim Bier, wa? Kommste, Kynast?» Mit diesen Worten marschierte er auch schon zur Tür hinaus.

Zum selben Zeitpunkt trat Kriminalmeisterin Lilli Lenné vor die Türe des Wohnblocks, in dem die Haushälterin der Grätzens, Franziska Gerke, und ihre Tochter Ulrike lebten. Sie hatte nicht viel von dem Mädchen erfahren. Ulrike machten die Entzugserscheinungen zu schaffen, sie konnte anscheinend an nichts anderes mehr denken als an den nächsten Schuss. Wie mit Peter Kappe und Wolle Kaufmann besprochen, hatte Lenné die Vernehmung nach zwanzig Minuten beendet.

Sie schaute sich nach den Kollegen vom Diskussionskommando um, konnte sie aber nicht entdecken. Dafür sah sie den Mann, auf den sie die Kollegen vorhin aufmerksam gemacht hatte. Entschlossenen Schrittes marschierte sie auf den Mann zu und rempelte ihn wie aus Versehen an. Dabei prägte sie sich sein Aussehen ein. Blonde Mähne, ziemlich ungepflegt, blaue Augen mit erweiterten Pupillen, eine fleischige Unterlippe und hohe Wangenknochen. Das Gesicht würde sie so schnell nicht vergessen.

Der Unbekannte fluchte zwar, als sie ihn an der Schulter streifte, blieb aber bemerkenswert passiv, so als wolle er kein Aufsehen erregen. Mit einer gemurmelten Entschuldigung ging Kriminalmeisterin Lenné eilig weiter und bog um die nächste Straßenecke. Dann blieb sie stehen und spähte zurück zum Haus, in dem Franziska und Ulrike Gehrke lebten.

Kurz darauf trat Ulrike aus dem Haus. Lilli Lenné beobachtete, wie das Mädchen auf den Blonden zurannte, sobald sie ihn entdeckt hatte. Ihr Dealer, vermutete Lenné im ersten Augenblick, erlebte dann aber, wie sich die beiden innig umarmten und küssten. Anschließend gingen Ulrike und der Unbekannte eilig Hand in Hand davon – unauffällig verfolgt von Peter Kappe und Wolle Kaufmann.

KAPITEL SECHS

in dem Otto Kappe unerwartet Hilfe bekommt und sich über eine neue Erkenntnis freut

AM DARAUFFOLGENDEN MORGEN kam Otto Kappe zu früh ins Büro, übernächtigt und gerädert. Draußen war es noch dunkel. Zu seiner Überraschung fand er eine Akte auf seinem Schreibtisch. Als er sie in der Hoffnung öffnete, etwas über die Bomben am Yachtclub zu erfahren, erblickte er ein Porträtfoto von Ulrike Gerke. Er schlug die Akte wieder zu. Zunächst musste er in Ruhe ankommen und die Dämonen der Nacht vertreiben. Die Geschichte mit dem Mercedes im Yachtclub trieb ihn um. Er musste sich Klarheit verschaffen. Diese Angelegenheit war delikat. Bei den Ermittlungen konnte er in einige Fettnäpfchen treten. Also rief er einen Kollegen vom Verfassungsschutz auf dessen Privatnummer an. Es hatte seine Vorteile, schon jahrelang im Dienst zu sein. Da ergaben sich Verbindungen, die manchmal sehr hilfreich sein konnten.

Der Kollege vom Verfassungsschutz war nicht glücklich über die frühe Störung und äußerte sich erst nach einigem Drängen und auch nur sehr verhalten. Er kannte den Fall und behauptete steif und fest, nirgendwo in der Akte sei ein Hinweis auf ein drittes Auto zu finden, das angeblich mit in die Luft gegangen sei, und erst recht nicht auf einen gestohlenen Audi. Aber mit gestohlenen Fahrzeugen beschäftige sich der Verfassungsschutz ohnehin nicht.

Doch Kappe ließ sich nicht abwimmeln. Ob der Verfassungsschutz das Bekennerschreiben der Bewegung 2. Juni im Fall Gatow denn überhaupt für echt halte? Keunitz gehe davon aus, dass es sich bei dem Anschlag um ein Tötungsdelikt ohne terroristischen Hintergrund handeln könnte, und habe ihn deshalb auf den Fall angesetzt. Der Kollege wand sich. Aber als Kappe nicht lockerließ, räumte er ein, das Bekennerschreiben sei durchaus eine ernst zu nehmende Spur. Die Briten wollten allerdings den deutschen Staatsschutz nicht auf ihrem Gelände haben. Dagegen könne man nichts tun, ohne politischen Ärger zu riskieren. Deswegen empfehle er dringend, die Samthandschuhe anzuziehen. Noch besser aber sei es, nichts zu tun und abzuwarten.

Nichts zu tun – das entsprach nun gar nicht Kappes Art. Er entschied sich, sich nicht so schnell abspeisen zu lassen. Was glaube der Kollege denn persönlich, worum es sich in diesem Fall handele: um einen schlichten Mord oder einen terroristischen Akt?

Am anderen Ende der Leitung herrschte für einen Moment Schweigen. Er werde dazu nicht mehr sagen, antwortete der Verfassungsschützer dann. Und wenn Kappe auch nur einen Ton von diesem Gespräch weitergebe, dann könne ihn das Kopf und Kragen kosten. Kappe beteuerte, er werde dies nicht tun.

Nach einer kurzen Pause rückte der Kollege dann doch noch mit einer Information heraus, fast wie nebenher. Der britische Stadtkommandant sei ein ganz vernünftiger Mann, aber auch der könne nicht so, wie er wolle. Er müsse sich offiziell an die Vorgaben des Alliierten Kontrollrats halten. Besonders bei Fällen, in denen der Staatsschutz oder der Verfassungsschutz involviert waren, seien dessen Mitglieder, also auch die Briten, sehr sensibel. Sie befürchteten, dass Ermittlungen als Vorwand dienen könnten, um die Schutzmächte auszuspionieren. Es war Kalter Krieg. Da traute niemand dem anderen, zumal alle Beteiligten trotz aller Sonntagsreden und Vereinbarungen selbst genau das taten: Sie schleusten Spione ein, wenn sich eine Gelegenheit bot. Das galt für die Aliierten untereinander, aber auch für die Deutschen.

Wie auch immer – dagegen, dass die Briten auf ihre Zuständigkeiten pochten, war nun mal nichts zu machen. Mit der Berliner Erklärung hatten die Alliierten am 5. Juni 1945 die Regierungsgewalt in Deutschland übernommen. Tangiert waren die Befugnisse der deutschen Regierung, des Oberkommandos der Wehrmacht sowie der Regierungen, Verwaltungen und Behörden der Länder, Städte und Gemeinden. Gut, inzwischen sahen das die drei Westmächte nicht mehr ganz so eng. Aber auch das im letzten Jahr verhandelte Viermächteabkommen über Berlin besagte, dass die Westsektoren der Stadt weiterhin nicht von der Bundesrepublik Deutschland regiert würden, also wie bisher kein konstitutiver Teil der Bundesrepublik seien. Das hieß, wenn die Briten nicht wollten, dass der Staatsschutz oder irgendeine andere deutsche Behörde, dessen Aufgabe es war, den Terrorismus zu bekämpfen, mitmischte, dann konnte man daran nichts ändern. Dummerweise interessierte die Terroristen die Verteilung der Kompetenzen zwischen Siegern und Besiegten nicht im Mindesten. Im Gegenteil, sie machten sich den Kompetenzwirrwarr zunutze. Eine unschöne Gemengelage! Ob sich die einzelnen Behörden an die Vorschriften hielten, war noch eine ganz andere Frage.

Kappe wusste jetzt also, dass der Stadtkommandant zugänglich war. Vielleicht würde er den deutschen Ermittlern auch unter der Hand entgegenkommen. Nach Aussagen des Kollegen war der Mann jedenfalls kein verknöcherter Bürokrat und Paragraphenreiter. Es gab eben auch unter den Besatzern solche und solche. Aber nichts tun? So weit kam es noch! Nicht mit Kappe. Er würde noch einmal zum Yachtclub fahren müssen. Er brauchte dringend irgendwelche Anhaltspunkte. Vielleicht erinnerte sich Horst Klingenberg ja doch noch an etwas mehr, als er zugegeben hatte. Oder Kappe würde jemand anderen finden, der etwas gesehen hatte.

Er wurde aus seinen Überlegungen gerissen, als das Telefon klingelte. Gertrud war in der Leitung. Sie rief von der Arbeit aus an und beklagte sich, dass er sich heimlich aus der Wohnung geschlichen hatte, wo sie doch mit ihm reden müsse. Gertrud hatte noch geschlafen, als er gegangen war. Und als sie gestern Abend von einer Freundin heimgekommen war, hatte er schon im Bett gelegen. Der Grund für den Anruf: Der Fund des Toten in direkter Nachbarschaft hatte sich bis in den Horstweg herumgesprochen. Kappes Angetraute wollte unbedingt Genaueres wissen. Er erklärte ihr wieder und wieder, dass er sich momentan um einen anderen Fall zu kümmern habe. Doch sie löcherte ihn so lange, bis er schließlich hoch und heilig versprach, er werde sich erkundigen und es ihr erzählen, wenn es neue Erkenntnisse gebe, die die Nachbarschaft beträfen.

Kappe schmunzelte, während er den Hörer sanft auf die Gabel legte. Bei Licht betrachtet, war es vielleicht gar nicht so schlecht, dass Keunitz ihm seinen Sohn Peter im Fall Gatow zur Seite gestellt hatte. Er selbst konnte sich schon allein aus Altersgründen nicht mehr in den linken Szenekneipen sehen lassen, zum Beispiel im «Zodiak» am Halleschen Ufer, das bei den Dogenfahndern durch mehr als eine Razzia sattsam bekannt war, im «Park» in Halensee, im «Sun» in der Joachim-Friedrich-Straße oder im «Mister Go» in der Yorckstraße. Gab es das eigentlich noch? Dort hatte die letzte und wildeste Schlacht der Haschrebellen gegen die Polizei stattgefunden. Daraufhin hatten die Drogensüchtigen ein Smoke-in im Tiergarten veranstaltet. Das muss im Juli '69 gewesen sein, wenn er sich richtig erinnerte. Die Argumente der Rebellen hatten nicht einer gewissen Logik entbehrt: Da das Saufen legal war, wollten sie auch legal kiffen dürfen. In beiden Fällen gehe es schließlich um Rauschmittel. Waren damals nicht die ersten Flugblätter aufgetaucht, deren Verfasser sich als *umherschweifende Haschrebellen* bezeichneten?

Otto Kappe hielt es für richtig, dass wenigstens einer in der Familie für Deeskalation in der Gesellschaft sorgte. Manches würde sich vermutlich nie ändern. Anderes dafür umso rasanter. Das musste man den jungen Leuten der heutigen Zeit fairerweise lassen: Sie bliesen den Muff kräftig aus den Talaren. Kappe hatte das Gefühl, es würde sich noch vieles ändern. Hoffentlich zum Guten. Das Viermächteabkommen, nicht von jedem begrüßt, war von allen Alliierten letztes Jahr im September unterzeichnet worden. Ein wichtiger Bestandteil war das Transitabkommen für Berlin. Das sollte mittels neuer Bürgerbüros Reisen zwischen West-Berlin und der Bundesrepublik erleichtern. Vertreter des

Senats und der DDR-Regierung hatten besprochen, dass im Westteil Berlins zur Abwicklung des Besuchsverkehrs zu Ostern und zu Pfingsten fünf Büros Berechtigungsscheine ausgeben durften. Nicht so gut war, dass die BVG zum 1. März die Tarife erhöht hatte – trotz einer Protestdemonstration von rund dreitausend Menschen am 29. Februar.

Aber zurück zu den Studenten. Das «Zodiak» gab es seines Wissens noch. Er erinnerte sich daran, wie es eröffnet worden war. 1968 hatte die Arbeiterwohlfahrt ein offenbar ungenutztes Gebäude am Halleschen Ufer 32 verkauft. In den ersten Stock war damals die Schaubühne eingezogen. Im Erdgeschoss hatte eine Kneipe mit Probenraum und psychedelisch bemalten Wänden eröffnet. Die Kreuzberger Künstler hatten den Ort schnell für sich entdeckt, Beuys-Jünger, aber auch andere Maler, Free-Jazzer und Elektronikmusiker, die Jimi Hendrix oder Janis Joplin anbeteten. Kappe schüttelte sich. Schreckliche Musik, dieses Gitarrengejaule! Wo sollte das noch hinführen? Free-Jazz war auch nicht sein Geschmack. Wie er gehört hatte, war der Besucherkreis des «Zodiak» schnell größer geworden. Der Club war bald darauf auch zum Magneten für Lehrlinge, Rocker, Jungarbeiter und Leute geworden, die das Arbeiten aufgegeben hatten, vom Stehlen lebten oder zwielichtigen Beschäftigungen nachgingen. Aktenkundige Leute wie Bommie Baumann, Georg von Rauch oder Ralf Reinders sollten da verkehren oder verkehrt haben. Und dieser Filmemacher … Wie hieß er noch? Richtig, Holger Meins. Der gehörte der Rote Armee Fraktion, kurz RAF, an und sollte nur ein paar Minuten entfernt in einer Wohnung gelebt haben. Die Fahndung nach ihm lief auf Hochtouren. Er sollte sich unter anderem an Anschlägen auf amerikanische Einrichtungen in Frankfurt und Heidelberg beteiligt haben.

Nun gut, er konnte sich nicht um alle Terroristen kümmern. Zumindest momentan hatte er mit denen vom 2. Juni genug zu tun, falls sie denn hinter dem Anschlag in Gatow steckten. Und Peter? Wie sollte das mit ihm weitergehen? Kappe nahm sich vor, bei der nächsten sich bietenden Gelegenheit mit Peters Chef, diesem Andreas Wagner zu reden. Ganz unverbindlich. Er wollte herausfinden, was der von Peter hielt, ob sein Sohn bezüglich des neuen Radikalenerlasses etwas zu befürchten hatte und ob Wagner ihn für die Laufbahn bei der Kriminalpolizei geeignet hielt. Er wollte nicht, dass Peter nur deshalb zur Kriminalpolizei kam, weil sein Vater Kriminalbeamter war. Vetternwirtschaft war Kappe zutiefst suspekt.

Er seufzte und griff nach der Akte auf seinem Schreibtisch. Wer hatte die Unterlagen über Ulrike Gerke eigentlich auf seinen Schreibtisch gelegt? Vermutlich Kriminalmeisterin Lilli Lenné. Doch warum? Offenbar hielt sie nichts von der von Kriminalrat Keunitz angeordneten Aufgabenverteilung. Oder sie kannte ihn inzwischen besser, als er ahnte, und nahm deshalb an, dass er sich dafür interessieren könnte.

Ulrike Gerke war gerade einmal fünfzehn Jahre alt und hatte schon eine veritable Drogenkarriere vorzuweisen. Die Kollegen von der Drogenfahndung hatten starke Indizien für eine Verbindung Ulrikes zu den Haschrebellen gefunden.

Kappe legte die Akte gedankenverloren zur Seite. Die Haschrebellen waren in der Bewegung 2. Juni aufgegangen – schau, schau! Bewegung 2. Juni in Gatow, Bewegung 2. Juni beim Charlottenburger Fall in Verbindung mit Ulrike Gerke. Peter hatte wohl tatsächlich den richtigen Riecher gehabt.

Otto Kappes Puls beschleunigte sich. Gleichzeitig stellte sein Ermittlerverstand unzählige Fragen. Falls es über die Bewegung 2. Juni eine Verbindung zwischen diesen beiden Fällen in Gatow und in Charlottenburg gab, handelte es sich dann bei Ulrike Gerke womöglich um mehr als nur um eine Zeugin im Charlottenburger Fall? Hatte sie über die Haschrebellen auch Wissen bezüglich der Taten der Bewegung 2. Juni? War sie vielleicht am Ende sogar eine Mitwisserin in beiden Fällen? Hatte der Tod des Mannes in Charlottenburg also womöglich ebenfalls etwas mit der Bewegung 2. Juni zu tun? Kurz und gut, hatten sie es vielleicht nicht mit zwei verschiedenen, sondern mit ein und demselben Fall zu tun?

Er lehnte sich zurück, schlug ein Bein über das andere und verschränkte die Hände hinter dem Kopf. Sein schon etwas altersschwacher Bürostuhl ächzte. Er entschied, an beiden Fällen dranzubleiben. Was konnte er schon daran ändern, dass alles darauf hindeutete, dass beide Fälle in Verbindung standen? Nichts – mögliche politische Querelen hin oder her.

Kappe schloss Ulrikes Akte. Er musste mit seinem Sohn noch einmal über das Mädchen sprechen. Außerdem würde er sich erkundigen, ob es Neues im Fall des Toten von Charlottenburg gab. Ganz unverbindlich natürlich. Er hatte ja offiziell nichts mit dem Fall zu tun. Kappe schaute auf die Uhr. Fast acht. Vielleicht war in der Turmstraße schon jemand bei der Arbeit. Er griff zum Telefon.

Tatsächlich, Dr. Doreen Niedergesäß meldete sich. «Benehm Se Ihnen nich wie Pullerbrause. Immer detselbe. Unjeduld, Unjeduld. Nee, ick weeß nüscht. Wer auch imma da dran is, det Totenreich hat noch nich uff. Hab anderet zu tun als zu salbadern.»

«Aber …»

«Ooch noch uffmuckn, wa? Mensch, vafatzen Se sich bloß ausse Leitung! Holn Se sich 'n Bier oder 'n Kaffee. Und rufn Se später an.» Damit knallte die Dame aus der Gerichtsmedizin den Hörer auf die Gabel.

Wenn man es den ganzen Tag mit einem Schwaben und mit Toten zu tun hatte, wurde man vielleicht automatisch etwas seltsam, dachte Kappe, wider Willen amüsiert. Die Walküre aus der Turmstraße machte ihrem Ruf, nicht auf den Mund gefallen zu sein, jedenfalls alle Ehre. Eigentlich mochte er sie. Medizinstudium, Promotion, sechs Monate USA mit pathologischer Ausbildung, dann Mitarbeit an verschiedenen Unikliniken, nun Fachfrau für forensische Gesichtsrekonstruktion – Doreen Niedergesäß war ausgezeichnet in ihrem Beruf.

Kappe schaute wieder auf die Uhr. Er musste eine Lagebesprechung mit den Kollegen anberaumen. Bis zehn Uhr war er bestimmt wieder zurück. Er legte einen Zettel auf Galgenbergs Schreibtisch, auf dem er ihm den Zeitpunkt des Treffens in seinem Büro mitteilte und ihn bat, die Nachricht an Kynast weiterzuleiten, und schrieb, dass er noch einmal zum Yachtclub müsse. Einen zweiten Zettel legte er auf den Schreibtisch von Frieda Kessel, der guten Seele der Abteilung K3 im Referat M I. Darauf stand, dass die Sekretärin seinen Sohn, Wolle Kaufmann sowie Lilli Lenné kontaktieren und um zehn Uhr zu einer dringenden Lagebesprechung in sein Büro bitten solle.

Kappe zog den Autoschlüssel aus der Hosentasche und begab sich zu seinem Käfer. Baujahr 1969, L620, savannenbeige. Doch auf dem Parkplatz, den er ansteuerte, konnte er ihn nicht finden. Nachdem er sich von dem Schreck erholt hatte, fiel ihm ein, dass er ihn heute auf einem anderen Parkplatz abgestellt hatte, etwa hundert Meter weiter vom Präsidium entfernt. Er hatte gedacht, etwas Laufen könnte ihm guttun.

Um 8.45 Uhr war er am Ziel. Die Sonne war inzwischen aufgegangen. Im Yachtclub war es um diese Uhrzeit trotzdem noch menschenleer, das Tor geschlossen. Hatten die hier denn nichts zu tun? Kappe suchte nach einer Klingel, entdeckte aber keine. Er rüttelte an den Gitterstäben des Tors. «Hallo! Ist hier jemand?»

Nur das Rauschen des Windes in den Bäumen und das leise Plätschern des Wassers antworteten ihm.

«Hallo!», rief er erneut und zog das O dabei in die Länge.

Er vernahm Schritte. Jemand näherte sich dem Tor. Dieser Jemand trug Hausschlappen und Morgenmantel und hatte außerdem einen ziemlich langen Schopf. Horst Klingenberg konnte es demnach nicht sein. Nein, das war ein jüngerer Mann, unrasiert, mit eng stehenden Augen, einem Dreitagebart und schon so früh am Morgen mit einem leicht verkniffenen Zug um den Mund. Er war vielleicht Mitte oder Ende zwanzig und hatte mittelblondes Haar.

«Guten Tag!», sagte Kappe höflich. «Übernachten Sie hier?»

«Was wollen Sie? Hier ist noch geschlossen.»

«Das sehe ich. Kappe, Kriminalpolizei, Mordkommission.» Hatten die Augenlider des jungen Mannes beim letzten Wort leicht gezuckt? «Darf ich fragen, wer Sie sind?»

«Till. Ich arbeite hin und wieder hier.»

«Und Sie schlafen auch hin und wieder hier?» Schon wieder dieser seltsame Blick. «Lassen Sie mich doch bitte rein. Ich hätte einige Fragen. Ich suche Zeugen.»

«Ich schlafe normalerweise nicht hier. Nur ausnahmsweise heute Nacht, weil wir lange gearbeitet haben. Ich kann Sie auch nicht reinlassen. Ich hab keinen Schlüssel. Außerdem hab ich nichts gesehen.»

«Sie wissen ja noch gar nicht, worum es geht.»

«Ich hab, wie gesagt, keinen Schlüssel. Kommen Sie später wieder.»

Kappe beschloss, nicht aufzugeben. «Wissen Sie etwas von einem Mercedes, der hier in die Luft geflogen ist? Ich meine, als am 2. Februar die Bomben hochgingen?»

«Ich hab nix gesehen.» Mit diesen Worten stapfte der Mann wieder in Richtung Bootsschuppen auf dem Yachtgelände.

«Hallo, ich hab noch Fragen!»

Der Langhaarige in den Hausschlappen reagierte nicht.

Kappe rüttelte wieder an den Stahlstreben des Eingangstors. Doch der Mann sah sich nicht um. Kappe wurde langsam wütend und inspizierte das Tor. Ob er darüberklettern sollte? Ziemlich hoch. Er schaute auf seinen Bauch. *Zu* hoch. Es half nichts, er musste noch einmal wiederkommen. Aber in Begleitung, damit dieser Till sich ihm nicht noch einmal entziehen konnte. Falls der dann noch da sein sollte. Aber irgendjemand würde ihn schon kennen.

Als Kappe wegen des morgendlichen Berufsverkehrs erst anderthalb Stunden später ins Präsidium zurückkehrte, waren Günter Kynast und Hans-Gert Galgenberg schon da.

Galgenberg schaute von einer Akte hoch, als Kappe das Zimmer betrat. «Kommste ooch endlich mal zu der von dir höchstselbst anberaumten Lagebesprechung? Verschlafen, wa? Bist du eigentlich überhaupt noch für uns zuständig? Bist doch an 'nem anderen Fall.» Er tippte auf das Papier. «Ulrikes Akte. Woher ham wa die denn? Ick dachte, det geht dir nüscht mehr an.»

Ein Frauengesicht erschien in der noch offenen Tür. «Och, ich dachte, Kriminaloberkommissar Kappe ist jemand, der auch an Fällen Anteil nimmt, die ihn nichts mehr angehen. Bei der Befragung gestern war schließlich sein Sohn involviert», erklärte Kriminalmeisterin Lilli Lenné, die offenbar mitgehört hatte. Sie trat ins Zimmer und schloss die Türe hinter sich, ehe sie fortfuhr. «Ich habe eine gute Nachricht.»

Drei Augenpaare musterten sie interessiert. Lilli Lenné lachte. «Ich war beim Zeichner.»

Erst jetzt bemerkte Otto Kappe das Papier in ihren Händen. «Wollen Sie malen lernen?»

«Ich kann nicht malen. Sonst hätte ich den Zeichner nicht benötigt.» Sie kam zu ihm und legte ein Phantombild auf seinen Schreibtisch. «Dieser Mann hat gestern die Wohnung von Ulrike Gerke beobachtet. Wir, also Ihr Sohn, Wolle Kaufmann und ich, haben ihn bei der Vernehmung gesehen. Ulrike ist ihm regelrecht um den Hals gefallen, als sie nach der Befragung aus der Wohnung kam. Die haben was miteinander, da bin ich sicher.»

«Donnerlittchen!», entwich es Kappe. Das war genau der Mann, den er heute auf dem Gelände des Yachtclubs angetroffen hatte. Dieser Till. Falls er tatsächlich Till hieß. Er erzählte seinen Kollegen von seinem morgendlichen Besuch in Gatow.

Kurz darauf kamen auch Peter Kappe und Wolle Kaufmann ins Büro.

«Tür zu!», wies Galgenberg sie sofort an.

Die beiden wurden auf den neuesten Stand gebracht, und Kappe berichtete über seine Überlegungen bezüglich eines möglichen Zusammenhangs der Fälle Gatow und Charlottenburg.

«Det heeßt wohl – und natürlich hab ick det jetzt nich so deutlich gesagt –, wir müssen beim einen ooch immer den anderen Fall im Kopf haben, egal, wat Keunitz sacht oda wat wa offiziell dürfn und wat nicht», konstatierte Galgenberg.

Kynast grinste.

Die anderen hatten also längst denselben Gedanken gehabt, schloss Kappe. Auch sie hatten bereits vermutet, dass es eine Verbindung zwischen beiden Fällen gab. Sie würden von Stund an in beiden Fällen gemeinsam ermitteln, ohne es an die große Glocke zu hängen. So war das eben, wenn man sich kannte. Man musste manche Dinge nicht groß kommunizieren, da gab es dieses stillschweigende Einverständnis zwischen Menschen, die einander vertrauten.

Peter Kappe verzog keine Miene und wartete dann seinerseits mit Neuigkeiten auf. Die Bereitschaftspolizei hatte in einem der geräumten Häuser neben Frauen- und Männerkleidung und Pappkartons zwei Schlafsäcke gefunden, außerdem einen kleinen Gaskocher, einige Kerzen sowie ein Spritzbesteck, an dem noch winzige Reste von Heroin klebten. Die Hausbesetzer selbst hatten sie allerdings nicht angetroffen. Peter hatte die Utensilien umgehend zur Kriminaltechnik schicken lassen. Vielleicht fanden sich an ihnen noch Hinweise auf ihre Besitzer.

Otto Kappe nickte. «Gut gemacht!», sagte er, ohne seinen Sohn dabei direkt anzusehen. «Ich denke, wir sollten die Frauenkleider zur Mutter von Ulrike Gerke bringen. Vielleicht gehören sie ja dem Mädchen, und sie erkennt sie», fügte er hinzu.

«Das ist einen Versuch wert», pflichtete Galgenberg ihm bei. «Wir haben da noch was in unserm Fall», fügte er hinzu und schaute erwartungsvoll in die Runde. «Wir kommen gerade von unserm zweiten Besuch in der Turmstraße. Gestern waren sich die Herrschaften da noch nicht hundertprozentig sicher.»

«Gibt es etwas Neues zum Toten im Schutt?» Kappe erwähnte den eigenen Anruf bei Dr. Niedergesäß an diesem Morgen lieber nicht.

Kynast runzelte die Stirn. «Allerdings. Als er unter dem Abrissschutt vergraben wurde, war er noch am Leben.»

«Also kein Unfall.»

«Kein Unfall. Vermutlich ist das Opfer in einem der geräumten Häuser niedergeschlagen worden. Dabei muss es sich heftig gewehrt haben», erläuterte Kynast. «Dann wurde der Mann da eingebuddelt, wo der Kran mit der Abrissbirne steht. Vielleicht hat der Täter gehofft, er würde bei den Abrissarbeiten bald gänzlich verschüttet werden. Dieser Tathergang würde auch zu den Verletzungen des Toten und zu den Spuren am Fundort passen, hat Doktor König heute Morgen gesagt. Doktor Niedergesäß lässt Ihnen übrigens ausrichten, Sie sollen lieber länger schlafen, als so früh anzurufen», ergänzte er.

Otto Kappe ging nicht darauf ein. «Wann war das? Ich meine, wann ist der Mann in den Schutt geraten? Konnten die beiden dazu auch schon etwas sagen?»

«Irgendwann inne Nacht vor seinem Auffinden. So gegen fünf Uhr morgens.»

«Wenn es einen Kampf zwischen dem Toten und dem Angreifer gegeben hat, könnte es vielleicht Zeugen geben», sinnierte Kappe.

«Scherzkeks», erwiderte Galgenberg. «Wie denn, wenn keine Menschenseele dort mehr lebt? Die Häuser sind doch geräumt worden.» Dann wandte er sich an Peter Kappe. «Haste diesbezüglich vielleicht schon nachjeforscht?»

Der nickte. «Ja, natürlich. Wir haben auch noch einmal mit den beiden Damen gesprochen, die gestern am Fundort der Leiche ihren Unmut demonstriert haben.»

Otto Kappe schaute seinen Sohn an. «Aber ihr seid zu keinem Ergebnis gekommen, richtig?»

Kaufmann und Peter Kappe nickten.

«Und in der Kleidung von dem Toten wurden bei der kriminaltechnischen Untersuchung bisher auch keine verwertbaren Hinweise gefunden. Der trug Parka und Nietenhose. Der Mann dürfte so Ende zwanzig, Anfang dreißig sein, sagt die Dame von der Pathologie.» Galgenberg gab sich zwar Mühe, seine gemischten Gefühle für Dr. Doreen Niedergesäß zu verbergen, aber Kappe kannte diesen leicht verkniffenen Zug um die Mundwinkel seines Kollegen.

«Die in der Turmstraße haben übrigens seine Fingerabdrücke genommen. Vielleicht haben wir den Kerl ja schon in den Akten. Ich habe deshalb bereits eine Anfrage gestellt. Und Keunitz will einen Bericht, sagt die Kessel», teilte Kynast mit.

«Mal sehen», meinte Otto Kappe versonnen.

«Ich geh dann mal», erklärte Kriminalmeisterin Lenné unvermittelt.

Kappe war verblüfft. «Wohin wollen Sie denn?»

«Mal sehen, ob ich diese Ulrike Gerke auftreiben kann und in einer weiteren Befragung endlich etwas aus ihr herausbekomme. Bisher war sie störrisch. Oder besser gesagt, ich glaube, sie war ganz auf Turkey, also auf kaltem Entzug. Sie wollte mich gestern nur schnell loswerden, um neue Drogen aufzutreiben. Ich denke, sie hascht nicht nur, sondern konsumiert noch viel härteren Stoff.»

«Das ist eine gute Idee. Sprechen Sie noch mal mit ihr», pflichtete ihr Kappe bei. «Mal abgesehen davon, dass es wichtig wäre, ihre Dealer dingfest zu machen. Vielleicht ist ja einer von denen der, der vor ihrem Haus auf sie gewartet hat. Wir müssen auch wissen, ob sie den Toten kennt. Schließlich hat sie nach der Vergangenheit gesucht. Und der Vergangenheit gehört der Mann im Schutt auf jeden Fall an.»

Lilli Lenné fand Ulrike Gerke an diesem Tag nicht. Weder die Mutter noch Richter Grätz und seine Frau hatten eine Ahnung, wo sie stecken könnte. Aber Franziska Gerke erkannte die Kleidung, die in einem der Abrisshäuser entdeckt worden war. Es waren eindeutig Ulrikes Sachen. Doch das Fixerbesteck – nein, das gehörte nicht ihrer Tochter, da war sich die Mutter sicher. Ulrike habe doch einen Entzug gemacht, sie sei clean. Als sie das sagte, brach ihre Stimme. Es war unschwer zu erahnen, wie groß die Sorge und der Kummer um ihre Tochter waren. Lilli Lenné konnte nicht anders, sie nahm die Frau mit dem verhärmten Gesicht in den Arm.

Im Anschluss kam sie in Otto Kappes Büro und informierte ihn. Dieses Mädchen bewege sich in einem gefährlichen Umfeld. Es sei nicht sicher da draußen, erklärte sie mit gerunzelter Stirn. Ob es nicht besser sei, die Mutter zu überreden, eine Vermisstenanzeige aufzugeben oder das Mädchen sogar zur Fahndung auszuschreiben?

Für die Vermisstenanzeige sei es noch zu früh, befand der Kriminaloberkommissar. Ulrike Gerke sei ja erst wenige Stunden weg. Und für eine Fahndung sehe er aktuell keine hinreichende Grundlage.

Lilli Lenné war darüber nicht erfreut.

Nachdem die Kriminalmeisterin Lenné gegangen war, lehnte sich Otto Kappe wieder einmal in seinem Bürostuhl zurück und verschränkte die Hände hinter dem Kopf. Was sollte er nun tun? Er musste in Sachen Yachtclub weiterkommen. Bloß wie? Schließlich durfte er niemanden verprellen. Und wenn er es anders anpackte? Er brauchte einen guten Vorwand, irgendetwas Unverfängliches, etwas, das nicht im Entferntesten mit Terrorismus zu tun hatte, wenn er im Yachtclub Informationen bekommen wollte. Moment. Da war doch noch die Sache mit dem gestohlenen Audi. Wenn er einfach behauptete, bei einer anderen Ermittlung sei ein Audi aufgetaucht, bei dem es sich um den in Gatow gestohlenen Wagen handeln könne, und dem müsse er nachgehen? Dagegen konnten die Briten doch nichts haben, oder? Ja, die Geschichte klang plausibel. Es war ein Audi verschwunden, und eine Anzeige gab es laut Horst Klingenberg auch. Auf die konnte er sich berufen.

Zur Sicherheit kontaktierte er die Kollegen vom Diebstahl. Die fanden unter einem ganzen Stapel unerledigter Fälle tatsächlich die Anzeige Klingenbergs. Kurz darauf lag sie auf seinem

Schreibtisch. Kappe blätterte sie durch. Das mit der Schreibmaschine getippte Protokoll der Einlassung Klingenbergs war kurz. Der hatte ausgesagt, er wisse nicht, wer den Wagen gestohlen haben könnte. Von explodierten Autos und einem zerfetzten Hausmeister war in der Anzeige mit keinem Wort die Rede.

An diesem Abend hatte Otto Kappe zudem noch ein ziemlich langes und sehr vertrauliches Gespräch mit seinem Sohn. Sie berieten sich auch darüber, wie sie Ulrike Gerke finden könnten, ohne eine Fahndung einzuleiten.

KAPITEL SIEBEN

in dem Peter Kappe einem alten Bekannten begegnet

PETER KAPPE kam nicht zur Ruhe, er wälzte sich im Bett hin und her, möglichst leise und vorsichtig, um Sarah nicht zu wecken. Sie brauchte ihre Nachtruhe, auch wenn Töchterchen Tabea seit Neuestem durchschlief. Eigentlich war er ebenfalls müde. Sie waren zum Abendessen bei den Eltern gewesen. Ein schöner Abend, ohne die Reibereien von früher. Trotzdem war so ein Treffen mit einem kleinen Kind immer anstrengend. Dennoch konnte er nicht einschlafen. Ihm war ebenso wie dem Vater sehr unwohl bei dem Gedanken, dass eine Fünfzehnjährige mutterseelenallein und womöglich unter Drogeneinfluss da draußen herumirren könnte. Ein Mädchen, das Stoff brauchte, kam in diesen Tagen schnell unter die Räder. Oder landete auf dem Strich. Nachdem die Polizei ihr Versteck in den geräumten Häusern entdeckt hatte, gab es für Ulrike Gerke vermutlich keinen Ort mehr, an den sie sich flüchten konnte. Peter wusste von seinem Vater, dass Franziska Gerke die Frauenkleidung aus einem der Abrisshäuser eindeutig als die ihrer Tochter identifiziert hatte. Zur Mutter würde Ulrike aber sicherlich nicht zurückkehren.

Nachdem er zwei Stunden Schafe gezählt hatte, hielt es ihn nicht mehr im Bett. Es war inzwischen nach Mitternacht. Er beschloss, sich die restliche Nacht um die Ohren zu schlagen und gleich mit den Nachforschungen zu beginnen, um die ihn der Vater am Abend gebeten hatte.

Als Peter zum ersten Mal zu seinem Vater ins Büro gegangen war, hatte er durchaus bemerkt, wie unsicher der sich fühlte. Das gab ihm auch selbst Zeit, sich an die neue Lage zu gewöhnen. Eines war ihm allerdings schnell klar geworden: Kriminaloberkommissar Otto Kappe genoss den Respekt, das Vertrauen, um nicht zu sagen die freundschaftliche Anerkennung seiner Kollegen. Und er war keiner, der sich stur an Vorschriften hielt, sondern eher jemand, der die Spielräume sehr großzügig auslegte, wenn er es für angebracht hielt. Sie waren sich wohl ähnlicher, als er es bisher angenommen hatte. Peter musste an einen Satz der Mutter denken: «An anderen mag man am wenigsten die eigenen Fehler.» Seine Mutter war eine kluge Frau.

Peter zog sich möglichst leise an, um Sarah und Tabea, die eng aneinander gekuschelt auf der anderen Seite des Bettes lagen, nicht aufzuwecken, und überlegte dabei, wie er vorgehen sollte. Wahrscheinlich wussten inzwischen viele seiner früheren Kumpels, dass er bei der Polizei war. «Bullen» waren in linken Kreisen extrem unbeliebt. Dennoch wollte er es versuchen. Er hatte ein Doppel der Phantomzeichnung des Freunds von Ulrike Gerke, der angeblich Till hieß, mit nach Hause genommen und steckte es sich nun in die Tasche. Das war natürlich nicht erlaubt, es handelte sich um ein Beweismittel. Doch der Vater hatte weggeschaut, und er würde es gleich morgen zurückbringen. In der Nacht brauchte sicherlich niemand das Phantombild.

Peter entschied sich, zunächst zum Bahnhof Zoo zu fahren. Die Rückseite des Bahnhofs, die an der Jebensstraße gelegen war, hatte sich immer mehr zu einem Treffpunkt der Drogen- und Stricherszene entwickelt. Er begegnete aufgedonnerten Schönheiten mit erweiterten Pupillen und Ekzemen, die Stiefel und Minis trugen, die gerade mal den Po bedeckten. Viele von ihnen konnten seiner Einschätzung nach nicht älter als dreizehn Jahre alt sein. Da waren aber auch Jungs in Schlaghosen, die wahrscheinlich auch nicht viel älter waren. Einige von ihnen sahen ausgemergelt aus, und im Neonlicht der Straßenlampen wirkten ihre Gesichter noch bleicher, als sie es vermutlich ohnehin schon waren.

Niemand hatte Ulrike Gerke gesehen. Niemand kannte den Mann auf dem Bild. Eigentlich, das musste sich Peter eingestehen, hatte er auch nichts anderes erwartet. Immer mal wieder schaute er sich um. Er wurde das Gefühl nicht los, beobachtet zu werden, konnte aber niemanden ausmachen, der ihm verdächtig erschien. Er entschloss sich, das Gefühl zu ignorieren.

Es war schon weit nach Mitternacht, als Polizeimeister Kappe das «Centrum» in der Genthiner Straße 26 im Bezirk Tiergarten ansteuerte. Die Disco befand sich in einer umgebauten Tiefgarage, der Eingang lag auf Höhe der Straße. Sie war täglich ab 19 Uhr geöffnet. Peter hoffte, keinen Zivilfahndern zu begegnen, die ihn kannten, denn die Diskothek stand unter Beobachtung. Er wollte sich unauffällig unter die Gäste mischen. Ganz so wie früher.

Über eine breite Treppe gelangte er in die Tiefe. Hämmernde Bässe des Progressive Rock, Lichtblitze, Zigarettenrauch und Nebelschwaden, in denen sich Körper wanden, empfingen ihn. Prog-Rock war der angesagte Sound der Szene. Die international bekannten Bands hießen Emerson, Lake and Palmer, Genesis, King Crimson und Yes. Es gehörten aber auch Camel, Gentle Giant, Jethro Tull, Manfred Man's Earth Band und Mike Oldfield dazu. Das waren die, die Peter kannte und mochte. Für westdeutsche Bands wie Hoelderin oder Novalis interessierte er sich nicht so sehr, höchstens für Grobschnitt. Der symphonische Stil, der sie berühmt gemacht hatte, war ihm allerdings meist zu bombastisch. Er mochte klare Riffs und wenig Schnörkel. Aber die Gruppe hatte ihr Publikum. In der *Bravo* hieß es, dass ihre Platten teilweise sechsstellige Verkaufszahlen vorzuweisen hatten. Doch Peter hing irgendwie immer noch dem experimentierfreudigeren sogenannten Krautrock an, der seine Hörgewohnheiten ab den späten Sechzigerjahren geprägt hatte. Er mochte das Psychedelische, das Amon Düül bot, weshalb der Vater oft genug gedacht hatte, dass er Drogen nehme. Oder die Musik von Can, einer Kölner Gruppe, vor etwa vier Jahren gegründet, die sogar die Bezeichnung Band für sich ablehnte. Es gefiel Peter, dass sie sich in keine Schublade einordnen ließ. Die Jungs spielten eine Mischung aus Free Jazz, avantgardistischem Jazz und dem, was die Szene Krautrock nannte, dazu kamen psychedelische Elemente. Außerdem, das musste er zu seiner Schande gestehen, hörte er auch ab und an The Sweet, die im Januar 1972 die *Bravo*-Charts angeführt hatten. Mit Sängern wie Ricky Shayne oder Daliah Lavi, die ebenfalls in den Charts vertreten waren, konnte er sich indessen nicht anfreunden.

Peter grinste in sich hinein. Ja, die *Bravo*. Natürlich hätte er früher niemals zugegeben, dass er diese Zeitschrift gelesen hatte. Insbesondere die Antworten von «Dr. Sommer» auf Leserfragen. Meist ging es um Sex und Liebe. Vermutlich wurden mehr Jugendliche von Dr. Sommer aufgeklärt als von den eigenen Eltern.

Als er sich in der Diskothek umschaute, hatte er für einen Moment das Gefühl, keine Luft mehr zu bekommen. Ein Dunstschwall aus Schweiß, erotischer Überhitzung, Alkohol, Erbrochenem und lauter Musik schlug ihm entgegen. Zum ersten Mal wurde sich Peter bewusst, dass Lärm eine Wand bilden konnte, eine zwischen drinnen und draußen, eine zwischen denen, die dazugehörten, und jenen, die es nicht taten. Zu Letzteren zählte nun wohl auch er selbst. Sarah, das Kind, die Arbeit bei der Polizei – das alles hatte ihn verändert.

In dämmrigen Ecken auf dem Weg zu den Toiletten drängten sich im Halbdunkel die verschiedensten Gestalten. Einige waren ganz sicher Dealer, andere deren Kunden. Peter ignorierte sie. Er hatte keinen offiziellen Auftrag, sich in der Szene umzuschauen. Nur dieses Gespräch mit dem Vater. Auf eine gewisse Weise machte ihn dessen Vertrauen stolz. Zum ersten Mal hatte der Vater ihn ernst genommen, hatte ihn um Hilfe gebeten.

Er dachte an Sarah und seine Kleine, die beide hoffentlich selig schlafend in ihren Betten lagen. Ihn durchströmte ein wohliges Gefühl. Ob der Vater für ihn auch so empfunden hatte? Er hatte Sarah einen Zettel auf dem Küchentisch hinterlassen, auf dem stand, dass er zu einem überraschenden Einsatz gerufen worden sei. Sie würde sich sonst Sorgen machen. Denn natürlich wusste sie über seine Vergangenheit in der linken Szene Bescheid.

Sie sprach nicht darüber, aber er spürte, dass sie Angst hatte, diese könne ihm noch Probleme bereiten.

Peter beschloss, sich zunächst an der Bar umzuschauen. Vielleicht fand er jemanden, den er kannte.

Kurz darauf hatte er erneut das Gefühl, beobachtet zu werden. Er konnte jedoch auch dieses Mal niemanden entdecken. Dann vernahm er hinter sich eine knarzige Stimme.

«Hey, Alter, mal wieda da? Haste mal 'ne Mark?»

Peter drehte sich um. Ben. Benjamin Klein, genannt Tinker. Er wusste nicht, woher der Spitzname kam. Vielleicht wurde Ben deshalb so genannt, weil er Glitzerzeug liebte. Ketten, Armbänder, Ohrstecker und Strass auf der Kleidung. Peter erschrak. Selbst im Dunkeln erkannte er, wie stark Tinker gealtert war. Um seinen Mund hatten sich tiefe Falten gebildet, unter den Augen Tränensäcke. Er sah aus, als hätte er seit Tagen nicht geschlafen.

«Soll ich dir etwas bestellen?»

«Ach nee, zu freundlich. Willste was von mir, Herr Polizist? Gloob ja nich, det ich nich weiß, dass du die Fronten gewechselt hast. Ehrlich gesagt, is es mir lieber, ick werd nich mit dir jesehen. Ick hab dir bloß anjesprochen, weil ick mir – lass es mich mal so sagn – in 'nem vorübergehenden Engpass befinde.»

Peter Kappe begriff sofort, was Tinker meinte: Er brauchte Geld für seinen nächsten Schuss. «Na, dann eben nicht.» Damit drehte er ihm den Rücken zu.

«Hey, war nich so jemeint! Du bist doch nich aus Sehnsucht nach mir hier rinjetrudelt, wa? Also, wen suchste denn? Oder wat suchste? Ick sach's mal so: Ick bin keen Spion, auch kein Bulleninformant – aba wenn man so als Staatsbürga 'nem alten Kumpel helfen kann …»

«Na gut.» Peter zog die Phantomzeichnung aus seiner Jackentasche. «Kennst du den?»

Zu seiner Überraschung lachte Tinker lauthals. «Du etwa nich? Sag mal, in wat für 'n Laden arbeeteste denn? Der Typ is mit der gesamten Bullerei auf Du – und du weeßt nich, wer det is?»

«Also?»

«Nee, meen Lieber, nüscht is umsonst. Haste 'nen Zehner?»

Peter hatte.

Tinker schaute ihn auffordernd an. «Wo der is, da is noch eener.»

Notgedrungen zückte Peter seinen Geldbeutel ein weiteres Mal. «Dafür bekomme ich aber einen Bonus.»

«Un wat für eenen?»

«Ich suche außerdem ein Mädchen. Ulrike, Ulrike Gerke.»

«Kenn ick nich.»

«Sie ist blond, gerade mal fünfzehn, und sie fixt. Ihre Mutter ist Zugehfrau. Putzt bei einem Richter. Sie wohnt in Charlottenburg. Und sie weiß ab und an, wo Drogenrazzien stattfinden.»

«Ach, *die* Tussi meenste. Na, die kenn wa. Klasse Figur. Is 'ne Nette.»

«Weißt du, wo sie ist?»

«Keene Ahnung. Hab jehört, det die sich hin und wieder inne Abbruchhäuser in Charlottenburg rumtreibn tut. Aber ansonstn weeß ick nüscht.»

«Ist sie da alleine? Oder mit wem trifft sie sich dort?»

«Keene Ahnung. So, nu is aber jenuch mit Bonus. Her mit die restliche Knete!»

Ein weiterer Schein wanderte in Tinkers tabakbraune Finger. Peter wartete, die Zeichnung in der Hand, während sich Tinker eine Filterlose drehte. Als dieser damit fertig war, hielt Peter ihm das Phantombild noch einmal unter die Nase. «Überleg noch mal! Ich will einen Namen.»

«Also jut. Weil de so nett fragen tust. Det is Till. Eulenspiegl nenn wa ihn. Weil der irgendwie spinnt. Is 'n Großmaul. Gibt an wie Bolle und fühlt sich so wat von toll. Er sacht, det die Polizei ihm übahaupt nüscht kann. Und wenn du ihn denn fragst, warum, sachta, det sei 'n Geheimnis, 'n janz großet. Aba er sei ein jefragter Mann. Weil er sich auskennt und so. Bei die Polizei heißta Schmidt. Till Schmidt.»

Till Schmidt also. Ein Großmaul, das sich auskannte. Das sich offenbar für jemanden hielt, der über dem Gesetz stand. Interessant. Und wer oder was schützte ihn vor der Polizei? Anscheinend verfügte er über Kontakte.

Tinker öffnete den Mund, machte ihn aber gleich darauf wieder zu.

«Was ist?»

«Det is seltsam.»

«Was denn?»

«Aber nur, weil du's bist. Wehe, du sachst eim, von wem du det allet hast!»

«Mach ich nicht.»

«Vasprochn?»

Peter hob Mittel- und Zeigefinger zum Schwur und machte dann mit der anderen Hand eine Reißverschlussbewegung über die Lippen.

«Also jut, aber wehe ... Der Eulenspiegel, der is janz dicke mit dem Mädchen, der Ulrike. Find ick komisch, det du ausjerechnet nach dem und ihr im gleichn Atemzug fragst. Wenn de mich fragst, denn hat der keene juten Absichten. Aba die Kleene is janz hinjerissen von dem Typen, folgt ihm wie 'n Hündchen. Is wohl jut im Bett, der Eulenspiegel. Anders kann ick mir det nich zusammenreim ... Aba erklär mir eena die Vorliebn von Fraun. Kannste nich.» Tinker brach ab.

Peter meinte, eine Spur von Neid in seiner Stimme gehört zu haben. «Wie lange geht das denn schon zwischen dem Mädchen und diesem Eulenspiegel?»

«Na, so jenau weeß ick det nich. Aber so Anfang Februar issa zum erstn Mal mit ihr zusammen hier uffjetaucht, ick meene, als Paar, und hat se anjeschmalzt. Einzeln warn beede ab un zu schon vorher hier. Der kannte die Kleene also mindestens vom Sehen. Nehm ick jedenfalls mal an. Hia kennt ja jeder irgendwie jede. Bloß det mit die angeblich jroße Liebe, det kam erst so im Februar. Biste jetzte fertich mit deene Fragn?»

Anfang Februar … Am 2. Februar hatte der Anschlag in Gatow stattgefunden, schoss es Peter durch den Kopf. Ob der Zeitpunkt von Bedeutung war? Nun, eines nach dem anderen. Peter nickte. «Ja, danke dir.»

In dieser Nacht ging Peter Kappe nicht mehr ins Bett. Frau und Tochter schliefen noch immer tief und fest, als er nach Hause kam. Er zerknüllte den Zettel, den er vorhin auf den Küchentisch gelegt hatte, und warf ihn in den Abfalleimer. Nach reiflicher Überlegung und zwei Tassen Kaffee entschied er sich, bei Lilli Lenné anzurufen. Es war zwar noch früh, die Sonne ging gerade erst auf, aber sie würde das schon verstehen.

Peter hatte ziemlich schnell gemerkt, dass er und Kriminalmeisterin Lenné meist auf derselben Wellenlänge lagen. Sie würde ihm den frühen Anruf nicht verübeln. Nach langem Tuten meldete sich eine Männerstimme. Peter erklärte sein Anliegen.

«Moment, ich gebe Sie weiter.»

Kurz darauf ertönte die Stimme der Kriminalmeisterin in der Leitung. Die klang zwar noch verschlafen, hörte aber aufmerksam zu, als er ihr von Schmidt erzählte.

Lilli Lenné versprach, weitere Erkundungen einzuholen, stellte aber klar, dass alle Informationen, die sie über Mitglieder der linken Szene besorgen würde, inoffizieller Natur seien. Peter merkte auf. Es wurde gemunkelt, sie sei mit einem Kollegen vom Staatsschutz verlobt, vermutlich handelte es sich dabei um den Kerl, der ans Telefon gegangen war. Peter versprach Stillschweigen.

Und weil Fräulein Lilli so gute Verbindungen in Ermittlerkreise hatte, von denen Otto Kappe sich nach Eindruck seines Sohnes derzeit lieber fernhalten wollte, besorgte sie gleich an diesem Morgen in Windeseile Elektrofotografien der wichtigsten Teile der Akte Till Schmidt, genannt Eulenspiegel. Bei welcher Behörde die Originale lagen, war aus dem Doppel nicht zu ersehen. Lilli Lenné und Peter Kappe trafen sich zur Übergabe auf dem Flur der Kriminalpolizei. Letzterer überflog die Papiere eilig.

Schmidt alias Eulenspiegel, der Freund von Ulrike Gerke, war mit Mutter und fünf älteren Geschwistern im Herbst 1943 aus Friedenau nach Sernow im Landkreis Jüterbog-Luckenwalde evakuiert worden. Die Mutter war alleinerziehend. Denn der Vater, 1944 zur Wehrmacht eingezogen, war bereits am 26. Dezember 1944 bei der Ardennenoffensive gefallen. Nach Kriegsende zog die restliche Familie zurück in ihre teilweise zerstörte Friedenauer Wohnung. Schmidt begann nach neun Schuljahren in der Oberschule, praktischer Zweig, eine Ausbildung zum Matrosen, die er aber abbrach. Danach schlug er sich in Berlin als Tagelöhner durch. Der erste Punkt auf seinem Weg in eine kriminelle Karriere: Wegen mehrmaligen Verstoßes gegen die Schulpflicht war er im Alter von siebzehn Jahren zu drei Monaten Dauerarrest verurteilt worden. Kurz vor seinem achtzehnten Geburtstag hatte er es vorgezogen, aus Berlin zu verschwinden, und war nach Trier gegangen, der Stadt von Karl Marx. Dort lernte er ein Mädchen namens Christa kennen. 1964, im Wonnemonat Mai, war Hochzeit, drei Monate später kam der gemeinsame Sohn zur Welt.

In Trier politisierte sich Schmidt zunehmend. Er kam in Kontakt mit der Außerparlamentarischen Opposition und wurde im Sommer 1968 Mitbegründer der Sozialistischen Basisgruppe Trier. Ende desselben Jahres war er der Deutschen Kommunistischen Partei beigetreten. Es gab starke Verdachtsmomente, dass er an einem Brandanschlag mit Molotowcocktails auf das Sekretariat eines Gymnasiums beteiligt gewesen war.

Solchermaßen vorgebildet, war Schmidt 1969 ohne Frau, aber mit seinem Sohn wieder nach Berlin zurückgekehrt und hatte sich auch dort politisch in der linken Szene engagiert. Das hatte sich offenbar nicht mit den Vaterpflichten vereinbaren lassen, denn der Sohn, den er seit der Trennung alleine großgezogen hatte, war wieder zur Mutter gekommen.

Alles in allem galt er fortan als ein Mann der schnellen Deals, der ab und an kleine Überfälle oder Erpressungen verübte. Seine Diebesbeute schleppte Schmidt anschließend ins Bordell, kaufte Drogen davon oder nutzte sie, um ein mehr oder weniger naives junges Mädchen wie Ulrike Gerke zu beeindrucken.

Peter Kappe legte die Akten seinem Vater auf den Schreibtisch.

Am Nachmittag fand er Ulrike Gerke dann doch noch, und zwar im «Haus der Mitte», einer Jugendeinrichtung in einem Gemeindezentrum der evangelischen Kirche. Till Schmidt war nicht bei ihr.

Peter expedierte das Mädchen zu seiner Mutter. Die Fünfzehnjährige wehrte sich zunächst, wollte keinesfalls nach Hause und gab erst nach, als Peter ihr erklärte, dass sie nur zwei Möglichkeiten hatte: Entweder er brachte sie zur Befragung ins Präsidium oder zu ihrer Mutter.

Franziska Gerke fiel ihm fast um den Hals, als er mit ihrer Tochter vor der Türe stand. Sie versprach hoch und heilig, auf Ulrike aufzupassen und sie am nächsten Tag ins Präsidium zu bringen.

Etwa zur selben Zeit machte sich Polizeioberkommissar Otto Kappe erneut zum Yachtclub nach Gatow auf, dieses Mal jedoch in Begleitung von Günter Kynast und Hans-Gert Galgenberg. Er ließ sich nicht abwimmeln und bestand darauf, jemanden zu sprechen, der ihm in Sachen Autodiebstahl Auskünfte geben könne. So begegnete er dem Neffen des in der Luft zerfetzten Hausmeisters, Manfred Lüttke. Der hatte gerade versucht, von Horst Klingenberg die vorletzte Rate für den Audi einzukassieren, war aber erfolglos geblieben, weil er Klingenberg nicht im Yachtclub angetroffen hatte. Er bestätigte zwar das Arrangement zwischen seinem Onkel und Horst Klingenberg bezüglich des Audi, erwies sich aber ansonsten als wenig gesprächig.

Kappe hatte die Faxen dicke. Er bestellte Lüttke noch für denselben Abend aufs Präsidium. Doch der erschien nicht. Dafür erhielt Kappe einen Anruf.

«Wagner, Referat MEK 5. Haben Sie einen Moment Zeit, Kriminaloberkommissar Kappe?»

«Selbstverständlich. Gut, dass Sie anrufen. Ich hätte Sie schon längst kontaktieren sollen.»

«Ja, das hätten Sie – aber nüscht für ungut. Kriminalrat Keunitz hat mir ja erklärt, dass Sie sich Ihren Sohn ausleihen möchten. Das geht ja noch, aber den Kollegen Kaufmann gebe ich nicht auch noch her.»

Kappe mochte das Lachen, das am anderen Ende der Leitung erklang. «Dafür habe ich Verständnis. Auch wenn Herr Kaufmann eine Bereicherung für unsere Ermittlungen war. Aber danke, dass mein Sohn bleiben kann. Ich brauche seine Erfahrung in der linken Szene.»

«Für den Fall im Yachtclub?»

Kappe zögerte absichtlich, ehe er antwortete. «Ja ... für den Fall im Yachtclub.»

«Soso.»

Kappe spürte, Andreas Wagner hatte verstanden, dass noch mehr dahintersteckte.

«Also gut. Einen feinen Jungen haben Sie, Herr Kollege. Sie können stolz auf ihn sein. Ich halte große Stücke auf ihn.»

Kappe wusste nicht, was er dazu sagen sollte. Für einen Moment herrschte Stille. Er konnte es in der Leitung knacken hören, aber er dachte sich nichts dabei.

«Kriminaloberkommissar Kappe, sind Sie noch da?», fragte Wagner und beendete damit das Schweigen.

«Ja, vielen Dank.»

«Ich bin sowieso der Meinung, Ihr Sohn wäre bei der Kripo gut aufgehoben. Er ist sehr verständig und denkt analytisch. Er steht fest auf dem Boden des Grundgesetzes. Er ist ganz sicher kein Kommunist. Wussten Sie eigentlich, dass meine Leute derzeit wegen des Radikalenerlasses durchleuchtet werden? Unschöne Sache das. Na denn, viel Erfolg!» Damit legte Wagner auf.

Kappe musste erst einmal tief durchatmen. Die letzte Anmerkung war ganz entschieden eine Warnung gewesen. Der Staatsschutz hatte die Spur zu Peters linker Vergangenheit aufgenommen. Es war nur eine Frage der Zeit, bis er ihn in die Mangel nehmen würde. Kappe erinnerte sich an das Knacken in der Telefonleitung. Er musste dringend mit Peter reden, aber nicht im Büro.

Friedrich Michalke, Kassierer der Bankfiliale am Grünen Weg, machte sich wie jeden Abend an die Abrechnung. Bald war Feierabend, und er freute sich darauf, seinen gläsernen Kassenkasten zu verlassen. Seitdem es eine Serie von Banküberfällen gegeben hatte – zu den meisten hatten sich linksterroristische Organisationen bekannt –, hatten die Banken solche Glaskästen für die Kassierer eingerichtet. Michalke war sich indessen bewusst, dass der Schutz, der von diesen Häuschen ausging, nur sehr beschränkt war. Über die Durchreiche konnte er noch immer bedroht werden. Alle Mitarbeiter der Bank hatten die Order, im Notfall nicht die Helden zu spielen. Michalke kam das gelegen, er war sowieso nicht zum Helden geboren. Er war vierzig Jahre alt, relativ pummelig und zweifacher Vater.

Im Fall eines Banküberfalls wusste jeder der Angestellten, wie er sich zu verhalten hatte. Es sollte alles getan werden, um Schüsse zu vermeiden. Es war teurer für die Bank, einem verletzten Kunden eine lebenslängliche Rente zu bezahlen, als einmalig Geld zu verlieren, das die Versicherung sowieso ersetzen würde.

Michalke summierte die Einnahmen, verglich sie mit den Ausgaben. Die Bilanz war korrekt. Seine Kasse stimmte immer. Bald würde er Sakko, Hemd und Schlips ablegen können. Insbesondere der Binder war für ihn aufgrund seines kurzen Halses eine tägliche Qual. Doch die Bank bestand auf dem seriösen Erscheinungsbild ihrer Angestellten. Ihm wurde warm beim Gedanken an den von seiner Frau selbst gestrickten Pullunder aus Baumwolle mit dem Zopfmuster, den er im Spind aufbewahrte. Der machte ihn zwar nicht schlanker, aber er drückte wenigstens nicht so am Hals. Derzeit strickte seine Liebste an einem dünneren Stück, das er auch unter dem Jackett tragen konnte, einem Pullunder mit Karos, Argyle-Muster nannte man das. Sie fand das schick, argumentierte, dass schon englische Hoheiten so etwas getragen hätten und Golfer sowieso. Seine Frau hatte hochtrabende Pläne mit ihm. Er war zwar kein Adliger, aber Bankdirektor, das konnte er durchaus werden. Und ein Bankdirektor spielte ihrer Meinung nach Golf. Friedrich Michalke wollte nicht Golf spielen, er wollte möglichst seine Ruhe haben. Doch da er seine Frau kannte, widersprach er ihr nicht.

In letzter Zeit hatte es wieder vermehrt Banküberfälle gegeben, die Taktik war meist ähnlich. Er hoffte, dass er verschont bleiben würde. Denn die Bankfiliale am Grünen Weg lag günstig für Überfälle. Wer von dort aus schnell verschwinden musste, war nur schwer mit dem Wagen zu verfolgen. In die Filiale in der Wilmersdorfer Straße kamen die Verbrecher dagegen nicht so gerne, da waren die Fluchtwege unsicherer. Zu Fuß zu flüchten und dann ein Stückchen entfernt in ein parkendes Auto zu steigen, das war derzeit gängiges Muster.

Der Kassierer wurde aus seinen Gedanken gerissen, als die Tür der Bankfiliale das übliche «Dingdong» von sich gab. Warum war denn noch nicht abgeschlossen worden? Michalke löste seinen Blick von der Abrechnung und schaute hoch. Er erstarrte, sein Albtraum war Realität geworden: Drei Männer mit Skimasken standen im Raum, ihre Waffen gezückt. Die Mündung einer Pistole wies durch die Ausgabeöffnung des Glaskastens direkt auf ihn.

«Das ist ein Überfall! Wenn de brav bist, passiert nüscht. Willst ja wieder nach Hause, wa, Alter? Nu rück die Knete raus!»

KAPITEL ACHT

in dem Peter Kappe mit einem Namen aus der Vergangenheit konfrontiert wird

ALS OTTO KAPPE tags drauf ins Präsidium kam, war sein Sohn schon vor Ort und wartete auf ihn. Er wirkte aufgeregt wie ein kleiner Junge, der es nicht erwarten konnte, dass der Vater ihn zu einem Abenteuer mitnahm.

«Hast du die Akte gefunden?», fragte Peter Kappe.

«Meinst du die auf meinem Schreibtisch?»

Peter nickte.

«Hast du die besorgt?»

«Nicht direkt. Das ist der Typ, der vor Ulrikes Wohnung gewartet hat.»

Sein Vater schmunzelte und blätterte in den Unterlagen. «Windiger Kerl, dieser Till Schmidt. Ich hoffe, du hast den Kollegen für das Material gedankt.»

Peter sagte nichts.

«Versteh schon. Wir müssen noch über etwas anderes reden.»

Da stürmte Hans-Gert Galgenberg ins Büro. «Habt ihr schon gehört? Es gab wieder einen Banküberfall. Im Grünen Weg. Die haben Zettel hinterlassen, auf denen steht, dass sie von der Organisation 2. Juni sind und das Geld benötigen, um die werktätigen Massen zu stärken.» Der Schnaufer, der folgte, verriet, was Galgenberg von solchen Absichten hielt.

In diesem Moment trudelte auch Günter Kynast ein. «Schon gehört? Da war 'n …»

«Banküberfall!», kam die mehrstimmige Antwort.

«Ick denke, det fällt jetzt in unsre Verantwortung, wa? Soweit ick weiß, ermitteln wir ja gegen den 2. Juni … Irgendwie jedenfalls.»

«Fragt sich nur, wie lange noch», meinte Kynast trocken.

Frieda Kessel betrat den Raum. «Der Chef bittet Sie zu sich.» Sie schaute Peter Kappe an. «Alle bis auf Sie. Tut mir leid, ich weiß auch nicht, warum.»

«Das nächste Mal bist du auch mit dabei. Du gehörst zu uns, solange du zu unserer Abteilung abgestellt bist», versicherte Otto Kappe seinem Sohn.

«Danke», sagte Peter leise.

Friedhelm Keunitz war nicht allein, als Otto Kappe mit seinen Kollegen das Büro des Kriminalrats betrat.

Kappe hielt sich nicht mit langen Vorreden auf. «Warum durfte Polizeimeister Peter Kappe nicht mitkommen?»

«Das klären wir später. Sie können ihm sagen, dass ich ihn sehen möchte, wenn wir hier fertig sind. Wie macht er sich denn, Ihr Junge?»

«Gut», antwortete Kappe. Die Situation gefiel ihm nicht. Ebenso wenig wie der Mann, der im Büro von Keunitz saß und der es noch nicht einmal für nötig hielt, Guten Tag zu sagen. Er war bei den Kollegen im Präsidium kein Unbekannter. Er nannte sich Robert Pfister. Aber eigentlich hieß er Harry Stelter, war 36 Jahre alt und fürs Landesamt für Verfassungsschutz mit Sitz Auf dem Grat direkt an der Clayallee in Zehlendorf tätig. Der Verfassungsschutz-Oberamtsrat gehörte der Abteilung Linksradikalismus an und war ein Mann mit besonderen Verbindungen. Man nannte ihn auch «Die Krake». Er war eine zwielichtige Gestalt mit manchmal sehr gewöhnungsbedürftigen Methoden, angesiedelt in der Grauzone zur Illegalität, und selbst unter den eigenen Kollegen nicht unumstritten. Es hieß, für ihn heilige der Zweck die Mittel.

«Die Sachlage hat sich geändert», sagte Keunitz. «Im Fall Yachtclub Gatow ermittelt jetzt wieder der Verfassungsschutz beziehungsweise der Staatsschutz. Der Kollege Pfister …», Keunitz deutete auf den Besucher, «… hat mich soeben informiert. Herr

Kappe, Sie fassen zusammen, was Sie bisher herausgefunden haben, und leiten das an den Kollegen weiter.» Es war Keunitz trotz seines lockeren Tons anzumerken, dass ihn die Sache ärgerte.

Kriminaloberkommissar Kappe nickte mit unbewegter Miene. Er wagte nicht zu fragen, ob denn die Briten ihre Haltung zu den Ermittlungen des Staatsschutzes geändert hatten. Er konnte es sich jedenfalls nicht vorstellen. «Aber selbstverständlich. Kann ich davon ausgehen, dass wir dann im Fall des Toten in Charlottenburg weiterermitteln? Es war Mord, das ist inzwischen klar. Und jetzt haben wir ja die Zeit dafür.»

«Aber natürlich.» Keunitz tat die Angelegenheit mit einer Handbewegung ab. «Meine Herren, halten Sie mich auf dem Laufenden. Bitte künftig täglich.»

«Was ist mit der Kollegin Lenné? Bleibt sie uns erhalten?»

Keunitz schüttelte den Kopf. «Nein, die wird in ihrer eigenen Dienststelle gebraucht. Immerhin haben Sie ja jetzt Ihren Sohn an der Seite. Er wird Ihnen weiterhin zur Verfügung stehen, auch wenn der Fall Gatow jetzt für Sie erledigt ist, er hat ja schon viel zu den Ermittlungen beigetragen. Ich habe mit dem Kollegen Wagner telefoniert und in das Büro des Kollegen Kynast einen zusätzlichen Tisch für Ihren Sohn stellen lassen. Das muss aber reichen.»

Der Mann vom Verfassungsschutz schaute pikiert. Ob das mit seinem Sohn zusammenhing? Kappe beschloss, sein eigenes Gespräch mit Peters Chef nicht zu erwähnen.

Als Otto Kappe mit seinen Kollegen zurückkam vom Gespräch mit Keunitz, schaute sein Sohn ihnen angespannt entgegen.

«Wie ick det sehe, ham wa jetzt offiziell Zuwachs», sagte Galgenberg frohgemut. «Du hast ja nun auch einen Schreibtisch in unserer Abteilung, Kappe Zwo, steht schon bei Kynast. Jaja, da kiekste. Da kannste deinem Ollen ooch mal 'ne lange Nase drehen. Na dann, willkommen im Club! Können 'nen Jungschen ganz gut gebrauchen, sonst sind wir ja nur noch alte Säcke.»

«Was wollte Keunitz denn?», erkundigte sich Peter Kappe.

Otto Kappe erklärte seinem Sohn die Lage und erzählte auch von dem Mann vom Verfassungsschutz.

Falls Peter sich wunderte, ließ er sich nichts anmerken. «Na, dann wollen wir mal. Sollten wir uns jetzt nicht als Erstes um den Kerl kümmern, der vor Ulrikes Wohnung gewartet hat?», hakte er nach.

«Das sollten wir», bestätigte sein Vater. «Zusammengefasst für die Kollegen: Der Herr heißt Till Schmidt. Ein ganz windiger Zeitgenosse. Scheint ein Techtelmechtel mit Ulrike Gerke zu haben. Wer sich weiter informieren will, findet auf meinem Schreibtisch das Doppel einer Akte. Das ist uns … irgendwie zugelaufen.» Er sah Peter an. «Übernimmst du die weiteren Nachforschungen?»

«Gut, ich versuche herauszufinden, wo er steckt», antwortete der, wirkte aber etwas unsicher.

Otto Kappe nickte. Er verstand, dass Peter in diesem Kreis noch recht gehemmt agierte. Schließlich waren sie Vater und Sohn. Und sie lernten einander gerade auf eine neue Weise kennen. Der letzte gemeinsame Abend mit Sarah und der Kleinen war ein Erfolg gewesen, wenn man das so ausdrücken wollte. Otto Kappe hatte das Gefühl, dass sich jenes vertrauensvolle Selbstverständnis wieder einzustellen begann, das früher zwischen ihnen geherrscht hatte – damals, als der kleine Junge Peter seinen Vater noch bewundert hatte.

«Bis bald!», rief er seinem Sohn hinterher, als dieser zur Türe ging.

Peter wandte sich um und lächelte dem Vater zu. Ein kleines, ein unsicheres Lächeln, aber immerhin ein Lächeln.

«Ach ja, ehe ich es vergesse: Bevor du dich an die Arbeit machst, sollst du zu Keunitz ins Büro kommen», fügte Kappe senior hinzu.

Peter Kappe schluckte beklommen. «Was ist los?»

«Ich glaube, es geht um deine Vergangenheit», sagte Otto Kappe zögernd. «Sei darauf gefasst, dass der Verfassungsschutz dabei sein wird.»

Nachdem er das Büro seines Vaters verlassen hatte, hielt Peter Kappe einen Moment inne. Wie sollte er das Gespräch mit Keunitz angehen? Vor allem durfte er sich jetzt nicht verrückt machen. Sein Vater schien nicht sonderlich beunruhigt. Also gab es vielleicht gar keinen Grund für sein flaues Gefühl im Magen.

Kriminalmeisterin Lilli Lenné kam ihm auf dem Flur entgegen. Sie strahlte. «Gut, dass ich Sie treffe. Das wollte ich Ihnen vorbeibringen. Als Abschiedsgeschenk sozusagen. Ich verlasse Sie, bin gerade zum Dauerdienst abgestellt worden.» Sie schwenkte ein Papier in ihrer Hand.

«Was ist das?»

«Ein Foto. Ich hatte Nachtschicht und kam heute morgen gegen sechs Uhr zufällig an der Wohnung von Ulrike Gerke vorbei. Da stand wieder ein Mann, diesmal aber ein anderer, nicht Schmidt. Das Mädchen scheint einen ziemlichen Männerverschleiß zu haben. Er schaute immer mal wieder zu den Fenstern der Gerkes hinauf. Da ich meinen Fotoapparat dabeihatte, habe ich den Unbekannten auf die Schnelle geknipst. Ich konnte das Foto dann auch gleich entwickeln, in meiner kleinen Dunkelkammer zu Hause. Es ist ein bisschen unscharf, ich konnte ja den Blitz nicht verwenden.»

Peter hatte mit wachsendem Erstaunen zugehört. «Zufälle gibt's!» Er grinste. Dieses Fräulein Lenné gefiel ihm immer besser. Auch er konnte sich der Wirkung dieser Frau nicht entziehen, obwohl sie beträchtlich älter war als er. Ihn beeindruckte ihre Hartnäckigkeit. «Zeigen Sie doch mal!», bat er Lilli Lenné.

Die Fotografie, die die Kriminalmeisterin ihm reichte, war tatsächlich sehr unscharf. Trotzdem stutzte Peter Kappe. «Ich habe den Mann schon einmal gesehen. Ich glaube, ich kenne ihn.»

Lilli Lenné strahlte. «Ich habe ihn auch erkannt, allerdings nicht auf Anhieb. Hab eine Weile gebraucht, bis ich darauf kam, wer er ist. Denn es ist lange her, dass ich mit ihm zu tun hatte. Konrad Knecht, genannt Knorke. Der Mann stammt aus Reinickendorf. Er ist mit meinem Neffen zur Schule gegangen – dort, wo sich heute das Märkische Viertel befindet. Nach seiner Schulzeit kam Konrad wohl zu der Ansicht, dass Arbeit das Leben nur erschwert. Das habe ich zumindest von meinem Neffen gehört.»

Bei Peter Kappe klingelte es, als er den Namen hörte. Natürlich, Knorke Knecht! Der war häufiger mit Freunden an der Gedächtniskirche anzutreffen gewesen, einem der Brennpunkte, an denen die Laberbullen immer mal wieder vorbeischauten. Aber Peter kannte Knecht schon länger. Es musste sieben Jahre her sein, dass er ihn zum ersten Mal getroffen hatte. 1965, beim ersten Auftritt der Stones in Berlin. Zwanzig Mark Eintritt hätte das Konzert in der Waldbühne kosten sollen. Viel zu teuer. Solch eine Menge Geld hatte kaum einer seiner Altersgenossen gehabt, er selbst auch nicht. So hatte er sich jenen angeschlossen, die entschieden hatten, dass sie das Konzert auch ohne Eintrittskarte besuchen wollten. Die Stones verpassen? Das war für ihn damals ausgeschlossen gewesen. 200 bis 250 Fans hatten sich damals in Tegel versammelt, unter ihnen er selbst und Knorke Knecht. Peter wurde heiß. In Anbetracht dessen, was dann passiert war, war er froh, dass sein Vater nie erfahren hatte, dass er dabei gewesen war. Natürlich waren das keine Kriminellen gewesen, sondern überwiegend Jugendliche aus gutbürgerlichem Hause. Menschen wie Peter, der Sohn eines Polizisten. Erinnerungen überfluteten ihn …

Als er mit der bunten Truppe an der Waldbühne aus der S-Bahn gestiegen war, waren sie auf die erste Polizeisperre gestoßen. Die war von der Masse der Entschlossenen schnell zur Seite gedrückt worden. Auch eine berittene Polizeistaffel kurz vor der Waldbühne konnte sie nicht aufhalten. Schließlich stürmten sie die Eingangskontrolle – und schon waren sie in der Arena gewesen, ganz umsonst. Menschen, die eine Eintrittskarte hatten, waren zum Teil wegen Überfüllung nicht einmal hereingekommen.

Das Konzert jedoch war eine Enttäuschung gewesen. Die berühmten Stones hatten gerade einmal zwanzig Minuten gespielt, als sie die Bühne verließen. Das wollte das Publikum nicht hinnehmen. Lautstark forderten sie eine Zugabe. Die Veranstalter drehten daraufhin das Licht ab. Und im Nu war in der Waldbühne Chaos ausgebrochen.

Diese Stimmung von Aggression und Hass gegen die Polizei, die an diesem Abend fast mit den Händen zu greifen gewesen war, vergaß niemand, der vor Ort gewesen war. Nachdem die Veranstalter den Strom abgedreht hatten, war die Menge explodiert. Besucher hatten damit begonnen, die Bänke zu zerlegen. Überall hatte es gekracht.

Plötzlich war das Licht wieder angegangen, und von der Bühne war mit Wasserwerfern direkt auf die Menge gezielt worden. Das Publikum hatte sich gegen die Polizei solidarisiert und war zu einer brüllenden, wütenden, nicht mehr aufzuhaltenden Menge geworden. Plötzlich rief Knorke Knecht, der nicht weit von Peter Kappe entfernt stand: «Die Bullen schlagen auf Mädels ein, da hinten!» Tatsächlich war eine Gruppe von etwa fünfzig Mädchen, die sich in der Nähe der Bühne verschanzt hatte, von Polizisten angegriffen worden. Knorkes Ruf war wie ein Signal gewesen. Nun hatte es kein Halten mehr gegeben. Die gesamte Waldbühne wurde auseinandergenommen. Fünf Stunden hatte die Schlacht getobt, auch auf den umliegenden Straßen und in den S-Bahn-Zügen.

Das Leben schlug manchmal seltsame Kapriolen. Die Krawalle rund um das Stones-Konzert waren für Polizeipräsident Klaus Hübner ein weiterer Grund gewesen, nach Wegen zur Deeskalation zu suchen und schließlich das Kommunikationskommando zu installieren, dem Peter Kappe heute angehörte.

Und er, der Sohn des Polizisten – was hatte er damals getan? Er hatte sich still vom Acker gemacht und sich schlecht dabei gefühlt, feige.

«Was ist los mit Ihnen? Woran denken Sie?» Die Stimme von Kriminalmeisterin Lenné riss ihn aus seinen Gedanken.

Er versuchte sich in einem Lachen. «Ach, an alles und nichts – Jugendsünden. Toll, dass Sie so geistesgegenwärtig reagiert haben. Jetzt können wir schauen, was die Aktenlage zu diesem Kerl hergibt. Ein unbeschriebenes Blatt ist der sicherlich nicht.»

Lilli Lenné lachte. «Nein, bestimmt nicht. Und grüßen Sie Ihren Vater von mir!»

Peter Kappe nickte. «Danke. Leider muss ich nun erst mal zum Kriminalrat.»

«Was will er von Ihnen?»

«Keine Ahnung.»

«Na, dann geben Sie mal das Foto wieder her. Es ist vielleicht besser, wenn Herr Keunitz es nicht sieht.»

«Wahrscheinlich. Bringen Sie es zu meinem Vater?»

«Ich gebe es in die Hauspost, mal sehen, ob ich auch die passende Akte dazu auftreiben kann.» Sie zwinkerte ihm zu.

«Sie können es ihm auch persönlich geben, er ist gerade in seinem Büro.»

«Ich muss leider noch etwas anderes erledigen. Aber wie gesagt, ich gebe es in die Hauspost.»

Peter Kappe begriff: Sie wollte auch in dieser Angelegenheit im Hintergrund bleiben. Er hob grüßend die Hand und marschierte in Richtung Chefbüro.

KAPITEL NEUN

in dem es um allerlei Fragen geht

PETER KAPPE wurde gleichzeitig heiß und kalt, während er dem Büro des Kriminalrats zustrebte. Dass Friedhelm Keunitz ihn zu sich zitiert hatte, konnte nur heißen, dass sie etwas wegen seiner linken Vergangenheit gegen ihn in der Hand hatten. Jetzt warfen sie ihn aus der Polizei. In seinem Kopf überschlugen sich die Gedanken. Hatte er Lilli Lenné diese Vorladung zu verdanken? War sie womöglich so entgegenkommend, um ihn in Sicherheit zu wiegen? Was hatte er ihr erzählt? Eigentlich nichts. Nein, das war absurd. Langsam litt er schon an Verfolgungswahn.

Er war weder in der DKP noch in sonst einer kommunistischen Organisation gewesen, und er hatte auch nie mit einer von ihnen sympathisiert. Er stand fest auf dem Boden des Grundgesetzes, hatte das immer getan, auch während seines Engagements in der sogenannten linken Szene. Es war ihm immer nur um Freiheit gegangen, um Demokratie, die auf gegenseitigem Respekt gründete, um die Menschenrechte, gleich wo auf der Welt.

Damals, während der Studentenrevolte, hätte ihm eine Verurteilung wegen linker Umtriebe nicht viel ausgemacht. Vielleicht wäre sie ihm sogar willkommen gewesen, um dem konservativen, im Denken der CDU verhafteten Vater eins auszuwischen. Inzwischen begriff er, wie kindisch diese Haltung gewesen war.

Woraus also konnte man ihm einen Strick drehen? Dass er sich für fortschrittliche Ideen engagiert hatte, unterschied ihn nicht von der Mehrheit seiner damaligen Kommilitonen. Er hatte sich aktiv bei der Organisation von Demos gegen den Vietnamkrieg beteiligt. Vermutlich wusste der Verfassungsschutz das, auch wenn er nie mit den Sicherheitsbehörden in Konflikt geraten war. Noch immer war er der Meinung, dass die Amerikaner in Vietnam eine verbrecherische Politik betrieben. Eine Zeit lang hatte er mit dem SDS, dem Sozialistischen Deutschen Studentenbund, geliebäugelt, doch das hatten viele andere auch getan. Was konnte man noch gegen ihn verwenden? Er hatte bei Veranstaltungen der Außerparlamentarischen Opposition mitdiskutiert, die Mao-Bibel gelesen, sich mit den Werken von Bloch, Adorno und Habermas beschäftigt, sich an Demos für die Sache der Palästinenser beteiligt und sich in der Friedensbewegung engagiert. Ein Kommunist war er deshalb noch lange nicht. Er brauchte sich eigentlich keine Sorgen zu machen.

Doch dieses Fazit beruhigte Peter keineswegs. Er wusste, seine berufliche Zukunft stand auf dem Spiel und damit auch die Zukunft seiner jungen Familie. Außerdem stammte seine Frau aus dem sozialistischen Osten. Er konnte nur hoffen, dass die Zeiten vorbei waren, in denen Menschen nur aufgrund ihrer Herkunft unter Verdacht gerieten.

Er klopfte an die Bürotür. Ein «Herein» erklang. Peter trat ein.

Der Mann, der bei Keunitz auf ihn wartete, stellte sich nicht vor. Das war auch nicht notwendig. Das musste der Mann sein, den sein Vater schon vorhin beim Kriminalrat getroffen hatte, dieser Pfister.

«Setzen Sie sich, Polizeimeister Kappe.» Der Kriminalrat bemühte sich um einen neutralen Gesichtsausdruck und wies auf einen freien Stuhl am Besprechungstisch, an dem bereits der andere Mann saß.

Keunitz' Gast begann sofort mit einer Frage. «Was wissen Sie vom SEW?»

Peter war baff. «Der Ableger der Kommunisten aus der Ostzone? Soweit ich weiß, hieß die Partei früher, ich glaube, bis 1969, SED Westberlin. Seither nennt sie sich Sozialistische Einheitspartei Westberlins.»

«Weil Sie so ein überraschtes Gesicht machen, will ich Ihnen auf die Sprünge helfen. Die SEW wird von der SED finanziert und hat das Ziel, die Bevölkerung West-Berlins zu unterwandern. Was hatten Sie mit denen zu tun?»

Peter war noch immer ratlos. Spielte er auf Sarah an? Glaubte der Verfassungsschutz, seine Frau sei ein vom Osten eingeschleuster Spitzel? «Eigentlich nichts. Ich meine, ich habe weder mit der SEW noch mit anderen kommunistischen Organisationen zu tun.»

«Sie sollten uns die Wahrheit sagen!»

«Das tue ich.»

«Das tun Sie nicht. Waren Sie nicht vor einigen Jahren bei einer der ersten Demonstrationen gegen den Vietnamkrieg dabei?»

Peter runzelte die Stirn. Das musste Mitte der Sechziger gewesen sein. «Damals in Neukölln?»

«Sie erinnern sich also doch. Dann wissen Sie ja sicherlich, dass auch Mitglieder der SED Westberlin daran beteiligt waren.»

«Wollen Sie mir daraus einen Strick drehen? Ich war damals fast noch ein Kind. Wir bekamen mehr Regenschirme von Passanten auf unsere Köpfe, als überhaupt Demonstranten da waren. Ja, ich erinnere mich, einige Kommunisten waren ebenfalls dabei.»

«Und wer?»

«Wirklich, das ist ewig her.»

«Was wissen Sie über die Ausschreitungen in der Waldbühne?»

Peter zuckte mit den Achseln. «Damals gab es so viele Auseinandersetzungen», sagte er ausweichend.

«Und was war 1968 am Tegeler Weg?»

«Ich verstehe nicht.»

«Jetzt stellen Sie sich nicht dumm, Polizeimeister Kappe, das hilft nicht weiter. Ihnen ist durchaus klar, dass ich von der Schlacht am Tegeler Weg spreche.»

«Da war ich nicht dabei.» Peter sagte das mit so viel Überzeugungskraft wie möglich. Es war die Wahrheit, aber er kannte dieses Vorgehen: Sein Gegenüber würde versuchen, ihm etwas anzuhängen. Es war seltsam, plötzlich wie ein Verdächtiger behandelt zu werden. Unwillkürlich hatte Peter ein mulmiges Gefühl. Sonst musste er als Psychologe immer die Emotionen anderer analysieren – und unvermittelt hatte er seine eigenen Gefühle nicht im Griff.

Die als Schlacht am Tegeler Weg in die Polizeihistorie eingegangene gewalttätige Auseinandersetzung hatte sich am 4. November 1968 in Charlottenburg zugetragen. Die Demonstranten waren damals großenteils dem SDS und der APO zugerechnet worden, jenen studentischen Kreisen, in denen er auch verkehrt hatte. Deshalb lag die Vermutung durchaus nahe, er könne dabei gewesen sein. Die Straßenschlacht endete mit über hundert Verletzten. In einer aufgeheizten Stimmung, geprägt durch das Attentat auf den Studentenführer Rudi Dutschke ein halbes Jahr zuvor, war die Gewalt in einem bis dahin unbekannten Ausmaß eskaliert. Die Polizei gab den Demonstranten die Schuld, die Demonstranten der Polizei. Nach diesen Geschehnissen hatten unter den Studenten heftige Debatten über Gewalt als legitimes Mittel zur Veränderung der Gesellschaft begonnen. Für Peter Kappe war dies ein weiterer Grund zur Abkehr vom gewaltbereiten Teil der linken Szene gewesen. Denn Gewalt hatte er zu keinem Zeitpunkt als Lösung angesehen.

«Aber ich habe natürlich davon gelesen, stand ja lang und breit in der Presse», sagte Peter nun. «Damals wurde doch das Berufsverbot gegen diesen Rechtsanwalt und APO-Aktivisten Horst Mahler vor dem Berliner Landgericht am Tegeler Weg verhandelt. Meines Wissens hat das Gericht den Antrag der Generalstaatsanwaltschaft abgelehnt. Rund dreihundert Demonstranten wurden festgenommen.» Peter versuchte, sachlich zu klingen. «Dreihundert von rund tausend, die von einer Seitenstraße aus versucht hatten, zum Tegeler Weg und zum Gericht durchzukommen.» Er konnte sich noch gut an den reißerischen Bericht in der *Bild* vom nächsten Tag erinnern.

«So, da waren Sie also nicht dabei. Alles bloß gelesen. Das kann ich fast nicht glauben. Nun gut, Polizeimeister Kappe, das war's dann für heute.»

Als Peter Kappe wieder auf dem Flur stand, zitterten ihm die Knie. Was sollte das? Was wusste dieser Mensch? In seiner Naivität hatte er angenommen, dass er und der Verfassungsschutz jetzt auf derselben Seite standen.

Er lehnte sich an die Wand, musste sich zunächst einmal wieder beruhigen, ehe er zu den anderen zurückging. Als er dann zu seinem Vater und Hans-Gert Galgenberg ins Büro trat, bemühte er sich, einen möglichst gelassenen Eindruck zu vermitteln. Kollege Kynast war auch noch da. Peter hatte den Verdacht, der Vater, Galgenberg und Kynast hätten gerade über ihn gesprochen. Die beiden Letzteren schauten betont harmlos. Peter sah den fragenden Blick des Vaters und verzog die Mundwinkel zu einem leichten Lächeln. Doch Otto Kappe fragte nicht, was im Büro des Kriminalrats geschehen war.

«Stell dir vor, Peter, der Hauspostbote war gerade hier und hat uns ein Foto und das Doppel einer Akte gebracht. Es geht um einen gewissen Konrad Knecht, genannt Knorke. Wie aus dem Nichts!», sagte sein Vater.

Peter Kappe stutzte. Konrad Knecht war nicht nur beim Stones-Konzert, sondern auch bei der Schlacht am Tegeler Weg dabei gewesen. Er hatte später noch oft damit angegeben. Das steckte womöglich hinter den bohrenden Fragen des unangenehmen Herrn in Keunitz' Büro. Der Verfassungsschutz wusste von irgendwem, dass Peter Knorke kannte. Aber wer konnte das überhaupt wissen? Er war nie damit hausieren gegangen. Er atmete tief durch. Den Harmlosen spielen, das konnte er auch. «So ein Zufall! Ich habe Kriminalmeisterin Lenné auf dem Gang getroffen, als ich auf dem Weg zu Keunitz war. Und nun ratet mal, was sie mir zeigte! Ein Foto von genau diesem Mann. Sie hat es gemacht, als sie zufällig an der Wohnung der Gerkes vorbeikam.»

Otto Kappe runzelte die Stirn. «Na, die junge Dame ist ja sehr hilfreich. Hat sie auch gesagt, ob sie eine Vermutung hat, was Knecht von Mutter oder Tochter Gerke wollte?»

«Nein, leider nicht. Wie ich schon sagte, war das wohl

eher ein Zufall, dass sie an der Wohnung der Gerkes vorbeikam und gerade ihren Fotoapparat dabeihatte. Was steht denn in der Akte?»

«Moment ...» Otto Kappe überflog die Seiten. «Konrad Knecht ist Jahrgang '48. Sohn eines Niederländers und einer Deutschen. Hier steht, der Vater sei während des Zweiten Weltkriegs als Zwangsarbeiter nach Deutschland verschleppt worden. Knechts Mutter verlor dann ihre deutsche Staatsangehörigkeit, weil sie mit einem Niederländer verheiratet war. Knecht hat die Schule abgebrochen, er ging nach der achten Klasse von der Oberschule ab und machte eine Lehre als Drucker bei Rotaprint. 1965 war er bei den Krawallen an der Waldbühne beteiligt.»

Peter Kappe hatte alle Mühe, ruhig zu bleiben. Es war also sogar aktenkundig, dass Knorke dabei gewesen war. Stand am Ende auch etwas über ihn, Peter Kappe, in den Unterlagen?

Es schien nicht so. Denn der Vater fuhr ohne merkliche Veränderung in der Stimme fort: «Knecht beteiligte sich an Studentenaktionen und an Demonstrationen gegen den Vietnamkrieg. Und nach der Erschießung von Benno Ohnesorg hat er sich vollends radikalisiert. Ratet mal, wo er seit Neuestem mitmischt?»

«Etwa in der Bewegung 2. Juni?», fragte Galgenberg.

Otto Kappe nickte. Dann studierte er weiter die Unterlagen. «Er war auch für sechs Wochen hinter schwedischen Gardinen. Wegen Teilnahme an einer Straßenschlacht. Danach ist er erst mal abgetaucht.»

«Also wieder der 2. Juni. Dann wird die Akte wohl vom Verfassungsschutz sein», sagte Günter Kynast. «Die beobachten den.»

«So sieht es aus», pflichtete Peter Kappe ihm bei. «Ich wurde gerade eben auch zu einer Straßenschlacht befragt – zu der am Tegeler Weg.» Dass der Verfassungsschützer überdies die Vorgänge beim Konzert der Rolling Stones zur Sprache gebracht hatte, behielt Peter lieber für sich. Vorläufig, wie er sich sagte. Denn wenn es so weiterging, würde er dem Vater bald beichten müssen, dass er damals dabei gewesen war. Davor graute ihm schon jetzt.

«Soso», sagte Otto Kappe und warf seinem Sohn einen scharfen Blick zu.

Der versuchte, von diesem Thema abzulenken. «Gibt es denn in der Akte auch irgendeinen Hinweis darauf, dass Knecht etwas mit dem Charlottenburger Fall zu tun haben könnte?», fragte er.

«Es gibt keinen direkten Hinweis. Aber wenn der 2. Juni tatsächlich in unsere beiden Fälle involviert ist, dann wäre naheliegend, dass auch Knecht etwas mit ihnen zu tun hat.» Otto Kappe kniff die Lippen zusammen, dann warf er seinem Sohn einen forschenden Blick zu. «Also, Peter, hast du uns was zu sagen? Was genau bist du gefragt worden?»

Der schluckte. «Ich kenne diesen Knecht», sagte er schließlich. Und so erfuhr sein Vater doch noch, dass er beim Stones-Konzert und der anschließenden Verwüstung der Waldbühne dabei gewesen war.

Otto Kappe war alarmiert. «Wissen die davon?» Es war nicht nötig zu erklären, wer *die* waren.

Peter Kappe zuckte mit den Achseln. Er wartete darauf, dass sein Vater ihn anschrie, zornig wurde. Er rechnete mit Sätzen wie «Du hast mein Vertrauen missbraucht!». Doch er bekam nichts dergleichen zu hören. Sein Vater sah ihn nur an. Er wirkte traurig und müde. Das ging Peter mehr zu Herzen, als es jede Gardinenpredigt hätte tun können.

Galgenberg räusperte sich. «Wir halten auf jeden Fall dicht, Junge!»

«Zurück zu unseren Ermittlungen. Was haben wir bisher für Erkenntnisse?» Otto Kappe schaute in die Runde.

Es klopfte an der Tür. Ohne ein «Herein» abzuwarten, betrat Frieda Kessel den Raum. Sie jonglierte auf einer Hand ein Tablett mit Tassen, die einen wunderbaren Kaffeeduft verströmten. «Ich dachte mir, das hilft beim Denken», erklärte sie und warf einen mitfühlenden Blick auf Peter.

«Hoffentlich bleiben Sie uns noch lange erhalten», sagte Otto Kappe, während sich jeder der Kollegen eine Tasse vom Tablett nahm.

Peter Kappe musste unwillkürlich schmunzeln. In der Gerüchteküche der Polizei hieß es, dass die Sekretärin sich trotz ihres vorgerückten Alters wieder verliebt hatte und wild entschlossen war, noch einmal zu heiraten.

«Was haben wir für Erkenntnisse?», fragte Otto Kappe abermals, als Frieda Kessel den Raum verlassen hatte.

«Die Fingerabdrücke an den Utensilien aus dem Abrisshaus sind im Wesentlichen ausgewertet. Ulrike Gerke hat der Spurenlage nach ziemlich sicher in dem Haus in Charlottenburg übernachtet. Das Spritzbesteck gehört wohl ihr, da sind ihre Fingerabdrücke drauf. Die haben wir ja aus ihrer Akte von den Kollegen bei der Drogenfahndung. Am Gaskocher und an den Kerzen fanden sich außer denen von Ulrike weitere Abdrücke, die wir noch abgleichen müssen», sagte Kynast.

«Sie hat einen Freund, der Till Schmidt heißt», ergänzte Galgenberg. «Die Männerkleidung scheint den gesicherten Spuren nach von ihm zu stammen, sagen die in der Kriminaltechnik. Die Fingerabdrücke von ihm lagen den Kollegen vor, ich habe sie deshalb beauftragt, sie mit den Utensilien abzustimmen. Ulrike Gerke und Schmidt haben wohl immer mal wieder zusammen in Charlottenburg übernachtet.»

«Und Fräulein Gerke hat einen Beschatter namens Knorke Knecht», fügte Peter Kappe hinzu. «Ich würde mich nicht wundern, wenn die von der Spurensicherung auch von ihm Abdrücke in dem Abrisshaus fänden.»

«Det Mädel ist irgendwie der Dreh- und Angelpunkt, die ist mit Sicherheit nicht nur eine Zeugin», sinnierte Galgenberg.

«Peter, kannst du dir vorstellen, dass Knecht auch etwas mit dem Attentat in Gatow zu tun hat?», fragte Otto Kappe. Es war klar, dass sie weiterhin in beiden Fällen ermitteln würden, auch wenn der Fall Gatow ihm nun offiziell entzogen worden war.

Peter nickte. «Ja, durchaus.»

«Das vermute ich ebenfalls», pflichtete ihm Otto Kappe bei.

«Was ist eigentlich mit dem Neffen des getöteten Hausmeisters aus dem Yachtclub, von dem du bei der Lagebesprechung erzählt hast? Wie heißt der noch mal?», hakte Peter Kappe nach. «Wissen wir über den inzwischen mehr?»

«Der Mann heißt Manfred Lüttke. Hat sich schon sehr seltsam verhalten. Ich hatte ihn vorgeladen, aber er ist nicht aufgetaucht. Jetzt, da uns der Fall entzogen wurde, kann ich nichts mehr machen, zumindest nicht formell.»

«Wisst ihr eigentlich, warum du so plötzlich in dem Fall nicht mehr weiterermitteln sollst?», wollte Peter Kappe wissen.

«Ach Junge, du stellst Fragen! Politik. Kalter Krieg. Muss ich mehr sagen?», erwiderte Kynast.

«Also, ich spekulier ma 'ne Runde. Meint ihr, der Osten hat da seine Finger im Spiel? Wäre ja nicht das erste Mal. Ein weiterer Versuch zur Destabilisierung unserer Rechtsordnung?» Galgenberg musste nicht ausführen, dass er auf das Ministerium für Staatssicherheit unter Erich Mielke anspielte. «Die sind doch immer auf Destabilisieren aus, daruff, Unruhe zu stiften, zum Beispiel zwischen die Deutschen und die Briten. Die hoffen, det irgendwann unser jesamtes System zusammenkracht.»

Allgemeines Schulterzucken.

«Wie kommst du drauf, Hans-Gert?», wollte Otto Kappe wissen.

«Nu ja, abgesehen davon, dass wir so was von den Jungs da drüben gut kennen, haben sie jetzt ganz neue Möglichkeiten. Seit dem 31. Januar sind erstmals seit 1952 wieder zehn direkte Telefonleitungen zwischen West- und Ost-Berlin geschaltet. Und wenn du mich fragst, haben die von drüben die gleich angezapft und hören jetzt besonders intensiv mit. Manchmal denk ick, die kennen sich besser mit unseren Terroristen und deren Plänen aus als wir selbst. Aber fragt mich jetzt bitte nicht, wie genau sie das gedeichselt haben, dass da die Bomben hochgingen.» Galgenberg blickte in skeptische Gesichter. «War ja bloß so 'ne Idee. Also zurück zu den unmittelbaren Tatsachen. Wo ist eigentlich dieses Mädel, diese Ulrike Gerke? War die nicht zur Vernehmung einbestellt?»

«Das war sie», bestätigte Peter Kappe.

«Und wo ist sie?»

«Nicht da», brachte Kynast das Offensichtliche auf den Punkt.

«Dann ist jetzt Schluss mit lustig!», sagte Otto Kappe. «Ich werde das Mädchen zur Fahndung ausschreiben. Das sollten wir ohne Probleme durchbekommen – mit dem Hinweis auf die Drogenkarriere.»

«Die Fahndung sollten wir gleich auf diesen Till Schmidt ausdehnen. Ich denke, das kriegen wir durch. Ich halte den für den Kerl, von dem die Kleine ihre Drogen bekommt. Vielleicht erwischen wir den ja. Und Rumfummeln mit Minderjährigen, det jeht janich!», ergänzte Galgenberg.

«Wohl wahr», bestätigte Otto Kappe.

Galgenberg fuhr fort: «Schmidt is ganz sicher 'n Bindeglied in den Fällen Gatow und Charlottenburg, schließlich hat der nicht nur Kontakt zu Ulrike, sondern übernachtet auch im Yachtclub. Insofern können die uns Fälle entziehen und zurückgeben, so viel sie wollen. Is doch sowieso Jacke wie Hose. Wenn wir von der einen Seite nich dürfen, gehen wir eben von der anderen ran. Ick fress 'nen Besen, wenn der Till Schmidt nüscht mit den Bomben in Gatow zu tun hat. Und dann dieser Knecht. Die kennen sich mit Sicherheit aus der Bewegung 2. Juni. Da muss man doch bloß eins und eins zusammenzählen. Die Kerle haben bestimmt beide wat mit dem Anschlag in Gatow und mit dem Toten in Charlottenburg zu tun. Nur mal so spekuliert: Wäre doch, ick sag's mal so, richtich bombig, wenn Fingerabdrücke von Schmidt und Knecht an dem einen oder anderen Autoschrottteil gefunden würden. Ick mein ja nur. Übrigens, ick hätte da noch mehr Fragen: Wo sind die Schrottteile überhaupt abgeblieben, auch die von diesem dritten in die Luft geflogenen Auto, diesem Mercedes, von dem du erzählt hast, Otto? Haben die Briten die womöglich an sich genommen? Und wo ist der gestohlene Wagen? 'n Audi war det, oder?»

Kynast schaute in die Runde. «Wie ich das sehe, haben wir viel zu tun.»

«Vor allem müssen wir in Erfahrung bringen, wer der Tote im Schutt war. Konnte dies inzwischen vielleicht schon mithilfe seiner Fingerabdrücke herausgefunden werden?», fragte Otto Kappe.

«Ich kümmere mich darum», sagte Kynast.

«Ich komme mit und erkundige mir mal, ob die Kriminaltechnik inzwischen den Ort gefunden hat, wo der Kerl aus dem Schutt umgenietet worden ist», sagte Galgenberg.

«Und ich versuche herauszufinden, wo die Kleine stecken könnte. Bis die Fahndung raus ist, das dauert ja bekanntlich. Ich denke, sie ist bei der Aufklärung der ganzen Geschichte tatsächlich unser Dreh- und Angelpunkt», meinte Otto Kappe. «Danach telefoniere ich die Berliner Schrottplätze ab, ganz privat. Vielleicht finden wir ja irgendwo Teile des dritten Autos, das in die Luft gegangen ist. Und womöglich auch noch den gestohlenen Audi.»

«Das kann ich machen», bot Peter Kappe an.

«Das ist keine gute Idee, Polizeimeister Kappe», sagte Otto Kappe.

Peter Kappe begriff sofort. Es würde sich angesichts der gegen ihn laufenden Überprüfung nicht gut machen, wenn er Vorschriften missachtete. «Vielleicht sollte ich dann mal mit Polizeimeister Kaufmann reden. Wolle könnte zusammen mit einigen Leuten von der Bereitschaftspolizei ausschwärmen und die Berliner Schrottplätze absuchen. Natürlich in seiner Freizeit.»

«Junge, halt den Ball flach!», mahnte sein Vater.

Peter Kappe hielt sich am Ende des Tages doch nicht an die Vorschriften. Er wurde zum Einbrecher.

Wolle Kaufmann hatte eine Idee, wo sich der dritte gesprengte Wagen aus Gatow befinden könnte. «Ich wette mit dir, dass die Briten das Wrack des dritten Autos an sich genommen haben, um es zu untersuchen», sagte er zu Peter Kappe. Er schlug vor, sich bei denen mal genauer umzuschauen. «Ick kann ja sagn, du warst nicht dabei», fügte er schließlich hinzu, als er das zweifelnde Gesicht seines Kollegen sah.

«Nee, mitgefangen, mitgehangen», widersprach Peter Kappe. «Vielleicht flieg ich sowieso bald aus dem Polizeidienst. Ich werde durchleuchtet.»

«Na, dann gehste eben als Psychologe in die Klapse zurück. Da passte auch gut hin», flachste Wolle.

Peter war nicht nach Scherzen zumute.

Der Ort, an dem sie die Einzelteile des durch eine Bombe zerstörten Mercedes gegen drei Uhr morgens tatsächlich finden sollten, erwies sich als problematisch für die weiteren Ermittlungen: Sie lagen auf dem Militärflughafen der Royal Air Force in Gatow, auf britischem Hoheitsgebiet also. Hier hatte die deutsche Polizei eindeutig nichts verloren.

Der Flugplatz hatte eine wichtige Rolle während der Zeit der Luftbrücke gespielt, war er doch die einzige Operationsbasis für Wasserflugzeuge in Zentraleuropa gewesen. Derzeit waren dort zwei Armeehubschrauber stationiert. Zudem war er die Basis für zwei de Havilland Canada DHC-1 Chipmunks, kleine Zweisitzer, auch Streifenhörnchen genannt, die gerne als Schulungsflugzeuge genutzt wurden und unter der Kennung T.Mk 10 eigens für die Briten gebaut worden waren. Sie sollten unterstreichen, dass die Briten das Recht für sich beanspruchten, von Gatow aus den Luftraum über Ost- und West-Berlin zu nutzen. Aber jeder wusste, was eigentlich niemand wissen sollte: Die Zweisitzer machten Luftaufnahmen von ostdeutschem Gebiet. Der Flughafen hatte nämlich noch eine weitere Besonderheit: Er lag direkt an der West-Berliner Grenze zur DDR. Die Berliner Mauer war gleichzeitig die Westgrenze des Flugplatzes. Allerdings gab es an dieser Stelle keine richtige Mauer, sondern nur Stacheldraht. Offiziell hatte die ostdeutsche Armee aus Höflichkeit gegenüber den Briten auf eine Steinmauer verzichtet. Doch das glaubte niemand. Vielmehr ging das Gerücht um, dass der Drahtzaun im Falle kriegerischer Auseinandersetzungen die Eroberung des Flugplatzes durch die DDR erleichtern sollte. Angeblich sah ein Angriffsplan vor, dass der Gatower Flugplatz als Erstes übernommen werden sollte.

Peter Kappe und Wolle Kaufmann hatten den Moment abgepasst, in dem der Diensthabende, der das Eingangstor zum Flugplatzgelände überwachte, eingenickt war. Auf leisen Sohlen schlichen sie sich an ihm vorbei. Sie mussten nicht lange suchen, um die Mercedesteile zu finden. Daneben stand ein ausgebranntes Wrack, das ihre besondere Aufmerksamkeit erregte.

«Is am Yachtclub nich noch ein Auto gestohlen worden?», sinnierte Wolle Kaufmann beim Anblick der Schrottteile.

Peter nickte. «Wenn wir viel Glück haben, dann ist das da vor uns genau der Audi, der als gestohlen gemeldet worden ist.»

«Das Wrack könnte durchaus mal ein Audi gewesen sein», befand Wolle und umrundete das ausgebrannte Fahrzeug. Schließlich hielt er ein verkohltes Kennzeichen hoch. «Schlecht zu lesen. Kann nur noch die Dreizehn erkennen. Ob wir das Kennzeichen mitnehmen sollten?»

Peter Kappe verzog das Gesicht. «Besser nicht.»

Es war Wolle Kaufmann anzusehen, dass er von dieser Entscheidung nicht viel hielt. Doch er äußerte sich nicht dazu. So leise, wie sie gekommen waren, verließen Peter Kappe und Wolle Kaufmann die Stätte ihres unerlaubten Eindringens wieder.

KAPITEL ZEHN

in dem eine besorgte Mutter Erstaunliches erzählt

WIR MELDEN UNS, wenn wir Näheres wissen.» Otto Kappe legte den Telefonhörer auf. Das Jugendamt hatte sich erkundigt, wo Ulrike Gerke stecke. Ein Anwohner hatte sich beschwert, dass die Heranwachsende – oder ein Freund von ihr – vor dem Haus, in dem sie wohnte, mit Drogen deale.

Das war die erste unangenehme Überraschung an diesem Morgen. Wenn das Jugendamt nun auch noch mitmischte, konnte es unübersichtlich werden. Aber damit musste er leben. Derzeit hielt ihn auch noch die angestrebte Strukturreform der Polizei in Atem. Die hatte zwar nichts mit dem Radikalenerlass zu tun, sehr wohl aber mit der Frage, wer künftig auf welchem Arbeitsplatz sitzen und wer das Sagen haben würde. Dass der Polizeipräsident zur Vorbereitung der Reform die Schweizer Unternehmensberatung Knight-Wegenstein ins Haus geholt hatte, sorgte für Unruhe. Die Eidgenossen sollten den Status quo ermitteln und Vorschläge für eine effizientere Organisation und Arbeitsplanung unterbreiten. Als ob es nicht genügend interne Fachleute gäbe, die diese Aufgabe übernehmen konnten! Jetzt bevölkerten die Schweizer Flure und Büros und störten bei der Arbeit. Mal abgesehen davon, dass man sie kaum verstand, wenn sie redeten.

Otto Kappes Nerven waren im Moment sowieso nicht die besten. Er schlief nach wie vor ausgesprochen schlecht. Aber das allein war es nicht, was ihn umtrieb. Gertrud fragte ihn immerzu, wie die Zusammenarbeit mit Peter laufe. Bisher hatte er ihren Verhören geduldig widerstanden.

Weiteres Ungemach gewärtigte er, als Frieda Kessel ihm mitteilte, der Kriminalrat wolle ihn sofort sprechen.

Als er ins Büro von Friedhelm Keunitz kam, erwarteten ihn außer dem Chef noch zwei weitere Herren. Der große, schlanke, dunkelhaarige Mann mit dem Pokerface und den Falten war Robert Pfister alias Harry Stelter. Auch den zweiten Mann kannte Kappe, und er schätzte ihn: Georg Baldauf. Der befasste sich mit Terrorismus beim LKA 5, Polizeilicher Staatsschutz Berlin. Baldauf, ebenfalls schlank, sehr durchtrainiert und mit nicht ganz so tiefen Falten um den Mund, war ein eher zurückhaltender Mensch. Er sprach meistens leise, was zur Folge hatte, dass ihm die Kollegen auch zuhörten.

Otto Kappe nickte Baldauf kurz zu.

Keunitz war die Liebenswürdigkeit in Person. Er lächelte ihm entgegen und schien sehr bemüht. «Kollege Kappe, schön, dass Sie so schnell kommen konnten. Sie sind früh dran. Na, ein guter Ermittler ist eben immer im Dienst. Bitte setzen Sie sich. Meine Herren, Oberkommissar Kappe kennen Sie ja schon.» Keunitz wies auf den Besuchertisch mit den drei Stühlen, er selbst blieb – wie eigentlich fast immer – hinter seinem Schreibtisch sitzen. Kappe ließ sich auf den noch freien Platz nieder.

«Ich mache es kurz: Wir haben Ärger mit den Engländern. Der britische Stadtkommandant hat sich bei mir gemeldet. Weil wir uns kennen, hat er vorerst davon abgesehen, den Alliierten Kontrollrat, bekanntlich unsere oberste Regierungsbehörde, einzuschalten. Er hat mich wissen lassen, dass weitere *offizielle* Ermittlungen jeglicher deutscher Behörden bezüglich des Sprengstoffanschlags auf dem Gelände des Yachtclubs in jedem Falle zu unterlassen seien. Die Angelegenheit falle ausschließlich in die Zuständigkeit der Briten. Und wir wollen ja Verdruss bei unseren Freunden vermeiden, nicht wahr?»

Der Kriminalrat hat heute offenbar einen besonders leutseligen Tag, stellte Kappe fest. Anscheinend brauchte man ihn noch. Und anscheinend hatte der Verfassungsschutz den Fall wieder an sich gezogen, ohne eine Erlaubnis der Briten. «Sie hatten mich doch von dem Fall abgezogen. Darf ich deshalb fragen, was mich das angeht?», hob er vorsichtig an.

Die Herren Pfister, Baldauf und Keunitz warfen sich bedeutungsvolle Blicke zu.

«Nun … Das sollte auch so bleiben», sagte Keunitz schließlich.

«Aber?», fragte Kappe.

«Wir kommen nicht weiter, wenn die Engländer blocken. Aber wir dürfen diesen Fall aus verschiedensten Gründen nicht den Engländern überlassen», sagte Keunitz bestimmt.

«Es ist ja so, dass in das Bombenattentat am Yachtclub noch zwei weitere Autos verwickelt waren. Über die stand nichts in der Presse. Ein drittes, das in die Luft flog, und eines, das gestohlen wurde», erklärte Baldauf.

Kappe tat so, als wisse er von nichts. «Ach, tatsächlich?»

«Kriminaloberkommissar Kappe, wir wissen, dass Sie über die Angelegenheit im Bilde sind.»

«Sagen wir so, ich habe etwas läuten hören, aber wo diese beiden Wagen nun sind, weiß ich nicht.»

«Natürlich wissen Sie, wo die sind!»

Jetzt war Kappe wirklich überrascht. Wie kamen die Herren darauf? Sein Verdacht fiel auf Peter. Es war ihm zuzutrauen, dass er in seinem Eifer doch noch Nachforschungen angestellt hatte. Er musste den Jungen unbedingt bremsen. Und er fragte sich im Stillen und nicht zum ersten Mal, warum diese beiden Autos niemals erwähnt worden waren. Schlamperei? Ihm fiel das Gespräch mit Horst Klingenberg ein. Der hatte gemutmaßt, dass der Mercedes einem VIP gehört habe. Vielleicht dem britischen Kommandanten selbst? Andererseits, warum hatte Keunitz das Wort offiziell in diesem Zusammenhang so betont? Kappe hatte nur eine Erklärung: Der Kriminalrat wollte aus irgendeinem Grund, dass er inoffiziell weiterermittelte. Doch warum? Nun, er würde schon noch dahinterkommen. Auch wenn die Falten um Pfisters Mund immer tiefer zu werden schienen.

«Was wir aber noch immer nicht wissen, ist, wem dieser Anschlag eigentlich galt», fuhr Keunitz fort.

«Und?» Kappe ließ sich nicht aus der Reserve locken.

«Was würden Sie sagen, wenn Sie den Fall wieder aufnehmen würden? Inoffiziell natürlich. Dann bekämen Sie selbstverständlich auch die Möglichkeit, an den Schrott des dritten explodierten Autos und an den gestohlenen Wagen auf dem Flughafen Gatow heranzukommen. Oder richtiger gesagt, wir würden nichts dagegen unternehmen, wenn Sie es versuchen.»

Jetzt begriff Kappe. Die Bevölkerung erwartete von ihren deutschen Behörden die Aufklärung des Falls. Die wollten es sich aber auch nicht mit den Briten verderben, und alleine kamen sie nicht weiter. Aller Wahrscheinlichkeit nach mussten sie außerdem noch Informanten decken. Hände waschen in Unschuld nannte man das. Glaubten die Herren wirklich, dass er sich einfach so herumschubsen ließ? «*Inoffiziell* nachforschen, natürlich!» Kappe konnte den Sarkasmus kaum aus seiner Stimme heraushalten.

Die Männer nickten. «Offiziell würden Sie einfach weiter im Mordfall Charlottenburg ermitteln. Alles wie gehabt.»

Für wie dumm hielten die ihn eigentlich? Sie wussten, dass es in beiden Fällen um die Bewegung 2. Juni ging. Wie hätte ihnen das auch verborgen bleiben können? Oder hatte Fräulein Lenné da aus dem Nähkästchen geplaudert? Von irgendwoher musste sie das Doppel der Akten ja herbeigezaubert haben. Am besten, er nahm sie sich einmal zur Brust, sobald sich eine Gelegenheit ergab. Bis dahin würde er sie im Auge behalten.

Kappe beschloss herauszufinden, wie sehr die Herren von Verfassungs- und Staatsschutz ihn brauchten, wie weit er gehen konnte. «Inoffizielle Ermittlungen sind besonders aufwendig.»

Keunitz runzelte die Stirn. «Was wollen Sie damit sagen?»

«Ich brauche Kollegin Lilli Lenné wieder in meinem Team.»

Baldauf grinste und warf dem Kollegen vom Verfassungsschutz einen weiteren Blick zu. Der tat, als bemerke er es nicht. Offensichtlich waren sich die beiden Herren nicht ganz grün.

«In Ordnung. Ach, wussten Sie eigentlich, dass die Kollegin inzwischen verlobt ist?» Es war Keunitz anzusehen, mit welchem Genuss er diese Information weitergab.

Nachtigall, ick hör dir trapsen, dachte Kappe. Er sah sich in seiner Vermutung bestätigt, dass der Verlobte entweder für den Staatsschutz oder das Landesamt für Verfassungsschutz arbeitete. Und Kappe schien sehr gebraucht zu werden, wenn seiner Forderung so schnell entsprochen wurde.

«Ich benötige zudem freie Hand, was meinen Sohn, Polizeimeister Peter Kappe, betrifft. Ich muss ihn in der Sache so einsetzen können, wie ich es für richtig halte. *Inoffiziell* natürlich.»

«Inoffiziell, natürlich.» Keunitz nickte.

«Ich verlange auch, dass ihm daraus kein Schaden erwächst. Und könnten Sie so freundlich sein, Kollege Pfister, dem Landesamt für Verfassungsschutz weiterzugeben, dass mein Sohn immer ein guter Staatsbürger war, nie ein Kommunist. Nur falls es gegenteilige Behauptungen geben sollte.»

«Ihr Sohn wird es nicht bereuen», erklärte Pfister. Es klang irgendwie schmierig. «Falls er sich bewährt.»

Was sollte das nun wieder heißen? Kappe traute diesem Kerl nicht. Wenn etwas schieflief, würden sie ihn fallen lassen wie eine heiße Kartoffel. Er bereute es, seinen Sohn ins Spiel gebracht zu haben. Vielleicht hatte er dem Jungen mit seinem Vorstoß am Ende mehr geschadet als geholfen. «Nun gut, ich habe aber noch nicht entschieden, wie ich inoffiziell weiter verfahre und wen ich wofür einsetze», erklärte er deshalb. «Habe ich freie Hand?»

«Inoffiziell haben Sie freie Hand», antwortete Keunitz.

«Dieses Gespräch hat niemals stattgefunden», fügte Kappe in Erinnerung an ähnliche Formulierungen, die er aus James-Bond-Filmen kannte, an. Er meinte es eher flapsig, die anderen Herren aber verstanden den Scherz nicht. Ihre Gesichter blieben ernst.

Im Büro wurde Otto Kappe schon von Hans-Gert Galgenberg erwartet. «Na, Märchenstunde beim Chef? Frieda Kessel hat mich vorgewarnt, dass du schlechter Laune sein könntest.»

Kappe machte ein harmloses Gesicht. «Wie kommt sie denn darauf?»

«Okay, ick wunder mir üba nüscht mehr in dem Ladn. Vaschlossn wie 'ne Austa. Jibtet wat, wat der jute Onkel Galgenberg wissen müsste?»

«Der Verfassungsschutz scheint ziemlich verzweifelt.»

«Dachte mir schon so wat. Und weeßte, wieso?»

Kappe wollte Galgenberg gerade antworten, dass er in dieser Frage noch zu keinem rechten Ergebnis gekommen sei, da führte Frieda Kessel eine schluchzende Franziska Gerke ins Zimmer.

«Gut, dass Sie kommen. Wo steckt Ihre Tochter?» Kappe bemühte sich nicht allzu sehr um Freundlichkeit. Die pflegte bei weinenden Frauen nur noch weitere Tränenströme zu erzeugen. Das war jedenfalls seine Erfahrung.

Galgenberg sah das wohl anders. «Nu heuln Se ma nich, jute Frau, sonst vasinkn wa hia in Berlin noch in 'nem Meer von Tränen! So schlimm kann es doch gar nicht sein. Wir werden Ihrer Ulrike schon nicht den Kopf abreißen.»

Kappes Erfahrung erwies sich als richtig. Frau Gerkes Tränenfluss wurde noch heftiger. Das musste aufhören. Kappe entschied sich für die männlich-raue Form. «Setzen Sie sich. Nun aber raus mit der Sprache! Wo steckt Ulrike?»

Auch diese Herangehensweise linderte Frau Gerkes Leid nicht. Im Gegenteil, jetzt war sie vor lauter Schluchzen für einige Momente nicht einmal mehr in der Lage zu antworten.

Galgenberg eilte davon, um gleich darauf mit einem Glas Wasser zurückzukehren. Kappe wollte sich nicht lumpen lassen und reichte der Weinenden sein frisch gebügeltes Taschentuch. Beides schien zu helfen.

«Sie sind so gut zu mir», meinte Franziska Gerke mit Tränenflor im Blick. Sie schniefte in das Taschentuch und erklärte: «Das wasche ich Ihnen.»

«Ist schon gut», sagte Kappe, der endlich eine Antwort auf seine Frage haben wollte.

«Ich bringe es Ihnen dann auch zurück», versicherte Mutter Gerke.

Jetzt räusperte sich auch Galgenberg. Das erzielte die erhoffte Wirkung.

«Weg ist sie. Hat ihre Sachen mitgenommen, das tut sie sonst nie … Und dann … Also ich weiß nicht, was ich … ob ich …» Sie brach ab.

«Gute Frau, ich sehe doch, Sie haben was auf dem Herzen. Ist es die Sorge um Ihre Tochter?» Galgenberg versuchte es weiter mit Sanftheit.

Frau Gerke nahm einen Schluck Wasser. «Ja, das auch. Ich kenne das ja. Sie ist immer mal wieder weg. Und sie ist ja erst fünfzehn. Aber dieses Mal hat sie gesagt, sie kommt nicht wieder. Sie ziehe jetzt zu diesem Till, das ist ihr neuer Freund. Den Nachnamen weiß ich nicht. Aber das geht doch nicht!»

«Frau Gerke, da haben Sie recht. Das geht nicht. Wir werden nach Ulrike suchen.» Kappe sagte nicht, dass sie sehr wohl den Nachnamen von Till kannten.

«Aber ich will nicht, dass sie Ärger kriegt.» Frau Gerkes Stimme kippte.

«Trinken Se doch noch eenen Schluck Wasser», empfahl Galgenberg fürsorglich.

Frau Gerke tat, was er vorgeschlagen hatte. Dann schnäuzte sie noch einmal in Kappes Taschentuch. «Also, der Till … ich glaube, der nimmt Drogen. Von dem hat sie die. Da bin ich mir sicher. Meine Kleine hätte so was nie von alleine gemacht. Sie ist ein gutes Mädchen. Und ich habe solche Angst, dass meine Ulrike auf die schiefe Bahn gerät.»

Das ist schon passiert, dachte Kappe. Und sie rutschte immer tiefer in den Schlamassel. «Das Jugendamt hat sich bei mir gemeldet. Sie werden mit denen reden müssen. Hat Ihre Tochter gesagt, dass sie die Drogen von diesem Till hat?»

«Nein. Sie sagt, sie liebt den. Und dass er sie liebt. Aber sie ist doch noch ein Kind! Was weiß denn so eine Göre schon von der Liebe! Hoffentlich wird sie nicht schwanger.» Frau Gerke schluckte. «Das sind alles Verbrecher, dieser Till und seine Leute. Und meine Kleine steckt da mittendrin.»

«Hat sie denn irgendetwas erzählt?» Kappe hatte alle Mühe, sich einen ungeduldigen Schnaufer zu verkneifen.

«Sie hat es nicht so direkt gesagt, aber ... Da war doch dieser Banküberfall ...»

Kappe und Galgenberg horchten auf.

«Der im Grünen Weg?»

«Ja, davon wurde im Radio berichtet. Als Ulrike das hörte, hat sie sich gefreut. Das war knorke, hat sie gesagt. Und dann hat sie ihre Sachen gepackt.»

«Det *war* oder det *is* knorke? Wat genau hat se gesacht?» Galgenberg sprach aus, was Kappe dachte.

«Sehen Sie, das habe ich mich auch gefragt. Lange. Deswegen komme ich erst jetzt. Das *war Knorke,* hat sie gesagt. Ich glaube, Knorke ist ein Name, denn gleich darauf hat sie sich die Hand erschrocken vor den Mund geschlagen.»

Kappe und Galgenberg schauten sich an. Knorke Knecht. Ulrikes Beobachter, Mitglied der Bewegung 2. Juni. Wenn Frau Gerke recht hatte, dann war dieser Knecht einer der Bankräuber.

«Gut, dass Sie uns das mitgeteilt haben», sagte Kappe.

«Aber Sie sagen ihr nicht, dass Sie das von mir wissen? Ich mache mir solche Sorgen um das Kind. Das ist sie doch noch. Ein dummes Kind, das nicht weiß, dass es sich das ganze Leben kaputt macht. Im Grunde ist sie ein gutes Mädchen, sie lässt sich bloß immer mit den falschen Leuten ein.»

«Wir finden Ihre Tochter», tröstete Galgenberg Franziska Gerke. Er nahm ihr das Glas aus der Hand und geleitete sie zur Tür. Nun gab es schon wieder einen neuen Fall, der ganz offensichtlich mit dem Toten im Charlottenburger Schutt zu tun hatte.

«Langsam wird es unübersichtlich», befand Galgenberg, als Frau Gerke gegangen war.

«Dann wollen wir mal», sagte Kappe und meinte damit, dass er sofort den Kollegen vom Raub kontaktieren würde. «Frag du doch mal, ob die Fahndung nach dem Mädchen schon was ergeben hat.»

Günter Kynast betrat den Raum. «Was für eine Trauergesellschaft ist denn das hier! Ich habe gute Nachrichten. Die Fingerabdrücke vom Toten und einige der Abdrücke im Abbruchhaus sind tatsächlich identisch. Und ein gewisser Knorke Knecht war auch da. Aber mal ehrlich, was ist denn hier los? Ihr seht ja ganz bedröppelt aus.»

Kriminalmeisterin Lilli Lenné und Peter Kappe kamen ins Büro. Die Kriminalmeisterin grinste. «Ich bin übrigens wieder dabei.»

Kappe nickte. «Willkommen zurück. Zu Ihrer Information: Einige Fingerabdrücke im Haus stammen von einem gewissen Konrad Knecht und von dem Toten. Till Schmidt und Ulrike Gerke haben auch dort übernachtet. Ergo: Die Kleine kennt nicht nur Schmidt und Knecht, sondern wie du, Peter, es schon angenommen hattest, vermutlich auch den Toten. So fügt sich manchmal schneller als gedacht eines zum anderen.»

Dann erzählte Kappe den hinzugekommenen Kollegen von Franziska Gerkes Besuch und ihrem Verdacht. «Außerdem war ich vorhin bei Keunitz. Die Aufgabenverteilung hat sich erneut geändert.»

Die Kollegen vom Raub waren dankbar für Otto Kappes Hinweis und versprachen, sofort die Fahndung nach Knecht einzuleiten. Im Gegenzug sicherte Kappe zu, sie vom weiteren Verlauf seiner inoffiziellen Ermittlungen zur unterrichten.

Lilli Lenné trieb schließlich Ulrike Gerke auf. Die lag in der

Charité, vollgepumpt mit Heroin, und war nicht ansprechbar. Niemand wusste, ob sie je wieder aufwachen würde. Dabei hatte sie noch Glück gehabt, weil sie rechtzeitig gefunden worden war – zusammengebrochen in einer der dunklen Ecken des «Centrum».

Hatte Ulrike Gerke mit Absicht eine Überdosis genommen? Hatte sie sterben wollen? Franziska Gerke, die wegen der Sorge um ihre Tochter ebenfalls kaum ansprechbar war, verneinte das entschieden. Wenn man ihr glauben wollte, dann gab es zwei Möglichkeiten: Entweder hatte Ulrike aus Versehen zu starken Stoff erwischt, oder jemand hatte sie umbringen wollen. Hoffentlich war sie bald vernehmungsfähig.

Otto Kappe entschied, nun endlich Manfred Lüttke, den Neffen des toten Hausmeisters, zu befragen. Dummerweise wusste er nicht genau, wo der Mann steckte. Es gab zwar eine Meldeadresse, doch als er dort anrief, teilte ihm eine Frauenstimme barsch mit, ein gewisser Manfred Lüttke wohne nicht mehr bei ihr und sie wisse auch nicht, wo er sich jetzt aufhalte. Er sei vermutlich tagsüber im Yachtclub anzutreffen, da arbeite er aushilfsweise. Außerdem wolle sie mit ihrem Ex-Mann nichts mehr zu tun haben. Da Lüttke zum ersten vereinbarten Termin nicht erschienen war, beauftragte Kappe zwei Kollegen von der Bereitschaftspolizei, ihn aufzutreiben und ins Präsidium zu bringen.

KAPITEL ELF

in dem verschiedene Zeugen mauern

MANFRED LÜTTKE traf gut eine Stunde später im Präsidium ein. Er war nicht besonders erfreut darüber, dass er sozusagen zwangsweise einbestellt worden war, besser gesagt, er war wütend.

«Sie hätten einfach zur ersten Vorladung erscheinen sollen», hielt ihm Otto Kappe vor.

«Mich hat niemand vorgeladen.»

«Doch, ich. Mündlich, bei unserem ersten Treffen.»

«Ich weiß von nichts. Hab nichts gehört. Wieso haben Sie es eigentlich plötzlich so eilig? Anfang Februar ist die Bombe hochgegangen, und nichts ist passiert. Aber eines kann ich Ihnen sagen, ich werde den Mörder meines Onkels finden. Mein Onkel hat mich großgezogen, war wie ein Vater für mich, nachdem mein Erzeuger abgehauen ist.»

«Was ist mit Ihrer Mutter?», erkundigte sich Kappe.

«Die hat sich umgebracht, als er uns im Stich gelassen hat.»

«Das tut mir leid.»

«Davon kann ich mir auch nichts kaufen.»

Kappe spürte, dass Lüttke innerlich brodelte. Der Mann war eine tickende Zeitbombe. Es fragte sich nur, wann die explodierte. Hier war Deeskalation angesagt. «Möchten Sie etwas trinken?», fragte er freundlich. «Ich habe auch Durst.»

«Danke, ja.»

«Dann besorge ich uns mal zwei Gläser Fassbrause von unserer Sekretärin. Die hat immer einen Vorrat», sagte Kappe und verließ den Raum.

Kurz darauf war er mit zwei Gläsern und einer Flasche zurück. Er setzte sich auf seinen Schreibtischstuhl und schob Lüttke eines der beiden Gläser zu, in der Hoffnung, dass der sich inzwischen etwas beruhigt hatte.

«Wir praktizieren hier in Deutschland keine Selbstjustiz», warnte Kappe sein Gegenüber. Auch wenn er den Mann verstand, konnte er seine Drohung nicht unwidersprochen lassen. Allerdings musste er sich insgeheim eingestehen, dass Lüttke nicht ganz unrecht hatte. Sie steckten fest. Kappe hoffte, dass sich bald ein offizieller Weg finden würde, damit die Kriminaltechniker die Reste des Mercedes und den ausgebrannten Audi auf dem Flughafen Gatow untersuchen konnten. Wo die Autos waren, wussten sie ja nun. Sein Sohn hatte ihm inzwischen von seiner nächtlichen Unternehmung erzählt. Grundsätzlich war Kappe davon nicht begeistert gewesen. Aber die Aktion war hilfreich.

Die Hoffnung, von Ulrike Gerke Informationen zu bekommen, hatte sich vorerst zerschlagen. Deshalb mussten sie unbedingt diesen Till Schmidt finden. Die Fahndung nach ihm lief, allerdings wegen Drogenhandels und Geschlechtsverkehrs mit einer Minderjährigen. Mehr war ihm derzeit nicht nachzuweisen. Und auch diese Vorwürfe standen auf wackeligen Füßen. Für den letzteren hatten sie nur das Mädchen als Zeugin. Und die würde nicht gegen Schmidt aussagen. Dafür war sie viel zu verliebt. Außerdem war Ulrike bereits fünfzehn Jahre alt. Das erschwerte die Lage. Mit Jugendlichen bis zu vierzehn Jahren war auch der einvernehmliche Geschlechtsverkehr per Gesetz verboten. Mit Jugendlichen zwischen vierzehn und sechzehn aber war einvernehmlicher Sex nur dann strafbar, wenn der Täter älter als 21 Jahre alt war und sein Opfer nicht über die Fähigkeit zur sexuellen Selbstbestimmung verfügte. Das konnte man im Falle von Ulrike Gerke und Till Schmidt zwar aufgrund der Aussage der Mutter durchaus annehmen. Denn eine Drogensüchtige war nicht in der Lage, sexuelle Selbstbestimmung auszuüben, schon gar nicht, wenn der nächste Schuss als Belohnung winkte. Aber diese Schlussfolgerung setzte voraus, dass es Zeugen gab, die bestätigten, dass Ulrike Gerke von Schmidt Drogen erhielt.

Lüttke nahm das Glas und trank durstig.

«Haben Sie Familie? Kinder?», erkundigte sich Kappe.

Lüttke zögerte. «Ich habe eine kleine Tochter. Meine Frau kommt aus Jugoslawien. Dorthin will sie auch wieder zurück, mit unserer Tochter, zu meinen Schwiegereltern in Zadar. Sie ist gerade dabei, die Wohnung aufzulösen.»

«Und wo wohnen Sie jetzt? Wir benötigen noch Ihre Adresse.»

Lüttke wand sich. «Ich habe momentan keinen festen Wohnsitz. Ich suche noch eine neue Wohnung.»

«Aber wo übernachten Sie derzeit?»

«In einer kleinen Pension.»

Kappe riss eine Seite aus seinem Notizbuch und schob sie Lüttke samt Stift über den Schreibtisch hinweg zu. «Bitte schreiben Sie mir die Adresse auf.»

Lüttke tat, wie ihm geheißen.

Die weitere Befragung ergab nichts Neues. Lüttke hatte nichts gesehen. Und er konnte sich auch nicht erklären, gegen wen sich der Anschlag eigentlich gerichtet hatte. Gegen seinen Onkel sicherlich nicht. Der habe keine Feinde gehabt. Überdies könne er sich nicht vorstellen, dass der Diebstahl des Audi etwas mit dem Anschlag zu tun habe, erklärte er im Brustton der Überzeugung. Solche Diebstähle gebe es doch immer wieder.

Kappe hatte den Eindruck, dass Lüttke ihm einiges verschwieg. Doch was er sagte, klang schlüssig. Deshalb ließ er ihn schweren Herzens ziehen.

Als er wieder allein war, rief Kappe in der Pension an, die Lüttke notiert hatte. Die Inhaberin bestätigte, dass er dort gewohnt habe, erklärte aber auch, dass er schon lange ausgezogen sei. Wohin, das wisse sie nicht.

Das war keine gute Nachricht. Es schien, als wolle Lüttke sich klammheimlich absetzen. Aber warum? Kappe starrte das Glas an, das Lüttke auf seinem Schreibtisch hatte stehen lassen. Dann kramte er in einer Schublade und förderte eine Plastiktüte zutage. Mit der packte er das Glas und wickelte es schließlich darin ein. Danach versenkte er das Ganze in einer anderen Schublade. Der Zettel mit der Adresse wanderte hinterher.

Hans-Gert Galgenberg trat ins Zimmer. «Wat is, warum guckste so blümerant?»

«Gibt es was Neues?», fragte Kappe zurück.

Der Kollege schüttelte den Kopf.

«Na, dann gehen wir mal tanzen.»

«Wie jetz?»

«Das wirst du schon sehen. Komm einfach mit.»

Im «Centrum» roch es nach Rauch, Schweiß und Haschisch. Otto Kappe und Hans-Gert Galgenberg hatten den Geschäftsführer der Diskothek aus dem Bett geklingelt. Der hatte schlechte Laune und behauptete, ein Gast habe Ulrike Gerke bewusstlos in einer Ecke gefunden. Dessen Namen? Den kenne er nicht.

Galgenberg hielt dem Mann die Fotos von Schmidt und Knecht aus den Akten unter die Nase.

«Die beiden habe ich noch nie gesehen.»

«Wir wissen aber, dass die Herren sich ab und an im ‹Centrum› aufhalten», konterte Kappe, auch wenn das bezüglich Knecht nur ein Schuss ins Blaue war.

«Vielleicht hab ich sie mal gesehen», räumte der Geschäftsführer schließlich ein. Aber sicher sagen könne er das nicht.

Mehr war nicht aus ihm herauszubekommen.

Kappe war jedoch niemand, der so schnell aufgab. Deshalb graste er mit Galgenberg sämtliche aus den Akten bekannten Aufenthaltsorte von Knecht und Schmidt ab – eine Reise, die sie kreuz und quer durch West-Berlin führte, auch zu der Bank am Grünen Weg.

Es könne schon sein, dass einer der beiden Männer, eventuell sogar beide, beim Überfall dabei gewesen seien, sagte der Bankangestellte, als er die Fotos betrachtete. Das habe er den Kollegen vom Raubdezernat aber schon gesagt. Die Herren Kommissare mögen bitte verstehen, die Männer hätten Masken getragen, deshalb sei er sich nicht sicher.

Auch Günter Kynast, Peter Kappe und Lilli Lenné hatten sich auf die Suche begeben – ebenfalls ohne Erfolg.

Gegen Abend trafen sich alle erschöpft und frustriert im Präsidium. Die Hoffnung, dass die Spurensicherung Fingerabdrücke von Knecht und Schmidt in der Bank und auf den Geldscheinen gefunden hatte, erfüllte sich nicht. Und der erneute Anruf im Krankenhaus ergab: Ulrike Gerke war zwar aufgewacht, aber keinesfalls vernehmungsfähig.

Was sollten sie jetzt tun? Sollten sie so lange warten, bis irgendetwas geschah? Das war nicht Otto Kappes Sache. Er hatte entschieden, ganz von vorne anzufangen und dem Richter Friedrich Grätz und seiner Frau einen Besuch abzustatten.

Er hoffte, mit Richter Grätz persönlich sprechen zu können. Doch der war nicht zu Hause, ebenso wenig seine Frau. Franziska Gerke öffnete ihm die Tür und war über sein Auftauchen nicht sonderlich begeistert. «Ich muss mich mit dem Putzen beeilen, ich will nachher zu meiner Tochter. Frau Grätz hat gesagt, sie komme in einer Stunde zurück. Vielleicht ist sie ja zusammen mit ihrem Mann unterwegs. In einer Stunde bin ich aber schon weg.»

«Es dauert auch nicht lange. Können Sie sich vorstellen, dass der Tote in Charlottenburg etwas mit dem Richter zu tun hatte?»

«Wie kommen Sie denn darauf? Der Richter ist ein ehrenwerter Mann, beliebt bei allen Leuten. Die Grätzens sind gute Menschen. Sie haben uns öfters geholfen. Frau Grätz hat uns Kleider geschenkt, die sie nicht mehr brauchte. Ein Kind alleine durchzubringen ist nicht so einfach.»

«Da hat sich Ulrike hier sicher wohlgefühlt. Sie war doch öfter hier.»

Angesichts dieser Feststellung fühlte sich Franziska Gerke offensichtlich nicht sehr wohl. «Ulrike mag Frau Grätz nicht besonders. Sie findet es beschämend, ihre alten Kleider aufzutragen. Und der Richter …» Sie brach ab.

«Was ist mit Herrn Grätz?»

«Der sei kein guter Richter, hat sie gesagt. Aber das stimmt natürlich nicht.»

«Wie kommt sie darauf?»

«Herr Grätz hat doch den Polizisten, der diesen Studenten während des Schah-Besuchs erschossen hat, freigesprochen. Und der Richter hat gesagt, es sei Notwehr gewesen. Ulrike ist aber der Meinung, dass der Polizist den Studenten geradezu hingerichtet habe und bloß nicht verurteilt worden sei, weil … weil dieser Polizist ein Doppelagent sei, der gleichzeitig für die Stasi und den Verfassungsschutz arbeiten würde. Und der Verfassungsschutz habe den Richter unter Druck gesetzt, um den eigenen V-Mann zu schützen. Lächerlich! Da sehen Sie mal, was die Drogen aus einem Menschen machen können. Bitte verzeihen Sie dem Mädchen. Sie meint es nicht so.»

«Und woher glaubt sie das zu wissen?»

«Dieser Till hat es ihr erzählt.»

Kappe horchte auf. «Und woher soll der das wissen?»

Franziska Gerke zuckte mit den Achseln.

«Hat es Drohungen gegen den Richter gegeben?»

«Ich weiß nicht.»

«Frau Gerke, nun reden Sie schon!»

«Ich darf nicht, der Richter und seine Frau haben es mir verboten.»

«Und warum haben sie es Ihnen verboten?»

«Sie sagen, das sei ganz normal, dass irgendjemand einen Richter zu beeinflussen versucht.»

«In welcher Form fanden diese Drohungen denn statt?»

«Es gab immer mal wieder Anrufe. Ich habe es selbst zweimal miterlebt.»

«Wer waren die Anrufer, und was wollten sie?»

«Das weiß ich nicht. Frau Grätz hat mir nur gesagt, dass der

Richter sich nicht mit Morddrohungen unter Druck setzen und schon gar nicht von irgendwelchen Drogensüchtigen oder dem linken Gesocks erpressen lasse. Er fälle seine Urteile nach Recht und Gesetz.»

«War von einer Bewegung 2. Juni die Rede?»

«Das hat sie nicht gesagt.»

«Wissen Sie denn wenigstens, womit der Richter erpresst werden sollte?»

Franziska Gerke zuckte erneut mit den Schultern.

«Hat der Richter Anzeige erstattet?»

«Das kann ich mir nicht vorstellen. Soweit ich weiß, gab es in diesem Jahr solche Anrufe auch nicht mehr.»

«Was genau heißt das?»

«Da müssen Sie den Richter und seine Frau fragen. Ich habe sowieso schon zu viel gesagt.»

Zurück im Präsidium, tat Otto Kappe etwa eine Stunde später genau das. Franziska Gerke hatte ja gesagt, dass der Richter um diese Uhrzeit wieder zu Hause sein könne.

Frau Grätz ging ans Telefon. Der Richter sei nicht zu erreichen, beschied sie Kappe knapp. Er befinde sich auf einem Kongress. Doch um welchen Kongress es sich handelte und wann ihr Mann wieder verfügbar sei, konnte sie nicht sagen.

Kappe beschloss, sich nicht abwimmeln zu lassen und am nächsten Tag den Faden wiederaufzunehmen.

Auch Peter Kappe ließ sich nicht abwimmeln. Er machte sich noch am selben Abend zu einem erneuten Diskothekenbesuch auf. Vielleicht erfuhr er mehr als der Vater, beispielsweise wie gut sich Knecht und Schmidt kannten. Er wollte unbedingt in Erfahrung bringen, woher Ulrike ihre Überdosis hatte. Ihn trieb Tinkers Hinweis um, dass Ulrike und Schmidt Anfang Februar zusammengekommen seien. Er baute auf Tinker. Außerdem wollte er noch einmal ins evangelische Gemeindezentrum.

Währenddessen riskierte Wolle Kaufmann seinen Arbeitsplatz. Er ahnte nichts von den neuen inoffiziellen Ermittlungen. Doch Wolle hatte Feuer gefangen. Er wollte helfen. Zusammen mit einem Freund von der Bereitschaftspolizei stahl er sich auf das Gelände des Flughafens Gatow. Es ging schnell. Er wusste ja, wo er hinwollte. Kurz darauf fehlten auf dem Flughafengelände einige Teile des zerfetzten Mercedes. Auch der Stern und das verkohlte Kennzeichen vom ausgebrannten Autowrack waren verschwunden. Es war zwar nicht sehr wahrscheinlich, dass sie auf genau diesen Teilen Fingerabdrücke finden würden, aber ausgeschlossen war es auch nicht. Die Kriminaltechniker vollbrachten manchmal Wunder. Wolle setzte darauf, dass das Glück ihnen hold sein würde. Falls nicht, stahl er eben die nächsten Teile. Von zu Hause aus, gegen zwei Uhr morgens, rief er Peter Kappe an. Der war ebenfalls gerade erst nach Hause gekommen.

KAPITEL ZWÖLF
in dem es um Drohungen geht

AUCH AM NÄCHSTEN TAG war Otto Kappe früh im Büro. Wieder einmal hatte er nicht gut schlafen können. Er nutzte die Ruhe in den Morgenstunden, um herauszufinden, auf welchem Kongress Herr Grätz sein könnte. Doch seine Rundfrage bei einigen Staatsanwälten und Richtern, die er persönlich kannte, blieb erfolglos.

So versuchte er noch einmal, Richter Grätz telefonisch zu erreichen. Und siehe da, der nahm diesmal den Anruf sogar selbst an. Allerdings war er nicht sonderlich erfreut, den Kommissar an der Strippe zu haben.

«Frau Gerke hätte Ihnen nichts von den Drohungen erzählen sollen. Das stand ihr nicht zu. Außerdem ist es nicht weiter wichtig», antwortete er barsch, als Kappe ihn auf dieses Thema ansprach.

«Wieso ist das nicht weiter wichtig? Wenn ich richtig informiert bin, soll es sogar Morddrohungen gegeben haben.»

Das Lachen am anderen Ende wirkte nicht fröhlich. «Guter Mann, solche Drohungen gibt es immer wieder. Ich bin Richter. Da ist man einiges gewohnt.»

«Können Sie mir sagen, wer Ihnen gedroht hat?»

«Nein. Die haben keine Namen genannt.»

«War von der Bewegung 2. Juni die Rede?»

«Ich weiß es nicht. Hören Sie mir nicht zu? Das waren irgendwelche Irren. Ich habe weder die Zeit noch die Lust, mich mit solchem Unfug zu beschäftigen. Haben Sie eigentlich nichts anderes zu tun? Und wagen Sie es nicht, mich noch einmal zu behelligen, wenn Sie keinen guten Grund dafür haben! Anderenfalls werde ich mich über Sie beschweren.» Damit legte der Richter auf.

Otto Kappes Frustrationspegel stieg.

«Wat is los?», erkundigte sich Hans-Gert Galgenberg, als er im Büro eintraf. «Sitzt da wie 'n abjebrochner Zwerch.»

Kappe erklärte ihm die Lage, wurde aber unterbrochen, als sein Sohn ins Büro kam.

Otto Kappe begrüßte ihn mit einem Nicken. «Ist etwas passiert?», fragte er. Denn Peters Miene verriet, dass der Sohn etwas auf dem Herzen hatte.

«Ich weiß nicht, wie ich es sagen soll …»

Warum grinste der Junge plötzlich? Was hatte er angestellt? «Nun red schon! Deinem Gesichtsausdruck nach kann es ja nichts Schlimmes sein. Grinst wie ein Honigkuchenpferd.»

«Bei der Kriminaltechnik liegen ein paar Teile des dritten Schrottautos vom Anschlag auf den Yachtclub sowie ein Mercedes-Stern und ein Nummernschild.»

«Was ist mit dem dritten Auto?», fragte Günter Kynast, der, gefolgt von Kriminalmeisterin Lilli Lenné, gerade das Zimmer betrat.

«Teile davon liegen inzwischen bei der Kriminaltechnik», klärte Peter sie auf. «Und ein Kennzeichen, das womöglich zu dem gestohlenen Audi gehört.»

«Und wie kommen die dorthin?»

Peter zuckte unschuldig mit den Achseln. «Das weiß man nicht. Jemand muss sie vor dem Eingang des Flughafens an die Straße gelegt haben. Ich bekam heute Nacht einen Anruf.»

«Und wer dieser Jemand war, das weiß man auch nicht», fügte Lilli Lenné hinzu.

Peter Kappe nickte. «Ich bin jedenfalls schnellstens mit dem Fahrrad dorthin gefahren.»

«Und woher wissen wir, dass die Teile wirklich zu dem betreffenden Auto gehören?»

«Bisher können wir es nur vermuten. Aber wenn sich daran Spuren jenes Sprengstoffs finden lassen, der bei der Bombe verwendet wurde, die mitsamt dem Hausmeister hochgegangen ist, dann …»

«… dann könnte man davon ausgehen», setzte Kynast Peter Kappes Satz fort. «Und man könnte untersuchen, ob sich an den Teilen noch weitere Spuren finden, zum Beispiel Fingerabdrücke.»

«Ich habe noch etwas herausgefunden, bin mir aber nicht sicher, ob das von Belang ist.»

Aller Augen waren erneut auf Peter Kappe gerichtet. «Ich war gestern noch einmal in diesem evangelischen Gemeindezentrum, in dem wir Ulrike Gerke das letzte Mal aufgetrieben haben. Ich habe dort unter anderem nachgefragt, ob die wissen, seit wann das Mädchen mit diesem Schmidt zusammen ist.»

«Da ham wa inne Nacht janz schön jeackat, wa? Ob das der werten Gattin gefällt? Na, ich frag mal besser nicht weiter», merkte Galgenberg an.

«Soweit dort bekannt, sind die beiden zusammengekommen, nachdem die Bomben im Yachtclub hochgegangen sind. Das haben mir auch schon andere Quellen bestätigt. Wenn ihr mich fragt, ist das kein Zufall. Ulrike Gerke muss mehr wissen, als sie zugibt.»

«Wir sollten ohnehin schnellstens mit dem Mädchen reden», meldete sich Kriminalmeisterin Lenné zu Wort. «Sie müsste inzwischen wieder vernehmungsfähig sein.»

«Guter Vorschlag!», befand Otto Kappe. «Dann fahren wir mal ins Krankenhaus. Kommen Sie mit, Kollegin Lenné?»

Die nickte.

«Und was tun wir?», erkundigte sich Kynast.

«Da wäre noch ein Bericht zu schreiben. Keunitz möchte auf dem Laufenden gehalten werden. Wir brauchen zwei Versionen. Die offizielle und die inoffizielle. Die offizielle schriftlich.»

Galgenbergs und Kynasts Stöhnen war deutlich zu hören.

Ulrike Gerke war tatsächlich ansprechbar. Vom Stationsarzt hatte Otto Kappe nach Einsatz seiner ganzen Autorität als Mordermittler erfahren, dass das Mädchen großes Glück gehabt hatte. Wenn

Ulrike Gerke nicht rechtzeitig gefunden worden wäre, hätte das vermutlich das Ende für sie bedeutet: Sie hat sich den goldenen Schuss gesetzt, hätte es geheißen.

Ulrike lag allein in einem Zimmer. Sie war erst an diesem Morgen von der Intensivstation verlegt worden. Sie sah bleich und abgemagert aus und empfing Otto Kappe und Lilli Lenné mit dem bekannten muffigen Gesichtsausdruck.

Kriminalmeisterin Lenné ging zu dem Mädchen und nahm ihre Hand. «Schön, dass es dir besser geht!»

Die Freundlichkeit von Fräulein Lenné wurde nicht honoriert. «Was kratzt es euch?»

«Natürlich *kratzt* es uns. Und deine Mutter *kratzt* es auch. Abgesehen davon, dass wir im Fall eines gewaltsamen Todes ermitteln – wir sind nicht ganz gefühllos, weißt du.»

«Ich bin müde. Lasst mich in Ruhe!»

«Ich dachte, du nimmst keine Drogen mehr. Wie kam es dazu, dass du beinahe am Heroin gestorben wärst?»

Ulrike presste die Lippen aufeinander.

«Hast du dir den Schuss selbst gesetzt? Willst du uns nicht sagen, wer dir die Drogen gegeben hat?»

Ulrike schüttelte den Kopf.

«Wenn Sie nicht reden, müssen wir annehmen, dass Sie selbst mit Drogen dealen», mischte sich nun Otto Kappe ein. Er fand, es war an der Zeit, härtere Bandagen anzulegen.

Lilli Lenné teilte seine Meinung offenbar nicht. Sie warf ihm einen strafenden Blick zu. «Was ist passiert? Wolltest du dich umbringen?», fragte sie das Mädchen.

Ulrike schossen Tränen in die Augen.

«Nun erzähl schon! Wir werden dir nichts tun. Kriminaloberkommissar Kappe hat selbst einen Sohn. Er macht sich Sorgen, dass dir jemand etwas anhaben will. Das Heroin, das du genommen hast, war ungewöhnlich rein. Du hättest daran sterben können. Wusstest du das? War das Absicht? Oder will dir jemand etwas antun?»

Jetzt waren Ulrikes Tränen nicht mehr zu bremsen. «Till ...»

«Was ist mit Till?»

«Till hat gesagt, dass ich ihn niemals wiedersehen werde.»

Kappe gefiel das gar nicht. Schließlich lief eine Fahndung nach Till Schmidt. Er hatte sehr darauf gehofft, von Ulrike zu erfahren, wo er sich aufhielt.

«Er sagt, ich sei ihm zu kindisch. Und überhaupt, er werde das Land verlassen.» Ulrike schluchzte. «Er wollte mich nicht mitnehmen!»

«Und da hast du aus Liebeskummer die Drogen genommen?»

Das Mädchen nickte.

«Hat er sie dir gegeben?»

Ulrike kniff die Lippen erneut zusammen.

«Ach Kleine, ich weiß, wie weh so was tun kann», sagte Lilli Lenné leise und streichelte Ulrikes Hand.

«Seit wann sind Sie denn ein Paar, Sie und Till Schmidt?», hakte Kappe nach.

«Seit dem 5. Februar. Eigentlich kannten wir uns schon vorher, aber an dem Tag hat er mich zum ersten Mal geküsst», antwortete Ulrike.

«Was weißt du eigentlich über den Yachtclub Gatow? Hat dein Till mit dir über ihn gesprochen?», erkundigte sich die Kriminalmeisterin.

Eine Krankenschwester betrat das Zimmer. «Fräulein Gerke braucht jetzt Ruhe», verkündete sie.

«Mein Sohn hat recht gehabt», sagte Kappe zu Lilli Lenné, als sie auf den Flur getreten waren. «Die Liebschaft zwischen den beiden hat kurz nach dem Bombenanschlag im Yachtclub am 2. Februar begonnen. Das wird kein Zufall sein.»

«Gehen wir also davon aus, Schmidt war in den Anschlag in Gatow verwickelt. Nachdem der schiefgegangen ist, hat er sich an die Kleine herangemacht. Sehen Sie das auch so, Oberkommissar Kappe?»

«Wissen Sie, was ich langsam glaube? Die Kleine hat ihren

Liebsten nicht nur über anstehende Drogenrazzien informiert, sondern für ihn auch den Richter ausgekundschaftet.»

«Sie vermuten, die Bewegung 2. Juni hat es auf den Richter abgesehen?» Kriminalmeisterin Lenné machte große Augen.

«Jawohl, das denke ich. Grätz hat mir bestätigt, dass es Drohungen gegen ihn gab. Er hat sich aber strikt geweigert, weiter über dieses Thema mit mir zu reden, und er hat mir gedroht, sich über mich zu beschweren, wenn ich ihn weiter dazu befrage.»

«Haben Sie Grätz über Ihre Vermutung unterrichtet?»

«Nicht so ausdrücklich. Es ist ja nur eine Theorie, ich habe keine Beweise.»

«Vermutlich wird er erst wieder mit Ihnen über dieses Thema reden, wenn Sie Ihre Theorie tatsächlich beweisen können.»

Kappe nickte. «Das befürchte ich auch. Also machen wir uns an die Arbeit.»

«Wenn es so ist, wie Sie sagen, dann hätte der Richter am 2. Februar in Gatow sein müssen. Davon war aber bisher nie die Rede.»

«Das stimmt. Dass das bisher nicht zur Sprache kam, heißt aber nicht, dass es nicht so war. Und zum Motiv für den Mordversuch an Ulrike – denn mit solch einem haben wir es hier meiner Meinung nach zu tun: Ich bin mir sicher, Schmidt weiß, dass wir an Ulrike dran sind. Und nun befürchtet er, sie könnte sich bei uns verplappern.»

«Wenn Ihre Überlegung zutrifft, ist Ulrike weiterhin in Gefahr. Ich bleibe besser im Krankenhaus und passe auf sie auf, für den Fall, dass Schmidt dort auftaucht. Nur habe ich heute Abend einen privaten Termin …»

«Genau darum wollte ich Sie gerade bitten. Das mit dem Termin kriegen wir geregelt.» Kappe lächelte der Kriminalmeisterin zu.

Lilli Lenné strahlte zurück. Dieses Lächeln ging Kappe durch und durch. Er riss sich zusammen. «Vielleicht sagt sie Ihnen ja auch, wer sie gefunden und den Krankenwagen gerufen hat.»

Zurück im Präsidium, traf Otto Kappe Hans-Gert Galgenberg, Günter Kynast und seinen Sohn wieder, die im Schweiße ihres Angesichts noch immer über dem offiziellen Bericht saßen. Galgenberg bediente die Schreibmaschine, Kynast diktierte, Peter schaute ihnen über die Schulter.

«Guten Tag!», begrüßte Kappe die Kollegen. «Hört mal bitte zu ...»

Sofort ruhte die Arbeit. Die Herren ließen sich gerne stören.

«Ich bin mir ziemlich sicher, dass Ulrike Gerke mit Heroin umgebracht werden sollte. Ich werde jetzt offiziell Polizeischutz für sie beantragen. Kriminalmeisterin Lenné ist vorerst im Krankenhaus geblieben. Heute Abend lösen Sie sie ab, Kynast, wenigstens für ein paar Stunden. Danach kann die Bereitschaftspolizei übernehmen. Ich werde das in die Wege leiten.»

Kynast stöhnte.

«Keine Widerrede! Ulrike Gerke hat erzählt, Till Schmidt habe sich von ihr getrennt. Vermutlich hat sie die Drogen von ihm bekommen. Schmidt hat wohl gehofft, sie würde elendiglich krepieren. Meine Theorie: Eigentlich sollte Grätz das Opfer des Anschlags in Gatow sein. Und Schmidt brauchte das Mädchen, damit sie ihn über die Gewohnheiten des Richters informierte. Das Motiv der Attentäter liegt auf der Hand: Grätz hat Karl-Heinz Kurras freigesprochen, den Mann, der am 2. Juni 1967 Benno Ohnesorg erschoss.» Dann erzählte Otto Kappe den Kollegen von seinem Gespräch mit Grätz und den Morddrohungen. «Wir müssen herausbekommen, ob Grätz am 2. Februar im Yachtclub war. Leider verweigert er mir jede weitere Auskunft, solange ich keine Beweise habe.»

Galgenberg schnaubte. Anschließend herrschte für einige Sekunden Stille im Büro.

Dann meldete sich Peter Kappe zu Wort. «Da ist noch was. Ich war heute Nacht nicht nur im evangelischen Gemeindezentrum, sondern auch kurz im ‹Centrum›. Da ich nichts erfahren habe, bin ich heute noch mal hingefahren.»

Die Fragezeichen in den Gesichtern der anderen waren unübersehbar.

«Ich wollte herausfinden, wer Ulrike gefunden hat. Es war die Barfrau.» Peter Kappe machte eine Kunstpause. «Die Zeugin hat auf der Toilette einen Mann gesehen, der sich bei dem Mädchen aufhielt. Er hat sich aber schnell verdrückt, als sie sich näherte. Ihrer Beschreibung nach dürfte es sich um Schmidt gehandelt haben.»

«Gut gemacht! Damit haben wir eine Zeugin, die Ulrike kurz vor ihrem Zusammenbruch mit Schmidt gesehen hat», lobte Otto Kappe. «Das reicht, um wegen Mordversuchs nach ihm fahnden zu lassen.»

«Und der Tote im Schutt? Ist der noch immer namenlos?», erkundigte sich Kynast düster.

«Sind denn die Fingerabdrücke noch nicht abgeglichen?», fragte Kappe.

«Nu mach ma halblang! Det jeht nich so schnell mit die Abdrücke. Det dauert, bis die alle Akten von möglichen Aspiranten durchforstet haben. Unter den Vermissten war er jedenfalls nicht», sagte Galgenberg.

«Also gut, für heute machen wir Feierabend. Ich glaube, wir sind ein gutes Stück weiter», befand Kappe nach einer kurzen Pause.

Der Vorschlag stieß auf allgemeine Zustimmung.

KAPITEL DREIZEHN

in dem ein Wirt etwas verrät

ROBERT PFISTER stürmte in Otto Kappes Büro wie der Leibhaftige selbst. «Wie kommen Sie dazu, Till Schmidt zur Fahndung auszuschreiben?»

Kappe war perplex. Warum war der Mann so wütend? Er bemühte sich um Sachlichkeit und erklärte ihm die Faktenlage. Dabei erwähnte er aber nur das Liebesverhältnis zu der minderjährigen Ulrike Gerke. Mal sehen, was der Mann weiß, dachte Kappe.

«So ein Blödsinn! Kinkerlitzchen! Ist Ihnen eigentlich klar, dass Sie mit Ihrer Fahndung den Erfolg langfristiger Ermittlungen und akribisch geplanter Aktionen gefährden?»

Jetzt reagierte auch Kappe gereizt. «Nein, das ist mir nicht klar. Ich weiß von keinen weiteren Ermittlungen oder Aktionen. Welches Interesse hat der Verfassungsschutz an dem Mann? Warum sind Sie so wütend? Wenn Sie uns nicht informieren, dann müssen Sie sich nicht wundern, wenn etwas schiefgeht. Zudem sind es keinesfalls Kinkerlitzchen, wenn ein Erwachsener ein minderjähriges und noch dazu drogenabhängiges Mädchen verführt. Außerdem …» Er hielt inne.

«Was außerdem?»

«Die Mutter hat angekündigt, Anzeige zu erstatten. Wegen Entführung ihrer Tochter. Gegen diesen Schmidt. Die Staatsanwaltschaft muss deshalb so oder so tätig werden.» Das war ein Bluff. Aber er wirkte.

«Sie sind schuld, wenn wir den Kontakt zu ihm vollends verlieren.»

«Was soll das jetzt wieder heißen?»

«Der Mann ist weg. Abgehauen. In den Osten.»

Jetzt war Kappe ganz Ohr. Arbeitete Schmidt etwa für den Verfassungsschutz? Ergab das Sinn? «Kontakt?», schnaufte er. «Welcher Art ist dieser Kontakt?»

«Das kann ich Ihnen nicht sagen.»

Kappe hatte nun endgültig genug. Hielten ihn die Herren vom Verfassungsschutz etwa für völlig verblödet? «Jetzt sage ich Ihnen mal, was für ein Kontakt das ist. Der Mann arbeitet für Sie.»

Pfister blieb stumm.

Kappe musterte ihn. Sein Gegenüber wirkte beunruhigt. Kappe fiel das Gespräch mit den Kollegen über eine mögliche Beteiligung der Stasi an dem Anschlag in Gatow wieder ein. Galgenberg hatte vermutlich recht. Kappe beschloss, dem nachzugehen. «Ihnen ist inzwischen also auch klar, dass die Fälle in Gatow und Charlottenburg zusammenhängen. Jetzt sage ich es Ihnen direkt auf den Kopf zu: In Gatow hatte die Stasi die Finger im Spiel. Ich vermute, über diesen Schmidt. Sie haben das erst jetzt herausgefunden und versuchen nun alles, um die Angelegenheit zu vertuschen. Deshalb das ganze Hickhack um Gatow. Schmidt versorgt nicht nur Sie mit Informationen aus der linken Szene, sondern auch die Stasi.»

Pfister sagte noch immer nichts. Doch seine Miene war inzwischen angespannt, seine Kiefer mahlten.

Kappe starrte den Mann an. «Schmidt arbeitet für die Stasi. Wie sonst könnte er einfach so im sowjetischen Sektor untertauchen? Ich vermute, Sie hatten es geahnt – doch seitdem er verschwunden ist, wissen Sie sicher, dass der Mann ein Maulwurf ist. Mensch, Pfister, Sie haben die ganze Zeit einen Verbrecher, einen Drogendealer, einen Terroristen geschützt! Wir sind beide darum bemüht, die Demokratie zu schützen. Wir sollten eigentlich an einem Strang ziehen. Sie sind uns Antworten schuldig.»

Pfister schnaubte. «Wenn Sie sich nicht im Zaum halten, dann wird das Konsequenzen haben, Kriminaloberkommissar Kappe!»

«Raus! Und haben Sie nicht noch einmal die Unverschämtheit, mir zu drohen!»

«Ihnen drohen? Das habe ich nicht nötig. Ich habe andere Möglichkeiten.» Pfister lächelte süffisant und marschierte zur Tür hinaus.

Otto Kappe musste erst mal warten, bis sich sein Puls normalisiert hatte. Dann begriff er. Pfister wusste, dass er ihm nichts anhaben konnte. Aber es gab noch einen anderen Kappe – und dem konnte er sehr wohl schaden. Er musste Peter schnellstens aus der Schusslinie bringen. Er griff zum Telefon und rief dessen Chef an.

«Ich gebe Ihnen Kriminalmeister Peter Kappe zurück», sagte er so leichthin wie möglich, als Andreas Wagner sich meldete.

«Was ist passiert? Können Sie Ihren Sohn nicht mehr brauchen?»

«Oh doch, sehr gut sogar. Aber es ist … na ja … Wie soll ich sagen?»

«Ist es so ein Vater-Sohn-Ding?»

«Richtig. Nicht nur, aber auch.» Kappe war sehr erleichtert, dass Wagner ihm diese Brücke baute. «Könnten Sie … könnten Sie ihn anfordern? Wenn ich aus eigenen Stücken auf ihn verzichte, denkt der junge Mann, er habe nicht gut gearbeitet. Und das ist es ja nicht. Es ist eben nur … Meine Frau, sie sorgt sich um unseren Sohn und liegt mir ständig in den Ohren, dass ich ihn keiner Gefahr aussetzen soll.» Er war sehr stolz darauf, dass ihm diese Ausrede eingefallen war.

«Ich verstehe. Das mache ich. Keine Sorge, Herr Kollege.»

«Danke. Sie haben etwas gut bei mir.»

Nachdem Otto Kappe aufgelegt hatte, marschierte er zu Friedhelm Keunitz. Er war so wütend wie schon lange nicht mehr.

«Halten Sie mir den Kerl vom Hals!», donnerte er, als er ins Büro des Kriminalrats platzte. Ihm war nicht danach, sich mit Begrüßungsfloskeln aufzuhalten.

Keunitz musste gar nicht fragen, wen Kappe meinte. «Ich

kann Sie verstehen. Aber was soll ich machen? Die Herren vom Verfassungsschutz sind der Meinung, jeder und alles müsse auf sie Rücksicht nehmen. Sie ermitteln nun mal im Geheimen.»

«Und deswegen habe ich nicht erfahren, wer dieser Till Schmidt wirklich ist?»

«Inzwischen wissen Sie es?»

«Allerdings. Till Schmidt ist ein Informant des Verfassungsschutzes, Pfister sein Führungsmann. Außerdem arbeitet Schmidt auch noch für die Stasi und hat sich jetzt in den sowjetischen Sektor abgesetzt. Das fällt jetzt auf Pfister zurück. Deshalb mauert der.»

«Also wirklich, jetzt beruhigen Sie sich mal!» Keunitz klang keineswegs ärgerlich, eher ein wenig hilflos.

«Ich denke nicht daran. Pfister hat gedroht, meinem Sohn zu schaden. Indirekt zwar, aber doch sehr unmissverständlich. Und nur, dass Sie es wissen: Mein Sohn ist nicht mehr in die Ermittlungen involviert, weder offiziell noch inoffiziell. Wagner braucht ihn zurück.»

«Wagner braucht ihn also zurück ...», sagte Keunitz gedehnt. «Pfister droht Ihnen? Ich glaube nicht, dass er dazu befugt ist. Ich werde mich darum kümmern.»

«Dann ist ja alles geregelt.» Kappe klang nun wesentlich versöhnlicher. «Ich werde die Fahndung nach Schmidt übrigens nicht stoppen, wie Pfister das fordert. Schmidt hat versucht, Ulrike Gerke mit einer Überdosis Heroin ins Jenseits zu befördern. Und als Nächstes durchsuchen wir seine Bleibe. Ich bin gespannt, was wir dort alles finden. Ich gehe davon aus, dass Sie nichts dagegen haben. Kriminalmeisterin Lenné passt übrigens derzeit auf das Mädchen auf. Ist ja nicht auszuschließen, dass Schmidt Komplizen hat, die es jetzt auf die Kleine abgesehen haben.»

Jetzt seufzte Keunitz. «Na gut, Kollege Kappe, dann organisieren Sie diese Hausdurchsuchung. Ich kümmere mich um die Genehmigung dafür. Weiß Ihr Sohn eigentlich schon davon, dass er zu Wagner zurücksoll?»

«Nein.»

«Das wird ihm nicht gefallen.»

Ja, dachte Kappe, als er zurück in seinem Büro war, das wird ihm nicht gefallen. Er musste mit Peter reden, aber nicht jetzt. Zuerst musste er in der Unterkunft von diesem Schmidt vorbeischauen. Aber wo zum Kuckuck wohnte der eigentlich? «So ein Mist!», knurrte er, als Galgenberg, gefolgt von Kynast, zur Tür hereinkam.

«Nu werd ma hier nich pampich. Wat is denn?»

«Wir bekommen einen Durchsuchungsbefehl für Schmidt. Aber wo wohnt der Kerl eigentlich?», sagte Kappe.

«Wir haben uns schon an die Arbeit gemacht. Gloobste, du bist der Eenzige hier, der nich pennt?»

Kappe erwiderte nichts.

«Jedenfalls, der Schmidt ist offiziell nirgendwo gemeldet. Leute wie der haben keine Wohnung, das ist für die Pillepalle. Wir haben aber eine Adresse gefunden, als wir uns in den Polizeiakten der Hausbesetzerszene umgetan ham. Er wurde nämlich mal kurzzeitig wegen Randale bei einer versuchten Räumung festgenommen. Der lebt in einer WG in der Lohmeyerstraße.»

Als Kappe immer noch nichts sagte, runzelte Galgenberg die Stirn. «Willst du nicht wissen, wat wa noch so rausjefundn ham?»

«Also gut, was habt ihr herausgefunden?»

«Na ja, weil wir nicht wussten, ob wa 'nen Durchsuchungsbefehl bekommen, haben wir uns entschieden, dass wir die Umgebung des Hauses erkunden. Und wo sind wa hin? In den ‹Anker›. Das ist eene echt schöne Kneipe, nicht weit vom besetzten Haus entfernt. Die war zwar noch nicht offen, aber wir haben den Wirt rausgeklingelt und mit ihm geredet. Der war ziemlich gesprächig. Ick gloob ja, der Schmidt hat die Alte vom Wirt anjebaggert und der hat 'nen Brass auf den.»

«Und was sagt der Wirt?»

«Der Schmidt sei oft da gewesen. Schulde ihm jede Menge Zaster. Große Sprüche, was er alles kann, wo er überall Beziehungen pflegt, was für 'n wichtiger Mann er ist, aber alles ganz geheimnisvoll. Dabei komme ihm niemand in die Quere, schon gar keene Göre, hätte Schmidt getönt. Dann hätte er gezwitschert bis zum Abwinken.»

«Er habe angegeben wie Graf Koks, würde die Welt retten und so. Geld hätten sie inzwischen auch genug. Dann habe Schmidt was vom Grünen Weg gemurmelt», ergänzte Kynast.

Kappe merkte auf. «Grüner Weg? Da liegt doch die überfallene Bank, oder? War Schmidt am Ende am Banküberfall beteiligt?»

«Gloob ick nich.»

«Na, den werden wir schon noch kriegen», feixte Kynast.

«Werden wir nicht. Der ist für uns momentan unerreichbar», widersprach Kappe.

«Wieso? Die Fahndung läuft doch», wandte Kynast ein.

Kappe nickte. «Ja, aber die ist sinnlos. Der Kerl ist in den Osten abgehauen.»

«Donnerlittchen! Zum sozialistischen Nachbarn? Also stimmt das mit der Stasi.»

«Ja, das hat mir ... Pfister in gewisser Weise bestätigt. Ich hatte vorhin übrigens eine ziemlich unangenehme Auseinandersetzung mit ihm. Das heißt, du hattest den richtigen Riecher, Galgenberg. Ich glaube, über Schmidt hatte die Stasi die Finger in der Angelegenheit Gatow. Schmidt hat aber anscheinend auch für den Verfassungsschutz gearbeitet.»

Im Raum herrschte Stille.

«Ich habe die Genehmigung für eine Durchsuchung von Schmidts Wohnung. Zwar noch nicht auf Papier, aber grundsätzlich», sagte Otto Kappe schließlich.

Kynast gab zurück: «Na, immerhin. Dann mal los! Um die Papiere können wir uns immer noch kümmern.»

KAPITEL VIERZEHN

in dem Otto Kappe auf zwei Schweizerinnen und ein Bündel Banknoten trifft

DIE LOHMEYERSTRASSE in Charlottenburg trug ihren Namen seit 1904. Sie war nach dem Berliner Schriftsteller und Verleger Julius Lohmeyer benannt worden, der von 1835 bis 1903 gelebt hatte. In seinen Gedichten, die zum Beispiel im *Kladderadatsch* erschienen waren, hatte sich Lohmeyer zeitlebens mit dem Thema Jugend beschäftigt. Die nach ihm benannte Straße verlief von der Kaiser-Friedrich-Straße über die Otto-Suhr-Allee zum Charlottenburger Ufer – eigentlich eine mehr oder weniger gutbürgerliche Gegend. Hier nun hatte Schmidt ein Zimmer in einer Dreiraum-Wohngemeinschaft. Die hatten Schmidt und seine Mitbewohner aber wohl eher besetzt als gemietet, wie aus den Akten über die Hausbesetzerszene hervorgegangen war.

Eine Klingel an der Wohnungstür gab es nicht. Deshalb hämmerte Otto Kappe mit den Fäusten dagegen. Ein verschlafener Mann mit fettigem Haar in Feinrippunterhose und Hemd öffnete. Kappe kam er vage bekannt vor. Ein Mädchen, nur in ein Handtuch gewickelt, huschte über den Flur in ein anderes Zimmer. Gleich darauf waren von dort streitende Frauen zu hören. «Du Schlampe, ich reiß dir die Haare aus! Lass meinen Kerl in Ruhe!»

Damit schien der Mann an der Tür gemeint zu sein, denn der grinste.

«Nichts mit freier Liebe, wa? Allet bloß Wunschdenken», kommentierte Galgenberg, der neben Kappe stand und in die Wohnung linste.

Otto Kappe zückte seinen Dienstausweis. «Mordkommission. Wir haben ein paar Fragen an Sie und einen Durchsuchungsbefehl für das Zimmer von Till Schmidt. Lassen Sie uns bitte durch.»

«Der wohnt hier nicht mehr», erklärte der Mann.

«Und wer sind Sie?», fragte Galgenberg.

«Das geht Sie nichts an.»

«Doch, durchaus», befand Kappe und drängelte sich an dem Mann vorbei in die Wohnung.

«Alles Spießer, die Bullen», sagte der. «Und frech dazu. Ich kenne meine Rechte.»

Ehe Kappe etwas darauf erwidern konnte, war aus dem Zimmer, aus dem die Frauenstimmen kamen, ein lautes Poltern zu hören. Ein Schrei folgte. Zugleich fiel etwas klirrend zu Boden.

Galgenberg hechtete los, Kappe hinterher.

«Weiber!», bemerkte der Mann abfällig.

Als Kappe und Galgenberg die Tür zu dem Zimmer aufgerissen hatten, aus dem das Klirren gekommen war, sahen sie sich einer nackten Frau gegenüber. Kappe erkannte die junge Dame wieder, die nur mit einem Handtuch bekleidet über den Gang gehuscht war. Das Handtuch lag am Boden. Sie hatte es im Eifer des Gefechts wohl fallen lassen müssen. In der Hand hielt sie die Reste einer zerbrochenen Vase. Die Scherben waren um den Kopf einer anderen Frau verstreut, die benommen auf dem Dielenboden lag. Sie stöhnte.

«Wir brauchen einen Krankenwagen!», herrschte Kappe den bisher namenlosen Bewohner an. «Haben Sie ein Telefon?»

«So was Dekadentes haben wir hier nicht.»

«Und wo gibt es eines?»

Der Mann zuckte mit den Schultern.

«Wenn Sie nicht sofort antworten, dann bekommen Sie eine Anzeige wegen unterlassener Hilfeleistung!»

«Ist ja schon gut. Weiter unten an der Straße gibt es eine Telefonzelle.»

Galgenberg lief los.

Die Frau am Boden richtete sich auf. Sie blutete heftig aus

einer Wunde am Hinterkopf. Kappe spurtete zu der Tür, hinter der er das Bad vermutete. Eine Wanne oder eine Dusche gab es nicht, aber immerhin eine unappetitlich wirkende Toilette. Und ein dreckiges Waschbecken. Daneben hing an einem Haken ein Handtuch, das auch nicht mehr ganz sauber aussah. In Ermangelung anderer Möglichkeiten schnappte Kappe es sich, rannte zurück und wickelte es der Verletzten um den Kopf.

«Geht es hier immer so zu?»

«Nee, ist gerade ziemlich ruhig.» Der Typ grinste.

«So, und nun will ich wissen, mit wem ich es hier zu tun habe!», forderte Kappe energisch. Er hatte langsam genug von diesen Sperenzchen.

«Zu Befehl! Konrad, genannt Knorke», sagte der Mann mit einem ironischen Unterton.

«Sie heißen nicht zufällig mit Nachnamen Knecht?» Jetzt wurde Kappe auch klar, warum ihm der Mann so bekannt vorgekommen war.

«Wie kommen Sie denn darauf?»

«Wir suchen nach Ihnen. Wir werden Sie nachher mit aufs Präsidium nehmen.»

«Das wollen wa erst mal sehen», sagte Knecht und war mit einem Satz an der Wohnungstür.

Ehe Kappe reagieren konnte, war Knecht auch schon die Treppe hinuntergelaufen. Kappe verfluchte seinen Bauch, der es ihm inzwischen nicht mehr erlaubte, in zehn Sekunden von Null auf Hundert zu beschleunigen. Er ging zurück zu den beiden Frauen, um Schlimmeres zu verhindern und Antworten auf seine Fragen zu bekommen. Er bekam keine. Die Frauen behaupteten steif und fest, diesen Knorke Knecht nicht zu kennen. Und das in einem sehr seltsamen Dialekt, den Kappe kaum verstand.

Galgenberg kam zurück in die Wohnung. «Wat kiekste so bedröppelt, is was passiert?»

«Gerade eben ist mir der Kerl durch die Lappen gegangen. Er ist Konrad Knecht.»

«So ein Mist!», schimpfte Galgenberg. «Die Sanitäter kommen gleich.»

«Machen wir das Beste draus und reden weiter mit den beiden Damen, bis sie verarztet werden.»

Die beiden Frauen hatten sich inzwischen nicht nur beruhigt, sondern in Anbetracht des Umstands, dass ihnen Ermittler von der Mordkommission gegenüberstanden, auch zu neuer Harmonie gefunden. Beide waren sich einig: Sie wohnten nicht hier, waren nur zufällige Übernachtungsgäste, weil ein Mann namens Till ihnen gesagt habe, dass sie in der Wohngemeinschaft in der Lohmeyerstraße immer ein freies Bett finden würden. Nein, dass der Mann, der vorhin in der Wohnung herumgeschwirrt war, Konrad Knecht hieß, wussten sie nicht. Auch konnten die Damen, die sich als Schweizerinnen namens Doris Schneider und Kathrin Amann auswiesen, beim besten Willen nicht sagen, wer die eigentlichen Mieter der Dreizimmerwohnung waren.

Schweizer Staatsbürgerinnen – das war, abgesehen von den Schwierigkeiten bei der Verständigung, keine gute Nachricht. Die konnte man nicht einfach so einkassieren und auf dem Präsidium eine Weile schmoren lassen, bis sie gesprächiger wurden. Als Kappe sich darüber Gedanken machte, läutete es an der Tür.

«DRK. Sie hatten uns gerufen», stellte sich ein junger Mann vor. Er verstand die beiden Frauen auf Anhieb und entschied nach kurzer Begutachtung der verletzten Dame, dass diese mit dem Rettungswagen ins Krankenhaus gebracht werden sollte. Die Freundin wollte sie begleiten.

Kappe und Galgenberg konnten sich nun also ungestört in der Wohnung umsehen. Und schon nach kurzer Zeit hielten sie staunend ein dickes Bündel Hundertmarkscheine in den Händen.

«Ob die Schweizerinnen das hier haben liegen lassen?»

«Nee, Otto. Auch wenn die beiden angeblich aus einem reichen Land stammen, kann ich mir das nicht vorstellen. Ick hätte da 'nen anderen Vorschlag: Das Geld kommt von dem Banküberfall. Und der wurde getätigt, um Mittel für die terroristischen Aktivitäten der Bewegung 2. Juni zu beschaffen.»

«Vielleicht finden wir daran Fingerabdrücke. Möglicherweise sogar von Schmidt. Dann würde alles darauf hindeuten, dass er zusammen mit Knecht an dem Banküberfall beteiligt war oder zumindest davon wusste. Und Knechts Flucht könnte man durchaus als Schuldeingeständnis werten», sagte Kappe. «Aber natürlich müssen wir erst prüfen lassen, ob das Geld überhaupt aus dem Überfall stammt. Die Seriennummern der gestohlenen Banknoten dürften bekannt sein. Ich denke, wir sollten die Kriminaltechnik herbestellen.»

Die Kollegen von der KT trafen schon bald ein und machten sich an die Arbeit. Derweil schnappten sich Kappe und Galgenberg das Bündel Geldscheine und legten es dem Kassierer der ausgeraubten Bank am Grünen Weg vor. Der prüfte die Seriennummern und bestätigte ihre Vermutung: Die Banknoten stammten aus dem Überfall. Damit war ungefähr ein Drittel des geraubten Geldes, nämlich zehntausend D-Mark, wieder da. Mit den fehlenden zwanzigtausend Mark konnte man genügend Unkrautvernichter und Zucker kaufen, um jede Menge Bomben zu basteln.

Auf dem Präsidium wartete Lilli Lenné mit einer weiteren Überraschung auf sie. Sie habe ein intensives Gespräch mit Ulrike Gerke geführt. Der sei endlich klar geworden, dass Till Schmidt sie nur benutzt und vermutlich sogar versucht habe, sie zu töten. Ulrike sei nun bereit, alles zu sagen, was sie wisse. Allerdings nur im Beisein der Mutter und auf Anraten des Stationsarztes auch erst am übernächsten Tag. Denn die Entzugserscheinungen setzten ihr zu. Im Krankenhaus bemühe man sich derzeit intensiv darum, sofort im Anschluss an den Krankenhausaufenthalt einen Platz in einer Entzugsklinik für Ulrike zu bekommen. Doch das sei nicht einfach.

Kappe und Galgenberg waren hocherfreut, das zu hören. «Hoffentlich überlegt es sich die Göre nicht noch mal anders», sinnierte Kappe.

«Das wird sie nicht tun», sagte Lilli Lenné. «Ulrike Gerke hat zwar schlimmen Liebeskummer, sie wird aber auch immer wütender auf diesen Till Schmidt.»

Die dritte Überraschung erlebte Otto Kappe, als er an diesem Abend nach Hause kam. Ehefrau Gertrud und Sohn Peter saßen mit düsteren Mienen im Wohnzimmer. Augenscheinlich hatten sie bereits seit Längerem auf ihn gewartet. Er machte sich auf unangenehme Momente gefasst.

«Guten Abend, ihr beiden!», begrüßte er Frau und Sohn. «Welche Laus ist euch denn über die Leber gelaufen?»

«Du hättest es mir selbst sagen können. Wenigstens das!», sagte sein Sohn.

Otto runzelte die Stirn. «Was denn?»

«Dass du nicht mehr mit mir arbeiten willst.»

«Wer sagt denn so was?»

«Hast du mich von dem Fall abgezogen oder nicht? Versuch nicht zu leugnen, dass du dahintersteckst! Herr Wagner hat mir gesagt, dass du ihn angerufen hast.»

«Das stimmt. Ich denke, es ist besser, wenn du dich aus den Ermittlungen raushältst.»

«Und warum? Arbeite ich dir nicht gut genug?»

Otto zögerte. Er hatte Wagner ein Märchen aufgetischt. Na, hoffentlich hatte der Peter nichts von Gertruds angeblicher Sorge erzählt.

Jetzt ergriff seine Frau das Wort. «Was bist du nur für ein mieser Ehemann! Nicht nur ein mieser Vater. Um die Karriere unseres Sohnes zu behindern, behauptest du, *ich* hätte dich gebeten, ihn von dem Fall abzuziehen.»

Otto schluckte. «Also, ich …»

«Nur, dass du's weißt, ich gehe erst mal zu Karin. Warte nicht, es kann spät werden.» Mit diesen Worten stand Gertrud auf. Kurz darauf hörte Otto die Wohnungstür zuknallen.

Peter musterte seinen Vater. «Ich bin zutiefst enttäuscht. Ich habe geglaubt, du freust dich darüber, dass ich auch zur Kripo möchte!»

«Peter, bitte, ich hatte gute Gründe …»

«Deine Gründe interessieren mich nicht. Du hättest mit mir darüber sprechen müssen, ehe du mit Wagner telefoniert hast. Jetzt ist es zu spät.» Nun stand auch Peter auf und ging in Richtung Tür.

«Peter, bleib hier, lass uns reden! Ich kann dir alles erklären …»

Peter schaute sich noch nicht einmal um. Gleich darauf knallte die Wohnungstür zum zweiten Mal.

KAPITEL FÜNFZEHN
in dem ein Pfarrer ins Spiel kommt

OTTO KAPPE hatte sich inzwischen beinahe schon daran gewöhnt, unausgeschlafen zur Arbeit zu gehen. Als er am nächsten Morgen ins Präsidium kam, überschlugen sich in seinem Kopf die Gedanken. Sollte er noch einmal mit Andreas Wagner reden, damit der mit Peter sprach? Oder sollte er lieber versuchen, Gertrud die Lage zu erklären? Aber was sollte er ihr sagen? Dass der Verfassungsschutz ihn mit der Karriere seines Sohnes unter Druck setzte, damit er den Ball flach hielt? Nein, das würde alles nur noch schlimmer machen. Er musste hoffen, dass die beiden nach einer Weile begriffen, dass er es gut gemeint hatte.

Hans-Gert Galgenberg und Günter Kynast kamen ins Büro und unterbrachen seine Überlegungen. Lilli Lenné trudelte fast zeitgleich mit ihnen ein.

«Otto, det gloobste nich!» Galgenberg schaute Kappe triumphierend an.

Kynast nickte bestätigend. Seine Wangen waren rot, und sogar die Elvis-Tolle, die er sich neuerdings mit viel Spray, Pomade oder Zucker formte, war ein wenig verrutscht. Eine beginnende Geheimratsecke glänzte in der Morgensonne, die zum Fenster hereinschien.

«Den Kollegen von der Spurensicherung, denen müssen wa ma 'n Stein in Garten werfen. Weeßte, det die die halbe Nacht jewühlt und jeackert und diese Akte aufjetrieben ham?»

«Na und? Das kommt vor.» Kappe hatte nicht die beste Laune.

«Otto, ick komme hier mit die jute Nachricht des Jahrhunderts, und du siehst aus wie der Jammer persönlich. Kann mir schon denkn: Familie, wa?»

Kynast schaute interessiert. Der Kollege liebte Klatsch.

«Kynast, nu kiek nich so stier! Jib dem Chef lieba die Akte. Warte nur, Otto, jleich wirste jubln.»

Erst jetzt bemerkte Kappe, dass Kynast einen Ordner in der Hand hielt, oder besser, zwei Pappendeckel, zwischen denen Papier hervorblitzte. «Der Mann, um den es da drin geht, is polizeibekannt. Is det nicht schön? 'n berüchtigter Randalierer bei Demos.»

«Geben Sie endlich her!» Kappe nahm Kynast die Akte aus der Hand und öffnete sie.

Lilli Lenné trat näher, damit sie mitlesen konnte.

Schidlos, Ulrich, geboren am 4. August 1951 in Hagen, Sohn des Sportlehrers Bodo Schidlos, aufgewachsen in Bad Neuenahr-Ahrweiler. Mittelgroß, dunkle Haare. Lebte als Austauschschüler ein Jahr in den USA, begegnete der Kriegsbegeisterung der US-Amerikaner zur Zeit des Vietnamkriegs mit Unverständnis. Er galt als musikalisch begabt und bestand 1971 das Abitur am Peter-Joerres-Gymnasium. Er engagierte sich in der evangelischen Kirchengemeinde Bad Neuenahr. Ursprünglicher Berufswunsch: Pfarrer.
Im August 1971 ging er als Student nach Berlin-Kreuzberg und schrieb sich an der Freien Universität für Geschichte und Ethnologie ein. Über die Organisation «Schwarze Hilfe», die Strafgefangene betreute, begegnete er im Oktober 1971 bei einer Flugblattaktion an der Technischen Universität Berlin Till Schmidt und Knorke Knecht und schloss sich zusammen mit ihnen der Bewegung 2. Juni an. Verkehrte viel in der «Tarantel».

Kappe richtete sich auf. Diese linke Szenekneipe in Kreuzberg kannte er. Er war dort schon einmal gewesen, in einem anderen Zusammenhang. In der Beletage der Köpenicker Straße 174 hatte sich eine Gruppe zusammengefunden, die freie Sexualität propagierte. Und im Hof der Eisenbahnstraße 21 verbreitete ein Kollektiv, das Kraftfahrzeugreparaturen anbot, Lärm und Gestank. «Und was soll mir das jetzt sagen?»

«Bist du heute etwas langsam im Denken? Das ist der Tote von Charlottenburg! Wir haben außerdem den Ort, wo er zusammengeschlagen wurde. Der befindet sich in einem Abrisshaus, ganz in der Nähe des Steinhaufens, in dem das Mädchen gewühlt hat. Nicht in dem Haus, in dem die Kleine immer übernachtet hat, sondern ein Stück weiter in derselben Straße. 'ne Kopfverletzung kann ganz schön stark bluten.»

Kappe schaute zufrieden. «Endlich!»

«Und noch was: Die Spurensicherung hat jede Menge Fingerabdrücke von dem Schidlos im besetzten Haus in der Lohmeyerstraße gefunden. Der gehört auch zu der Hausbesetzer-Kommune von dem Schmidt.»

Kappe nickte. «Das passt zu unseren bisherigen Erkenntnissen.»

«Wir haben noch mehr», ging Kynast dazwischen.

Galgenberg schaute beleidigt. «Det wollte ick doch sagen!»

«Was wolltest du sagen?», erkundigte sich Kappe.

«Dass sie in der WG einen Brief an den Manfred Lüttke gefunden haben, den Neffen des toten Hausmeisters von Gatow. Der war an die Lohmeyerstraße adressiert, zu Händen von Manfred Lüttke. Darin war 'ne Mahnung. Und weißt du, wofür? Für Unkrautvernichter. Den haben die vom 2. Juni doch auch in Gatow verwendet, um den Sprengstoff zusammenzumischen.»

Kappe war sprachlos.

«Unkrautvernichter bestellt hat er jedenfalls. Telefonisch. Hat mir der Lieferant bestätigt. Der hat sich zwar über die bestellte Menge gewundert, sich aber nichts dabei gedacht, sagt er. Ich sage: So viel Unkraut hat niemand im Garten. Geldgier und Blödheit sterben eben zuletzt ... Also haben wir ...»

«... uns mal mit den Kollegen von der Kriminaltechnik beraten. Die sagen, diese Menge Unkrautvernichter reiche zusammen mit der dazugehörigen Portion Zucker für ganz schön viele Bomben», ergänzte Kynast.

«Das hieße ja, Manfred Lüttke hat die Aktion selbst mit

vorbereitet.» Kappe stand von seinem Schreibtischstuhl auf. Der knarrte unwilllig. «Lasst uns noch mal in die Lohmeyerstraße fahren und mit den beiden jungen Damen reden. Zumindest die eine dürfte ja inzwischen zurück sein. Die wissen vermutlich mehr, als sie uns gesagt haben. Vielleicht haben sie Lüttke auch in der Wohnung gesehen.»

Als sie in der Lohmeyerstraße eintrafen, öffnete niemand auf ihr Läuten hin. So suchten sie ersatzweise die Wirtschaft nebenan auf.

«Großet Aufjebot heute, wa? Gleich drei Herrn und 'ne Frau», meinte der Wirt des «Anker», als die Truppe bei ihm einmarschierte. «Wolln Se wat?»

«Ja, aber nichts bestellen», antwortete Kappe. «Kennen Sie einen gewissen Manfred Lüttke?»

«Nee.» Der Wirt des «Anker» konnte auch mit der Beschreibung von Manfred Lüttke nichts anfangen und hatte schon gar keine Ahnung, wo sich die Herren Knecht und Schmidt oder die Schweizer Touristinnen aufhalten könnten. Dann wartete er aber doch noch mit einer überraschenden Neuigkeit auf: Er habe Schmidt und Knorke Knecht immer mal wieder mit einem Mann gesehen, den sie «Pfarrer» nannten. Die drei hätten ziemlich vertraut gewirkt. Vielleicht wüsste der, wo die beiden waren.

«Und wie lautete der richtige Name dieses Pfarrers?», fragte Kappe.

Der Wirt zuckte mit den Achseln.

«Und warum haben Sie von diesem Pfarrer nicht schon bei unserem letzten Gespräch erzählt?», erkundigte sich Galgenberg schmallippig.

«Weil Se mir nicht jefragt haben», lautete die mürrische Antwort. «Kann ick mir jetzt wieder um die Gäste kümmern, also um die, die ooch wat konsumiern?»

Im Auto auf dem Weg ins Präsidium blieb Kappe wortkarg. Galgenberg fuhr. Kynast und die Kriminalmeisterin saßen auf der Rückbank. Auch sie schwiegen. Das Wort Pfarrer ging Kappe nicht aus dem Kopf. «Gerade heute Morgen haben wir über einen Pfarrer gesprochen: Schidlos, den Toten aus dem Schutt. Schidlos hatte eigentlich Pfarrer werden wollen», begann er schließlich das Gespräch.

«Das Gleiche habe ich auch gerade überlegt!», sagte Kynast.

Dann war es wieder still im Wagen.

KAPITEL SECHZEHN

in dem Otto Kappe aus dem Schlaf geklingelt wird

DAS PENETRANTE KLINGELN an der Wohnungstür riss Otto Kappe aus dem Tiefschlaf. Auf Wunsch von Gertrud hatte er die zweite Nacht in Folge auf dem Sofa genächtigt, obwohl seine Frau nicht mehr ganz so ärgerlich gewirkt hatte, als sie am Abend nach Hause gekommen war. Kappe öffnete kurz ein Auge, konnte aber kaum etwas erkennen. Deshalb schlussfolgerte er, dass es draußen noch dunkel sein musste. Er entschied sich, den Besucher zu ignorieren, und drehte sich auf die andere Seite. Nein, er wollte noch nicht aufstehen, sich noch nicht mit Problemen befassen, weder mit ermittlungstaktischen noch mit privaten. Der Besucher war offenbar anderer Meinung. Jetzt hämmerte es schon gegen die Tür. Vielleicht war es Peter? Vielleicht war etwas mit der kleinen Tabbi! So hartnäckig konnte nur jemand sein, der etwas Schlimmes mitzuteilen hatte. Otto schob die Bettdecke zur Seite, schoss aus dem Bett, warf sich seinen Bademantel über und eilte zur Tür.

«Du, Hans-Gert?» Mit dem Kollegen Galgenberg hatte Kappe nun gar nicht gerechnet.

«Wat für 'n Empfang! Wirklich freundlich, Kollege Kappe. Es ist halb sieben. Und ick dachte, ick hole dir mal ab. Aber det hat man nu davon, wenn man entgegenkommend ist.»

«Wieso halb sieben? Draußen ist es noch dunkel!»

«Denn mach ma besser die Glubscher uff oda die Rollläden hoch.»

Jetzt erinnerte Kappe sich. Er hatte gestern vor dem Zubettgehen die Rollläden im Wohnzimmer runtergelassen. Eine andere

Art, den derzeitigen Widrigkeiten seines Lebens zu trotzen, war ihm nicht eingefallen. Er war immer noch der Meinung gewesen, dass er von seiner Frau und von seinem Sohn ungerecht behandelt wurde, und hatte sich am liebsten verkriechen wollen. «Na, dann komm mal rein. Ich ziehe mich schnell an.»

«Was ist los? Wer ist das?», tönte jetzt Gertruds Stimme aus dem Schlafzimmer.

«Ist nur Hans-Gert, kannst weiterschlafen», rief Kappe zurück.

«Und 'nen Kaffee könnt ick ooch vertragn, jetzt wo de mich schon so nett fragst.»

«Dann geh in die Küche und mach einen.» Kappe war noch nicht zu Freundschaftsdiensten aufgelegt.

Galgenberg schlurfte in Richtung Küche. Er kannte sich aus in Kappes Wohnung. «Allet muss man selber machen in dem Laden. Und dabei hätt ick so 'ne spannende Nachricht.»

Kappe langte nach seiner Kleidung. Die lag auf dem Boden vor dem Sofa. «Was hast du gesagt? Red lauter!» Als er sich den Kopf an der Sofakante stieß, entfuhr ihm ein Schmerzensschrei.

«Wat haste nu jemacht? Und hörn tuste jetzt ooch schlecht?»

«Kümmer dich um den Kaffee, ich geh jetzt erst mal ins Bad ...»

«Jute Idee!»

Kurze Zeit später saßen Kappe und Galgenberg mit zwei Tassen Kaffee am Küchentisch. Galgenberg hatte es sich auf einem der Stühle aus Eiche bequem gemacht, deren Sitzfläche mit einem Paisley-Muster bezogen waren. Kappe saß auf der dazugehörigen Eckbank.

«Biste jetzt so weit im Leben angekommen, det du dir dafür interessierst, wat ick zu sagen habe?»

«Nun red schon», forderte Kappe den Kollegen auf und nahm einen Schluck Kaffee. Das heiße Getränk rann seine Kehle hinunter und wärmte seinen Magen. Das weckte die Lebensgeister. «Feiner Kaffee, hast du gut gemacht!»

«Brauchst dir gar nich einzuschmeicheln.»

«Nun erzähl schon!»

«Die Spurenheinis ham mir im Frühtau kontaktiert. Manchmal denk ick, die schlafen nie. Auf dem Mahnschreiben wegen des Unkautvernichters haben sich die Fingerabdrücke von unserem Schidlos gefunden. Der hatte das Papier also in seinen Händen. Ergo war auch der in den Fall Gatow involviert. Die Schrottteile aus Gatow sind ooch endlich ausgewertet. Und auf den Teilen von dem Mercedes finden sich ebenfalls Fingerabdrücke von ihm.»

Kappe grinste. «So fügt sich manchmal zusammen, was zusammengehört. Wir hatten ja schon von Anfang an vermutet, dass beide Fälle eigentlich einer sind. Nur was der Tote am Mercedes zu suchen hatte, verstehe ich nicht. Den Toten können wir dummerweise nicht mehr befragen, aber wir müssen schnellstens den Neffen des toten Hausmeisters auftreiben.» Kappe nahm einen Schluck Kaffee. «Ich weiß nur noch nicht, wie. Der hat sich von seiner Frau getrennt und keine offizielle Adresse mehr. In einer Pension, die er mir genannt hat, ist er auch nicht mehr.»

Galgenberg grinste. «Aba ick hab vielleicht 'ne Idee. Wir haben endlich die Akte Gatow. Spät, aber immerhin. Keunitz hat sie besorgt, sie liegt im Büro. Übrigens ist ganz schön viel geschwärzt. Kann mir denken, wer das war. Der Hausmeister hatte sich demnach häuslich auf dem Gelände des Yachtclubs eingerichtet. Vielleicht hat sich sein Neffe dort verkrochen.»

«In der Wohnung ist er nicht, die wird gerade renoviert, soweit ich das vom Aushilfshausmeister Horst Klingenberg weiß. Wir fahren aber trotzdem nach Gatow. Ich wollte Klingenberg sowieso sagen, dass sein Auto perdu ist. Das wird ihn sicherlich nicht freuen. Vielleicht haben wir Glück, und wir finden dort jemand anderen, der uns weiterhelfen kann.»

Und so fuhr Otto Kappe zusammen mit Galgenberg wieder einmal nach Gatow. Horst Klingenberg war nicht vor Ort. Der neue Nachfolger von Hausmeister Lüttke mit dem beziehungsreichen Nachnamen Wartung wollte sie zwar nicht auf das Gelände des Yachtclubs lassen, gab ihnen aber freudig Auskunft. So mussten sie nicht unverrichteter Dinge abziehen. Der tote Hausmeister hatte noch eine Unterkunft in einer der Lauben in der Nähe des Yachtclubs gehabt. Wartung gab ihnen auch gleich eine genaue Lagebeschreibung.

«Nüscht wie hin!», sagte Galgenberg. Darüber, dass sie für die Durchsuchung eigentlich eine Genehmigung benötigten, verlor er kein Wort. Auch Kappe machte sich darüber keinen Kopf.

Galgenberg hatte keine großen Schwierigkeiten, ihnen Zugang zu der Behausung zu verschaffen. Das Schloss der Laube leistete wenig Widerstand.

Der kleine Raum war dunkel und stank. Auf dem Tisch stand ein Teller mit eingetrockneten Essensresten.

«Wat meenste, wann hier zuletzt jemand war?»

«Keine Ahnung, aber ganz sicher noch nach dem Tod des Hausmeisters. Der ist im Februar umgekommen. Und nun haben wir den 9. April. Wäre seitdem keiner mehr hier gewesen, wären die Essensreste vollständig vergammelt.»

«Glaubst du, der Neffe war hier?»

«Könnte gut sein.»

«Sollten wir nicht die Kollegen von der Kriminaltechnik holen?»

«Das sollten wir. Nachher. Erst mal schauen wir uns um. Nicht, dass die ganz umsonst anrücken. Wir wissen ja nicht, wer hier so alles gehaust hat.»

«Dann machen wa hier erst ma die Lädn uff, wa?» Galgenberg ging zum einzigen Fenster der Laube.

Sekunden später flutete Licht den Raum. Das machte seinen Anblick nicht gerade angenehmer. Eine dreckige Spüle, überall leere Bierflaschen. Neben dem Teller auf dem Tisch lagen noch einige Krümel einer tabakähnlichen Substanz. Galgenberg roch daran. «Gras, würd ick sagn. Kiffn scheint dieser Tage groß in Mode zu sein.»

Otto Kappe zog die Schublade des Küchentischs auf. Allerlei Krimskrams wie Nägel, ein Hammer, Gummiringe, ein Kamm, eine Zahnbürste und ein Topflappen breitete sich vor ihm aus. Nichts, was ihnen momentan weiterhalf. Er ging zum Sofa. Abgewetzter Kunstlederbezug. Offenbar diente es auch als Bett, denn darauf lagen einige Kissen sowie eine Wolldecke.

Galgenberg hatte sich derweil darangemacht, eine Anrichte genauer zu inspizieren. Hinter ihren beiden oberen Glastüren standen fein säuberlich in Reih und Glied angeordnet allerlei Biergläser. Sie waren verstaubt. Galgenberg öffnete eine von zwei Schubladen über den unteren zwei Schranktüren. «Herrje, wat 'n Durcheinander!» Er hob einen Haufen Papiere aus der Schublade und breitete sie auf dem Boden aus, darunter fanden sich diverse Rechnungen. «Hier hat wohl jemand keine Lust gehabt, seine Steuerunterlagen zu sortieren. Na, dann schauen wir mal.»

«Ist was Wichtiges dabei?»

«Ich sag doch, wir schauen mal. Du kannst dich um die andere Schublade kümmern.»

Kappe nickte und tat sein Bestes. Er zog und zerrte, doch die Schublade öffnete sich nicht. Schließlich stemmte er einen Fuß gegen die Anrichte, zerrte erneut – und da tat die Schublade, was sie sollte. Allerdings so plötzlich, dass Kappe auf seinem Allerwertesten landete und die Schublade krachend zu Boden fiel. «Sch...»

«Na, na, wirste dir wohl benehm!»

Kappe rappelte sich auf und rieb sich den Hintern. Jede Menge weiterer Kram hatte sich auf den Boden ergossen. Er bückte sich und hob die Schublade hoch. Als er sie umdrehte, wurde ihm klar, warum sie geklemmt hatte. An ihrer Unterseite war mit Paketband ein Umschlag befestigt. Kappe löste ihn vorsichtig und fand darin einen Zettel. Auf dem standen, mit Füller geschrieben, vier Namen. Hinter dem ersten war ein Kreuz vermerkt. *Grätz. Kurras. Tichel* – oder *Michel*, auf dem Anfangsbuchstaben prangte ein Kaffeefleck. Und *Drenk...* Die letzten Buchstaben dieses Namens waren verschmiert. Er zeigte Galgenberg die Liste. «Beim letzten Namen muss ich unwillkürlich an von Drenkmann denken, den Präsidenten des Kammergerichts», sagte Kappe. «Mist!», fluchte er nach ein paar Sekunden.

«Wieso Mist?»

«Ich hätte mich nicht von Grätz abwimmeln lassen sollen. Aber jetzt haben wir wenigstens den Beweis. Nun kann ich noch mal mit dem Richter reden und ihm deutlich machen, dass ihm die vom 2. Juni an den Kragen wollten. Wenn er mir dann bestätigt, dass er am 2. Februar im Yachtclub war, ist wohl alles klar.»

Galgenberg unterbrach Kappe. «Der vorletzte Name heißt bestimmt Michel. Ich bin mir da ziemlich sicher, das würde gut passen. So hieß nämlich der Richter im zweiten Kurras-Prozess. Der hat ihn ebenfalls laufen lassen, aus Mangel an Beweisen. Mit dem Kreuz – sieht wirklich aus wie eine Todesliste. Ob auf der alle aufgeführt sind, die den Leuten vom 2. Juni nicht gefallen? Zumindest untermauert diese Liste unsere Vermutung zum Motiv bei dem Anschlag in Gatow.»

«Das sage ich doch. Ich glaube auch, dass das Michel heißen soll. Ich hätte mich nicht abwimmeln lassen dürfen. Jetzt haben wir dazu noch weitere gefährdete Personen.»

«Aber der Grätz lebt ja noch. Und über die anderen habe ich auch nichts Gegenteiliges gehört.»

«Glücklicherweise.»

«Du musst nochma mit dem Grätz reden, Otto!»

«Das brauchst du mir nicht zu sagen, Hans-Gert.» Dann fügte er hinzu: «Ein möglicher Grund für Rachegelüste sind die beiden Kurras-Freisprüche allemal. Wenn ich mich richtig erinnere, hat Grätz '67 in der Urteilsverkündung sogar selbst festgestellt, dass die Tötung Ohnesorgs rechtswidrig gewesen sei. Denn Ohnesorg war unbewaffnet gewesen, von daher konnte der Polizist nicht für sich in Anspruch nehmen, in Notwehr gehandelt zu haben. Allerdings konnte andererseits auch nicht ausgeschlossen werden, dass Kurras geglaubt habe, sich in einer lebensbedrohlichen Lage zu befinden. Außerdem sei ihm nicht nachzuweisen, dass er Ohnesorg vorsätzlich getötet habe. Deshalb der Freispruch, obwohl es erhebliche Zweifel an Kurras' Darstellung des Vorgangs gab. Diese Zweifel wurden beim zweiten Prozess gegen den Polizisten, der '70 stattfand, noch größer. Aber erneut entschied das Gericht, dass eine vorsätzliche Tötung nicht nachzuweisen sei.»

«Klar weiß ich das. Der Ohnesorg ist an einem 2. Juni gestorben. Deswegen hat die Bewegung 2. Juni ja auch ...»

«Jaja!» Kappe unterbrach seinen Kollegen. «Nicht noch mal von Pontius zu Pilatus.»

«Ist ja schon gut ... Was wissen wir eigentlich über Kurras? Wo steckt der heute?»

Kappe runzelte die Stirn. «Darüber habe ich auch gerade nachgedacht. Es gibt Kollegen, die munkeln, dass der Gute Kontakte zur Stasi hat. So etwas in der Art hat auch Ulrikes Mutter angedeutet. Das soll Schmidt ihrer Tochter erzählt haben. Jedenfalls wurde er nach der Erschießung von Ohnesorg zunächst suspendiert. Seit letztem Jahr arbeitet er aber wieder bei der Polizei – ich meine, in der Funkleitzentrale.»

«Denkbar ist vieles bei dem Mielke-Verein. Ich hab übrigens läuten hören, dass der Kurras inzwischen seine Dienstwaffe zurückhat, der Polizeipräsident aber von nichts weiß. Angeblich hat er sich von der RAF bedroht gefühlt.»

«Oder vom 2. Juni?»

Galgenberg zuckte mit den Achseln. «Die letzten Neuigkeiten, die ich kenne, sind, dass die Kollegen ihn im letzten August besoffen und schlafend auf einer Parkbank gefunden haben und bei der Gelegenheit auch die Waffe in seiner Aktentasche. Ich weiß zwar nicht, ob das stimmt, aber vorher soll er ein kleines Mädchen belästigt haben. Es gab eine Anzeige von den Eltern, die ist aber zurückgezogen worden.»

Eine Weile herrschte Stille in der Laube. Dann nickte Kappe. «Doch zurück zu dieser Liste. Wie kommt sie in die Laube von dem Hausmeister des Yachtclubs? Und vor allem, wer hat sie geschrieben?»

«Det is die große Preisfrage.»

Kaum waren Otto Kappe und Hans-Gert Galgenberg zurück im Büro, klingelte das Telefon.

«Das Ding werfe ich noch mal aus dem Fenster», stöhnte Kappe.

Die Kollegin Lilli Lenné war am anderen Ende der Leitung. «Ich habe dafür gesorgt, dass Ulrike Gerke ins Krankenhaus an der Albrecht-Achilles-Straße verlegt wird», erklärte sie ohne Umschweife.

«Wieso das denn?»

«Es gibt einen anonymen Drohbrief gegen das Mädchen. Die Mutter ist völlig außer sich. Ich dachte, so können wir am besten dafür sorgen, dass die Kleine in Sicherheit ist. Ich habe die Kollegen vom Personenschutz schon informiert.»

Kappe war einerseits beeindruckt, andererseits verärgert. «Das hätten Sie mit mir absprechen müssen.»

«Ich weiß, aber ich konnte Sie nicht erreichen. Und die Mutter ist völlig hysterisch. Sie hat ihre Tochter ganz verrückt gemacht. Deshalb dachte ich, bevor dem Mädchen was passiert … Ach ja, ehe Sie fragen, der anonyme Brief mit der Morddrohung gegen Ulrike wurde mit der Schreibmaschine getippt und ist bereits auf dem Weg zur Kriminaltechnik.»

«Na, dann ist ja alles in Ordnung.»

KAPITEL SIEBZEHN

in dem Otto Kappe Schätze aus seiner Schublade kramt

OTTO KAPPE war redlich müde, aber er wollte diesen Tag noch nicht verloren geben. Günter Kynast hatte die Segel schon gestrichen, und Hans-Gert Galgenberg bereitete sich auf der Toilette auf den Feierabend vor, als Kappe noch mal zum Telefonhörer griff.

Als Galgenberg wieder ins Büro trat, um sich zu verabschieden, legte Kriminaloberkommissar Kappe gerade den Hörer sanft zurück auf die Gabel. «Ich habe gerade mit dem Besitzer des Hauses in der Lohmeyerstraße telefoniert. Der ist ziemlich verärgert über die Hausbesetzer. Als er gehört hat, dass die Kommune um Till Schmidt irgendwas mit terroristischen Kreisen zu tun hat, war er regelrecht erschüttert. Er hat dann gerichtlich eine Zwangsräumung erreicht. Doch die konnte nicht vollstreckt werden. Die Einsatzkräfte wurden massiv bedroht und mussten unverrichteter Dinge abziehen.»

«Weißt du, was ich mich die ganze Zeit frage, Otto? Warum wurde der Tote im Schutt überhaupt umgebracht? Ich habe da eine Idee – nee, eigentlich zwei. Aber die schließen einander aus.»

«Nun mach es nicht so spannend.»

«Theorie Nummer eins: Manfred Lüttke wollte, dass sein Onkel Erwin stirbt. Und wir haben uns bezüglich der Bewegung 2. Juni und des Richters verrannt. Das Mordmotiv wäre allerdings noch völlig offen.»

«Das denke ich nicht. Manfred Lüttke hat mir erzählt, er sehe seinen Onkel als eine Art Vaterersatz. Er ist wohl bei ihm aufgewachsen. Ich glaube ihm das. Auch alle anderen Hinweise sprechen dagegen.»

«Wie wäre es denn damit? Manfred Lüttke war in die Vorbereitung der Anschläge verstrickt. Dann is sein Onkel übern Jordan jejangen, weil wat schiefgegangen is. Und jetzt issa stinkesauer und auf Rachefeldzug, weil er seine Kumpels dafür verantwortlich macht. Und nu will er's denen heimzahlen. Den Schidlos hatta schon erwischt.»

Kappe nickte. «Das klingt nicht abwegig. Und es würde dazu passen, wie sich der Mann bei seiner Vernehmung verhalten hat. Diese Möglichkeit sollten wir im Auge behalten.»

«Ganz was anderes: Hast du endlich mit dem Richter geredet? Ich finde, jetzt, wo wir die Liste kennen, braucht der Grätz Personenschutz, ob der will oder nicht. Und der Michel und der von Drenkmann auch.»

«Nein, ich wollte mich erst mit Keunitz beraten, um mich abzusichern. Bei solch einer wichtigen Person muss man vorsichtig sein.»

Plötzlich stand Günter Kynast in der Tür. «Ich hab meinen Schlüssel vergessen und bin deshalb zurück. Da ich von draußen auf dem Gang eure Stimmen gehört habe, dachte ich, ich schau noch mal rein.»

Kappe erzählte, was sie in der Laube entdeckt und was Galgenberg und er gerade eben besprochen hatten, dann griff er zum Telefonhörer und erklärte dem Kriminalrat den Sachverhalt in groben Zügen. Nachdem er wieder aufgelegt hatte, sagte er: «Keunitz kommt rüber zu uns.»

Kaum hatte er das ausgesprochen, stürmte der Kriminalrat schon in den Raum. «Kriminaloberkommissar Kappe, was soll das jetzt wieder?», fragte er. «Personenschutz für Richter Grätz? Lässt sich das nicht anders lösen als mit so großem Aufwand?»

«Vielleicht ist es ja nur für eine kurze Zeit nötig, aber wir können kein Risiko eingehen», antwortete Kappe. «Übrigens, auf der Liste stand neben den Namen Grätz, Michel und Kurras auch noch ein weiterer Name, der aber schwer zu entziffern war. Irgendetwas mit Drenk…»

Friedhelm Keunitz erstarrte. «Sie denken an von Drenkmann? Den Kammergerichtspräsidenten?»

«Das liegt nahe.»

Der Kriminalrat sah nicht glücklich aus.

Kappe fuhr schnell fort: «Natürlich ermitteln wir auf Hochtouren weiter. Habe ich Ihr Einverständnis, mit den gefährdeten Personen zu sprechen? Mein letztes Telefonat mit Richter Grätz verlief nicht so glücklich. Er hat sich geweigert, mit mir zu reden, obwohl ich von seiner Zugehfrau weiß, dass es Morddrohungen gab. Zu dem Zeitpunkt wusste ich allerdings noch nichts von der Todesliste in der Laube, sonst hätte ich mich nicht abwimmeln lassen. An Kurras sollten wir ebenfalls denken, der ist wahrscheinlich auch gefährdet.»

Keunitz starrte Kappe an. «Sie müssen schnellstens herausfinden, wer sich am Tag des Anschlags von den Personen, die auf dieser Liste stehen, in Gatow aufgehalten hat oder aufhalten sollte.»

«Genau deshalb rede ich ja mit Ihnen. Habe ich Ihre Unterstützung?»

Keunitz stöhnte. «Na gut, für die Herren Grätz und Michel setze ich sofort Personenschützer in Marsch. Dafür, dass von Drenkmann gefährdet ist, haben wir keine stichhaltigen Beweise, deshalb werden wir in Bezug auf seine Person erst mal nichts unternehmen. Und Kurras? Nun, der ist derzeit im Innendienst. Er ist zudem Polizist, der kann gut auf sich selbst aufpassen. Und beeilen Sie sich mit Ihren Recherchen!» Damit stapfte der Kriminalrat zur Tür hinaus.

«Wir müssen Richter Michel warnen. Vielleicht kann er uns weiterhelfen. Und außerdem müssen wir herausfinden, wer die Liste geschrieben hat!», rief Kappe Keunitz hinterher. Es war unklar, ob der Kriminalrat das noch gehört hatte, er reagierte jedenfalls nicht.

Kynast runzelte die Stirn. «Die Liste wurde handschriftlich verfasst, haben Sie gesagt?»

Kappe nickte. «Ja, warum?»

«Es wäre hilfreich, wenn wir einen Schriftvergleich machen könnten. Haben wir was Schriftliches vom Hausmeister oder einem unserer sonstigen Verdächtigen?»

«Vom Hausmeester? Der Mann hat sich quasi selbst in die Luft gesprengt. Der steckt da bestimmt nich mit drin.» Galgenberg verzog den Mund.

«Aber Kollege Kynast hat recht. Wir müssen auf jeden Fall versuchen, von allen, mit denen wir es im Fall Gatow und im Fall Charlottenburg zu tun haben, Schriftproben aufzutreiben. Zunächst von den Hauptverdächtigen», sagte Kappe.

«Dann sollten wir auch an Ulrike Gerke denken», fügte Kynast hinzu.

«Moment, bezüglich Manfred Lüttke kann ich weiterhelfen.» Kappe kramte in seiner rechten Schreibtischschublade. «Den Zettel hatte ich völlig vergessen. Wenn ich bloß noch wüsste, wo ich den hingelegt habe …» Allerlei Papier landete auf seinem Schreibtisch. «Mensch, wo ist das Ding bloß?»

«Wer Ordnung hält, is bloß zu faul zu suchen», kommentierte Galgenberg. «Überhaupt, wat für 'n Zettel?»

«Dein Schlaumeiertum kannst du dir sparen», muffelte Kappe. Schließlich hellte seine Miene sich wieder auf. «Da ist er ja! Ich hatte Manfred Lüttke bei seiner Vernehmung gebeten aufzuschreiben, wo er nächtigt.» Er schob Kynast einen Zettel hin. «Damit kann die Spurensicherung gleich die Schrift von Lüttke mit der von der Liste aus der Laube vergleichen.»

Kynast zögerte.

«Was ist los?»

«Nun ja, erstens haben Sie auf dem Zettel jetzt auch Ihre Fingerabdrücke verewigt und …»

«Na und?», unterbrach ihn Kappe. «Lüttke bekam den Zettel doch von mir. Die waren sowieso darauf.»

Galgenberg schnaufte.

Kynast räusperte sich und fischte aus seiner Jackentasche eine Plastiktüte, die hielt er Kappe entgegen. «Dann haben wir ja zumindest eine Referenzprobe. Stecken Sie den Zettel bitte da rein, die Spuren müssen ja schließlich nicht noch stärker verunreinigt werden.»

Kappe tat, wie ihm geheißen. Dann hielt er inne. «Ich hätte da übrigens noch etwas.» Er kramte erneut in seinem Schreibtisch, dieses Mal in der anderen Schublade, und förderte ebenfalls eine Plastiktüte zutage. Darin befand sich ein Trinkglas. Das Ganze streckte er Kynast entgegen. «Auch von Manfred Lüttke. Nur zur Sicherheit.»

«Woher haste das denn jetzt?», fragte Galgenberg erstaunt.

«Och, der Herr Lüttke hatte Durst, als er hier war.»

«Und das Glas hast du aufgehoben? Warum?»

«Irgendwie war mir danach», antwortete Kappe.

«Du weißt, dass wir das nicht als Beweis nutzen können?»

«Weiß ich. Aber wir können seine Fingerabdrücke vergleichen, falls nötig.»

«Weeßte, Otto», sagte Galgenberg, «manchmal machste mir platt.»

«Ich bringe die beiden Sachen jetzt zur Spurensicherung», erklärte Kynast, griff nach Glas und Zettel und verschwand.

«Und wir kümmern uns um die Herren Richter», sagte Kappe und griff zum Telefonhörer.

Richter Michel war trotz der vorgerückten Stunde noch an seinem Arbeitsplatz zu erreichen. Er konnte viel mit dem Namen Karl-Heinz Kurras anfangen, ebenso mit dem Datum 2. Februar 1972. Zu diesem Zeitpunkt sei er allerdings im Urlaub gewesen. Und nein, er sei kein Segler, sondern Jäger und noch nie im Yachtclub in Gatow gewesen.

Kappe hörte, wie es an der Tür des Richters klopfte. «Moment bitte, ich bin gleich wieder für Sie da», sagte Michel und legte offenbar seinen Hörer weg.

Kappe vernahm zwei Männerstimmen, konnte aber nicht verstehen, worum es ging. Nach drei oder vier Minuten kam der Richter wieder ans Telefon. «Sie hätten mir vorher Bescheid geben müssen. Ich bin nicht in Gefahr. Ich habe den Personenschutz wieder weggeschickt.»

«Aber es gibt eine Liste, anscheinend eine Todesliste, die wir mit dem Anschlag in Gatow in Verbindung bringen, zu denen sich die Bewegung 2. Juni bekannt hat. Auf der Liste steht auch Ihr Name.»

«Und Sie glauben, man habe es auf mich abgesehen? Papperlapapp! Die vom 2. Juni sind Dilettanten. Das nächste Mal informieren Sie mich vorher, wenn Sie mir Personenschützer schicken!» Damit beendete er das Gespräch.

Richter Friedrich Grätz war nicht mehr an seinem Arbeitsplatz. Er sei zu Hause zu erreichen, sagte seine Sekretärin. Und so machten sich Kappe und Galgenberg zu dieser späten Stunde noch auf den Weg zu den Grätzens.

Herr Grätz öffnete auf ihr Läuten hin die Tür und empfing sie frostig. «Sagte ich nicht, Sie sollen mich mit Ihren Mutmaßungen verschonen? Oder haben Sie jetzt Beweise? Anderenfalls gehen Sie bitte wieder!»

«Wir haben neue Erkenntnisse, es gibt ...» Kappe brach ab, denn Frau Grätz erschien im Flur.

«Darf ich die Herren in den Salon bitten? Kann ich Ihnen einen Kaffee oder sonst etwas anbieten?»

«Ein Kaffee wäre wunderbar», sagte Galgenberg überschwänglich.

Die Dame des Hauses nickte freundlich und verschwand.

«Setzen Sie sich doch», bat der Richter die Besucher, nachdem er sie ins Gesellschaftszimmer geführt hatte. Er schien schon etwas versöhnlicher.

Wie auf Verabredung pflegten die Herren Small Talk, bis die Frau des Richters mit einem Tablett ins Zimmer kam, auf dem drei Kaffeetassen, ein Milchkännchen, eine Zuckerdose und eine

Kaffeekanne standen, aus der es verführerisch duftete. Sie lächelte ihrem Gatten zu, ehe sie das Tablett auf dem Tisch abstellte und die Tassen vor den Herren verteilte.

«Wir schenken uns selbst ein, meine Liebe», sagte Grätz und lächelte zurück.

Als seine Frau das Zimmer verlassen hatte, verschwand die freundliche Miene des Richters im Nu. «Nun sagen Sie, was Sie wollen! Und ich kann nur für Sie hoffen, dass Sie einen guten Grund haben, mich erneut zu belästigen.»

Otto Kappe berichtete knapp von der Durchsuchung der Laube und der Liste, die dabei gefunden worden war. «Es gibt eine direkte Verbindung zwischen dem Fundort der Todesliste und der Bewegung 2. Juni. Wir vermuten, dass das Motiv für den Anschlag in Gatow am 2. Februar in dem Ausgang der beiden Kurras-Prozesse zu finden ist», fügte er hinzu.

Jetzt wurde die Miene des Richters doch besorgt. «Sie sind der Meinung, ich sollte wegen des Kurras-Freispruchs umgebracht werden?»

«Ja, das nehme ich an. Darf ich fragen, ob Sie Verbindungen nach Gatow haben? Kann es sein, dass Sie für den 2. Februar einen Besuch im Yachtclub geplant hatten?»

«Lassen Sie mich überlegen ... In der Tat hatte ich für den Februar eine Einladung des britischen Stadtkommandanten, mir den Yachtclub anzuschauen. Meine Frau und ich interessieren uns fürs Segeln, müssen Sie wissen.»

«Und für welchen Tag war das?» Galgenberg war anzusehen, dass er innerlich mit den Füßen scharrte.

«Liebling, wann wollten wir nach Gatow?», rief der Richter in Richtung Küche.

«Am 2. Februar», tönte es zurück.

«Tatsächlich, am 2. Februar. Aber wir sind nicht hingegangen.»

«Und warum nicht?»

«Ich hatte mir eine schlimme Erkältung zugezogen, deshalb konnte ich den Termin nicht wahrnehmen.»

«Ach, das ist ja interessant», befand Galgenberg in schönstem Hochdeutsch.

«Warum? Was meinen Sie?»

«Wir haben Indizien dafür, dass Ulrike Gerke, die Tochter Ihrer Zugehfrau, Verbindungen zu Mitgliedern der Bewegung 2. Juni hat», antwortete Kappe.

«Und jetzt glauben Sie, dass das Mädchen den Termin des geplanten Besuchs aufgeschnappt hat, als sie hier zu Besuch war, und dann an die Terroristen weitergegeben hat? Das kann ich mir nicht vorstellen. Gut, sie ist ein bisschen wild, aber dass …»

«Wusste Franziska Gerke, Ihre Zugehfrau, dass Sie die Verabredung in Gatow abgesagt hatten?»

«Ja, unsere Perle kam an diesem Morgen für zwei Stunden. Sie war dabei, als ich bei der Kommandantur angerufen habe. Wir haben sie dann aber wieder nach Hause geschickt. Ich brauchte meine Ruhe. Übrigens erzählte sie, dass ihre Tochter ebenfalls mit Fieber im Bett liege.»

«Dann wird es sich wohl folgendermaßen abgespielt haben», sagte Galgenberg. «Die gute Frau kam nach Hause, hat sich um ihre kranke Tochter gekümmert und dem Mädchen irgendwann erzählt, dass Sie Ihre Verabredung in Gatow abgesagt haben. Aber da war es schon zu spät. Das Mädchen konnte ihre Komplizen nicht mehr rechtzeitig informieren, und die Dinge nahmen ihren Lauf. Das heißt, drei Autos und ein Hausmeister flogen in die Luft.»

Richter Friedrich Grätz wiegte den Kopf. «Das ist natürlich nicht auszuschließen, aber …»

«Wie sollte der Besuch denn genau vonstattengehen?», erkundigte sich Kappe. «Wollten Sie selbst hinfahren, oder sollten Sie abgeholt werden?»

«Meistens schickt der Stadtkommandant seinen Mercedes mit einem Fahrer …»

«Einen Mercedes», unterbrach Galgenberg ihn, «das passt. Einer der Wagen, die in die Luft geflogen sind, war nämlich ein

Mercedes. Und in dem sollten eigentlich Sie sitzen, scheint mir. Da haben Sie wirklich Glück gehabt!»

«Und wer sollte Sie chauffieren?», erkundigte sich Kappe.

«Ein Verwandter des Hausmeisters, wenn ich mich richtig erinnere. Der hat sich am vorherigen Abend sogar selbst telefonisch gemeldet und uns informiert, um wie viel Uhr er uns abholt. Er wollte eine halbe Stunde früher kommen als ursprünglich abgesprochen. Da ging es mir noch ganz passabel. Wir haben unsererseits die Uhrzeit bestätigt. In der Nacht wurde es mit meiner Erkältung dann aber schlimmer. Deshalb habe ich am nächsten Morgen bei der Kommandantur angerufen und abgesagt.»

«Hat der Kommandant denn keinen eigenen Fahrdienst, sodass er auf einen Verwandten des Hausmeisters zurückgreifen musste?»

Der Richter runzelte die Stirn. «Doch, normalerweise wird das Auto von einem britischen Soldaten gefahren. Jetzt, wo Sie danach fragen, fällt es mir auch auf …»

«Könnte der Name des Verwandten Lüttke gelautet haben, Manfred Lüttke?»

«Ja», sagte Friedrich Grätz, «genau so stellte er sich vor.»

Da hatte sich Manfred Lüttke anscheinend reichlich ungeschickt angestellt. Otto Kappe bohrte nach: «Wissen Sie zufällig, ob an diesem Tag noch weitere Richter in den Yachtclub eingeladen waren? Herr Michel oder Herr von Drenkmann zum Beispiel?»

«Nicht, dass ich wüsste.»

«Wir müssen noch etwas erledigen», sagte Otto Kappe zu seinem Kollegen Hans-Gert Galgenberg, als sie im Auto saßen. «Feierabend hin oder her.»

Galgenberg fiel in sich zusammen. «Wat führst du im Schilde, Otto?»

«Da stimmt etwas nicht. Wir haben etwas übersehen. Im Mercedes war nie ein Sprengsatz. Und der Wagen des Kommandanten wurde auch nicht bewegt. Der war laut dem Zeugen Klingenberg defekt. Also frage ich mich: Mit welchem Auto wollte Manfred Lüttke den Richter abholen?»

«Vielleicht wusste der Lüttke det noch nich, als er beim Richter angerufen hat.»

«Galgenberg, die ganze Angelegenheit ist von vorne bis hinten unlogisch. Wenn der Richter mitsamt dem Wagen in die Luft gejagt worden wäre, dann wäre der Lüttke ja mit draufgegangen.»

«Vielleicht sollte eine Bombe mit Zeitzünder verwendet werden. Der Lüttke hält irgendwo in der Pampa an, sagt, dass er mal für kleine Jungs muss, aktiviert den Zeitzünder, entfernt sich weit genug vom Auto – und bum!»

Kappe stöhnte. «Dieser Horst Klingenberg hat was von Zeitzündern erwähnt. Seltsam, dass davon gar nichts in der Akte steht. Da stimmt was nicht. Aber wie auch immer es sein mag, der Lüttke ist selbst eine tickende Zeitbombe. Und wenn einer weiß, was da los war, dann er. Wir müssen den endlich kriegen.»

«Das beutet, wir müssen alle Lokalitäten überwachen lassen, wo sich Lüttke aufhalten könnte. Noch mehr Leute gibt Keunitz dir nie», wandte Galgenberg ein. «Haben wir keine anderen Möglichkeiten?»

«Wir kriegen das auch so hin. Du könntest dich in das Zimmer in der Lohmeyerstraße setzen. Kynast begibt sich in die Wohnung des Onkels. Ich rufe ihn gleich vom Präsidium aus an und sage ihm Bescheid. Und ich gehe zurück in die Laube.»

Die dunkel gekleidete Gestalt versuchte sich dort zu halten, wo das Licht der Laternen die Straße nicht erhellte. Der Mann war über den Lehniner Platz gekommen. Er hatte die Kapuze seines Parkas weit ins Gesicht gezogen und den Palästinenserschal bis unter die Augen gewickelt. Die Albrecht-Achilles-Straße war menschenleer. Er schlich an Hauswänden entlang und blieb dann gegenüber dem Städtischen Krankenhaus Wilmersdorf mit der Hausnummer 62–64 stehen.

Wenn er Glück hatte, war der Personenschutz abgezogen

worden. Die Polizei dachte schließlich, die Kleine sei in Sicherheit. Das Drohschreiben an die Mutter hatte umgehend Wirkung gezeigt. Er hatte nur noch die Verlegung beobachten müssen.

Der Mann hob den Kopf und schaute zu den Fenstern hinauf, hinter denen die Krankenzimmer lagen. Sie waren dunkel. Die Gänge gehörten um diese Uhrzeit dem Nachtdienst. Eulenspiegel hatte ihm die Nachricht zukommen lassen, in welchem Zimmer die Kleine lag. Der hielt die Verbindung zu ihr aufrecht und hatte ihr wieder Hoffnung gemacht, wenn auch nur aus einem einzigen Grund: damit er die Information weitergeben konnte, wo sie sich befand. Eulenspiegel ahnte nichts davon, dass er vorhatte, ihn auch selbst ins Jenseits zu befördern. Er wiegte sich in Sicherheit, glaubte tatsächlich immer noch, er könne ihm Befehle erteilen. Auch wenn Eulenspiegel derzeit im Osten war – es gab immer Möglichkeiten und Wege der schnellen Kommunikation. Er hatte ihm gegenüber so getan, als sei er weiterhin ein braver Befehlsempfänger. Die Kleine würde ihm sagen können, was er wissen musste: wer wirklich Schuld hatte. Sie wusste es, da war er sich sicher. Und wo genau er Eulenspiegel und Knorke finden würde, das würde er auch von ihr erfahren.

Er atmete tief durch. Der Hass, die Wut und die Hilflosigkeit holten ihn wieder ein. Doch er war entschlossen, sich dieser Verzweiflung nicht zu ergeben. Egal, wo sie sich gerade aufhielten, er würde sie ausfindig machen. Aber er musste sich beeilen. Die Ermittler um diesen Kriminaloberkommissar Kappe waren ihm auf den Fersen, die Schlinge zog sich enger.

Aber zunächst musste er Ulrike zwingen, ihm zu sagen, was sie wusste. Freiwillig würde sie das nicht tun. Das Mädchen tat ihm fast ein wenig leid. Er würde Ulrike nicht mehr antun, als nötig war. Sie war auch nur ein Opfer von Menschen, die vorgaben, für eine gerechtere Welt zu kämpfen. Auch er hatte einmal daran geglaubt, dass eine bessere Welt möglich wäre. Doch diese Leute zerstörten skrupellos die Leben Unschuldiger. Gut, Ulrike war nicht wirklich unschuldig. Sie hätte eigentlich erkennen können, dass Eulenspiegel sie nur benutzt und am Ende sogar versucht hatte, sie mit einer Überdosis Heroin umzubringen. Doch sie wollte es nicht wissen, blind vor Liebe, wie sie war.

Er griff in seine Tasche. Die Klinge war sehr scharf. Aus Versehen schnitt er sich. Er sog Luft ein und führte den Zeigefinger zum Mund, um das Blut abzulecken. Nun, vielleicht fand er im Krankenhaus ein Pflaster. Doch der pochende Schmerz in seinem Finger war ihm sogar willkommen, produzierte er doch einen weiteren Adrenalinstoß. Er fühlte sich so wach und lebendig wie lange nicht mehr.

Der Mann mit der Kapuze rannte vorbei am beleuchteten Eingang des Krankenhauses zur Rückseite des Baus und fand, wie versprochen, die Hintertür offen vor. Er grinste. Die Kleine war wirklich doof wie Bohnenstroh. Sie glaubte tatsächlich, dass Eulenspiegel sie heute Nacht aus dem Krankenhaus holen und mit sich nehmen würde. Wahrscheinlich hatte sie schon gepackt und saß auf dem Bett. Hoffentlich war sie allein im Zimmer.

Er schlich durch die Gänge und hielt an einer Ecke inne. Da war ihr Zimmer! Davor saß ein Polizist. Also doch Personenschutz. Aber der schnarchte. Gänge mit Notbeleuchtung, die nach Krankheit und Desinfektionsmittel rochen, machten auch den stärksten Mann nach einer Weile schläfrig. Genau darauf hatte er gehofft. Er wollte gerade zur Zimmertür schleichen, als sich der Polizist bewegte und die Augen öffnete. Der Uniformierte sah sich um, dann stand er auf und ging fort. Vermutlich musste er mal auf die Toilette. Glück gehabt. Der Mann mit der Kapuze schlüpfte ins Zimmer.

Ulrike knipste die Nachttischlampe an und atmete erschrocken ein, als sie ihn sah. «Was machst *du* denn hier?»

«Till schickt mich. Er kann leider nicht.» Er bemerkte, wie ihr die Tränen in die Augen schossen. In drei großen Schritten war er an ihrem Bett. «Wer war es? Wer hat den Sprengstoff in den Feuerlöscher gefüllt? Und wieso? Das war nicht abgesprochen! Es war nur von den Autobomben die Rede gewesen!»

«Till hat dich gar nicht geschickt. Ich rede nicht mit dir.»

Er zog das Messer aus der Tasche, zerrte sie vom Bett und setzte ihr die Klinge an die Kehle. «Du redest jetzt, oder du wirst nie wieder auch nur ein Sterbenswörtchen sagen können! Ich warne dich: Ein lauter Ton, und ich bringe dich um! Ich warte auf deine Antwort.»

Sie schüttelte den Kopf und kniff die Lippen zusammen.

Die Spitze des Messers strich über ihren Hals. Ein roter Strich zeichnete sich auf ihrer Kehle ab, aus dem gleich darauf die ersten Blutstropfen traten. «Du redest jetzt!»

Ulrike Gerke wimmerte, sagte aber nichts.

Er versuchte es mit Verständnis und ließ das Messer etwas sinken. «Ich weiß deine Loyalität zu schätzen. War es Till?»

Er sah, wie Panik in ihre Augen stieg. Sie schüttelte vorsichtig den Kopf.

«Knorke?»

Wieder ein vorsichtiges Kopfschütteln.

«Schidlos?»

Sie schaute ihn nur mit großen Augen an.

Also Schidlos. «Der Pfarrer?»

Wieder schaute sie ihn an, sagte aber nichts.

«Ich glaube dir nicht. Ich glaube, es war Till.» Seine Hand mit dem Messer näherte sich wieder ihrer Kehle.

Ganz unvermittelt fing Ulrike an zu schreien und schlug mit den Händen um sich, so stark, dass ihm der Griff des Messers aus der Hand rutschte und die Waffe auf den Boden fiel.

Im Nu öffnete sich die Tür zum Flur. «Halt, stehen bleiben! Was tun Sie hier?»

Der Mann mit der Kapuze schnellte herum. Er stieß den Polizisten zur Seite und rannte davon, so schnell er konnte.

KAPITEL ACHTZEHN

in dem Otto Kappe einen Rückschlag verkraften muss

DER ELFTE TAG der Ermittlungen war angebrochen, und Otto Kappe hatte nicht gerade glänzende Laune. Manfred Lüttke war weder in der Laube noch in der Lohmeyerstraße aufgetaucht. Kynast sprach gerade mit den Kollegen von der Spurensicherung, um herauszufinden, ob die mit neuen Ergebnissen zum Schriftvergleich aufwarten konnten. Und Galgenberg war noch nicht im Büro. Das Telefon auf Kappes Schreibtisch klingelte.

«Sie ist schon wieder weg!»

Kappe wusste sofort, von wem die Rede war, und er konnte, nein, er wollte nicht glauben, was Lilli Lenné ihm da mitteilte. «Wie kann das sein? Ich dachte, sie steht unter Personenschutz.»

«Das tut sie. Aber irgendjemand hat sie heute Nacht aufgesucht und bedroht. Ich war schon weg, als das geschah. Ein Kollege von der Bereitschaftspolizei hatte mich abgelöst. Er kann über den Mann nichts sagen – außer, dass er ein Messer dabeihatte. Es ging wohl alles ziemlich schnell. Ulrike Gerke war völlig hysterisch. Die Ärzte haben ihr deshalb ein starkes Beruhigungsmittel gegeben. Jeder hat geglaubt, danach schlafe sie tief und fest. Ich habe den völlig verstörten Kollegen nach Hause geschickt. Ich dachte, die Gefahr sei vorbei, der Angreifer komme sicher nicht noch mal. Aber als die Krankenschwester heute Morgen nach ihr schauen wollte, war Ulrike weg.»

«Wie konnten Sie den Kollegen fortschicken und das Mädchen dann einfach allein lassen!» Kappe musste sich beherrschen, um die Polizeimeisterin nicht durchs Telefon anzubrüllen.

«Ich weiß, das war dumm.» Das klang kläglich.

«Allerdings. Und warum hatte der Kollege vorher den Fremden nicht bemerkt? Das wird Folgen haben!»

«Der Mann musste mal austreten. Es war alles ruhig, er war nur wenige Minuten fort. Als er zurückkam und das Mädchen schreien hörte, ist er sofort ins Zimmer gestürmt und hat den Angreifer vertrieben.»

Kappe war noch immer fassungslos. «Da wird Ulrike Gerke nach dieser anonymen Drohung zu ihrer eigenen Sicherheit in ein anderes Krankenhaus verlegt – und jetzt das! Es konnte niemand wissen, wo sie war. Wer kann der Angreifer gewesen sein? Haben wir bei uns eine undichte Stelle? Wurde sie entführt?»

«Auszuschließen ist das nicht, aber ich bezweifle es. Ulrike hat sich hübsch gemacht, bevor sie verschwunden ist. Lippenstift und Wimperntusche liegen noch auf ihrem Nachttisch im Krankenhaus, neben den Beruhigungstabletten, die sie hätte einnehmen sollen. Sie *wollte* weg. Für einen Entführer macht man sich nicht hübsch. Meine Theorie: Ulrike Gerke hat nach wie vor heimlich Kontakt zu Till Schmidt, und sie will zu ihm. Sie denkt vermutlich, bei ihm sei sie in Sicherheit. Die ist blind vor Verliebtheit, hat keine Ahnung, mit was für einem Kerl sie sich da eingelassen hat.»

«Aber der ist doch im Osten.»

«Ja, das wurde uns vom Verfassungsschutz gesagt. Aber würden Sie die Hand dafür ins Feuer legen, dass das auch stimmt? Übrigens, falls es eine undichte Stelle gibt, dann könnte ich mir am ehesten vorstellen, dass Informationen aus dem Umfeld dieses Herrn Pfister durchgesickert sind – nach dem, was Sie über den erzählt haben. Beweisen können wir das natürlich nicht. Und was Schmidt angeht: Er wäre nicht der Erste, der mit Duldung der DDR-Behörden über den Bahnhof Friedrichstraße mal schnell in den Westen fährt. Aber ich vermute, er war nicht selbst bei Ulrike, sondern hat jemanden geschickt.»

«Wer könnte das sein?»

«Wie gesagt, der Polizist, der sie bewacht hat, kann keine

Angaben machen. Es herrschte Dämmerlicht, nur die Nachttischlampe war angeschaltet. Der Angreifer trug einen Parka, hatte die Kapuze tief in die Stirn gezogen und sein Gesicht mit einem Palästinenserschal verhüllt.»

«Die typische Uniform der linken Szene.»

«So ist es.»

«Dann bekommt die Spurensicherung mal wieder Arbeit. Vielleicht finden die ja was.»

«Ich habe im Krankenhaus schon Bescheid gegeben, dass im Zimmer nichts angerührt werden darf, inklusive der Tür.»

Sehr weitsichtig, die Dame, dachte Kappe. Er fragte: «Hat eigentlich die Prüfung dieses anonymen Drohbriefs gegen Ulrike etwas erbracht?»

«Leider nein», antwortete die Kriminalmeisterin. «Und was machen wir jetzt?»

«Jetzt gehen Sie zu Franziska Gerke. Vielleicht weiß die Mutter etwas, das uns weiterbringt. Womöglich taucht Ulrike sogar bei ihr auf, sie muss verängstigt sein. Und sie braucht Kleidung, wenn sie zu Schmidt in den Osten abhauen will.»

«Mach ich.»

Otto Kappe hatte gerade aufgelegt, als Günter Kynast das Büro betrat. «Ich bringe mal wieder Grüße von der Kriminaltechnik und ein weiteres Puzzleteil in unserem Fall. In der Laube ist Sprengstoff gefunden worden, der dem von Gatow gleicht. Mit fast hundertprozentiger Wahrscheinlichkeit stammt er aus derselben Sprengstoffküche. Der Schriftvergleich des Zettels von Lüttke und der Todesliste war leider negativ. Dafür wurden seine Fingerabdrücke darauf gefunden, und die von Schmidt ebenso.»

Kappe nickte düster. «Also war die Laube das Labor der Bande! Dann heißt es weitersuchen nach Konrad Knecht und Manfred Lüttke.»

«Aber Lüttke ist wie vom Erdboden verschluckt, ich wüsste nicht, wo wir noch nach ihm suchen sollten.»

«Rufen Sie doch noch mal beim Yachtclub an, vielleicht hat der Mann ja Freunde, die weiterhelfen können, oder der Manager redet mit Ihnen. Mein Englisch reicht dafür leider nicht aus.»

Kynast nickte und schlurfte hinaus. Er wirkte nicht sehr überzeugt von Kappes Vorschlag.

KAPITEL NEUNZEHN

in dem die Ermittlungen wieder Fahrt aufnehmen

OTTO KAPPE und seine Kollegen Hans-Gert Galgenberg und Günter Kynast beobachteten eine weitere Nacht lang die Wohnung in der Lohmeyerstraße und die Laube. Doch Manfred Lüttke tauchte nicht auf. Kappe vermutete, dass der Neffe des Hausmeisters von den Polizeieinsätzen Wind bekommen hatte. Es war zum Haareraufen. Auch Kynasts Suche im Yachtclub nach möglichen Freunden Lüttkes war erfolglos geblieben. Und der Manager hatte jedes Gespräch mit der deutschen Polizei kategorisch abgelehnt.

Am Morgen ging Kappe zu Kriminalrat Keunitz, um sich mit ihm bezüglich weiterer Schritte zu besprechen. Er fasste zunächst die bisherigen Ermittlungsergebnisse zusammen. «Der Manfred Lüttke hat die Laube seines Onkels wohl als Labor zur Verfügung gestellt. Ich vermute, der Onkel hatte es dem Neffen erlaubt, das Häuschen vorübergehend als Bleibe zu nutzen, nachdem der sich von seiner Familie getrennt hatte.» Kappe machte eine Pause. «Übrigens, Richter Grätz hatte tatsächlich für den 2. Februar eine Einladung in den Yachtclub. Ich bin mir inzwischen sicher, dass er das eigentliche Ziel des Anschlags war. Es gibt aber noch einiges abzuklären. Der Richter hat mir erzählt, dass sich ein gewisser Manfred Lüttke bei ihm gemeldet und gesagt hatte, er werde ihn abholen. Der Earl schickt aber normalerweise seinen eigenen Fahrer. Alles deutet darauf hin, dass die Bewegung 2. Juni Grätz in ihre Gewalt bringen wollte.»

«Das ist ja ein Ding! Haben Sie mit Ulrike Gerke darüber geredet? Wusste die von der Verabredung des Richters?»

«Nein, sie ist weg.» Kappe berichtete von dem Vorfall in der gestrigen Nacht.

«Wir haben sie also vergeblich in ein vermeintlich sicheres Krankenhaus bringen lassen. Das ist mehr als ärgerlich. Und Manfred Lüttke, wo steckt der?»

«Der ist untergetaucht.»

«Aber irgendwo muss der Mann doch übernachten. Um diese Jahreszeit ist es nachts kalt draußen. Haben Sie alle Hotels und Pensionen in der Stadt abgeklappert?»

«Mal abgesehen davon, dass das eine Sisyphusarbeit wäre – Lüttke macht nicht den Eindruck, als ob er sich das leisten könnte. Er hat zwar manchmal seinem Onkel im Yachtclub geholfen, aber eine feste Arbeitsstelle hat er nicht, soweit wir wissen.»

Keunitz schob die Unterlippe vor. «Ich habe da eine Idee. Einen Versuch ist es jedenfalls wert. Aber ausschließlich auf der privaten Ebene.» Er zwinkerte Kappe zu. «Ich habe, wie Sie ja bereits wissen, gute Verbindungen zu Generalmajor Alan Cathcart. Auch unsere Ehefrauen verstehen sich ausgezeichnet. Die beiden haben sich regelecht angefreundet. Meine Frau liebt englischen Tee.»

«Wie praktisch!», sagte Kappe und machte eine harmlose Miene. «Könnte sich Ihre Frau vielleicht mal ganz unverfänglich beim Teetrinken bei Lady Cathcart erkundigen, ob ihr Mann wusste, dass Lüttke den Richter abholen sollte? Und wenn ja, warum und mit welchem Wagen? Laut der Aussage eines Zeugen war der Dienst-Mercedes des Earls nämlich defekt.»

«Kappe, wir sollten es mit den Fragen nicht übertreiben. Unsere Frauen reden normalerweise lieber über Mode. Ich kann nichts versprechen.»

«Es ist aber wichtig. Wir kommen im Moment einfach nicht weiter.»

Keunitz runzelte die Stirn. «Normalerweise spanne ich meine Frau nicht in Ermittlungen ein.» Das klang scharf. Keunitz räusperte sich und schlug dann einen freundlicheren Ton an. «Ich war übrigens neulich beim Earl zu Gast in der Villa Lemm. Ein wunderbares Anwesen. Ich finde, das Grundstück an der Havel gehört zu den schönsten Liegenschaften der Stadt. Neben dem üppigen Wohnbereich hat es eine eigene Bootsanlegestelle zu bieten, ein Gewächshaus, ein Pförtner- und Gärtnergebäude sowie drei Gartenpavillons auf etwa 24 000 Quadratmetern.» Keunitz schaute verträumt, ehe er fortfuhr. «Jedenfalls hat der Earl bei meinem Besuch den tragischen Tod des Hausmeisters, den er offenbar sehr schätzte, kurz erwähnt. Und er hat erzählt, dass Erwin Lüttke öfters auch auf seinem Privatgrundstück im Einsatz war und immer wieder gute Hilfskräfte fand, zum Beispiel für die Arbeit im Gewächshaus. Zu den Hilfskräften könnte doch auch der Neffe gehört haben, oder?»

Kappe riss die Augen auf. «Gewächshaus, sagen Sie? Interessiert sich Ihre Frau zufällig für Pflanzen?»

«Das tut Sie, Kriminaloberkommissar Kappe. Und wie es der Zufall so will, heute Nachmittag ist sie wieder zum Tee in der Villa Lemm.» Mit diesen Worten griff der Kriminalrat auch schon zum Hörer und drehte die Wählscheibe. Dann schaute er auf. «Ist noch was, Kappe? Ich habe ein privates Telefonat zu führen.» Keunitz grinste.

Kappe hob grüßend die Hand und verließ das Büro. Er war nun schon etwas hoffnungsvoller als beim Eintreten.

Bald darauf rief Kriminalmeisterin Lilli Lenné in Kappes Büro an. «Ulrike Gerke ist bei ihrer Mutter aufgetaucht», teilte sie mit.

«Halten Sie sie fest!», befahl Kappe. «Ich komme sofort.»

Ulrike Gerke war nicht freundlicher geworden, auch wenn sie Lilli Lenné sogar ein kleines Lächeln schenkte, während sich die Kriminalmeisterin und Otto Kappe am Küchentisch der Gerkes niederließen. Es gefiel ihr offensichtlich nicht, in ihrer Freiheit eingeschränkt zu werden. Sie wollte keine Fragen danach beantworten, warum sie aus dem Krankenhaus verschwunden war und wo sie sich in den letzten Stunden aufgehalten hatte.

«Lassen Sie mich in Ruhe! Ich bin nicht in Gefahr», fuhr sie Kappe an.

«Ulrike!»

Die Mahnung der Mutter brachte das Fass zum Überlaufen. «Du hast gut reden, Mama! Ulrike hier, Ulrike da. Deinetwegen stecke ich doch hier fest. Du hast Papa damals vertrieben, sonst hätte er uns nie im Stich gelassen. Kein Wunder, dass er auf und davon ist, bei deiner dauernden Nörgelei! Begreif doch endlich, ich bin erwachsen.» Sie wandte sich wieder an Kappe. «Außerdem brauchen Sie gar nicht so väterlich zu tun, glauben Sie ja nicht, dass Sie mich damit um den Finger wickeln können! Ich habe lange genug keinen Vater gebraucht.» Sie kniff die Lippen zusammen.

Während Franziska Gerke betroffen schwieg, hatte Kappe endgültig die Nase voll. «Sie sind erwachsen? Gut, dann werde ich Sie auch so behandeln, Fräulein Gerke. Die Lage, in der Sie sich befinden, hat niemand anderes zu verantworten als Sie selbst. Es wird den Richter, vor dem Sie bald stehen, freuen zu hören, dass Sie sich für erwachsen halten. Dann fällt das Urteil nach Erwachsenenstrafrecht aus. Und das bringt Ihnen einige Jahre mehr. Im Frauengefängnis. Und nicht in der Jugendarrestanstalt. Die ist gegen das Frauengefängnis nämlich fast ein Erholungsheim. Wenn Sie eingesperrt sind, brauchen Sie auch keinen Personenschutz mehr, und Kriminalmeisterin Lenné, die für Ihre Sicherheit sogar Ihre Freizeit opfert, kann endlich mal wieder pünktlich Dienstschluss machen. Und Sie haben ja recht, Sie werden bald sechzehn, Sie sollten also durchaus in der Lage sein, die Folgen Ihrer Handlungen abzuschätzen und zu begreifen, wann Sie Unrecht begehen.»

Das saß. Das Mädchen wirkte jetzt doch etwas verunsichert. Dann fasste es sich wieder und kehrte zu ihrer aggressiven Haltung zurück. «Sie haben gar nichts in der Hand, um mich für irgendwas zu verurteilen! Außerdem lügen Sie mich dauernd an. Der Mann, der mich im Krankenhaus bedroht hat, das war nicht Till. Till hat mit Sicherheit nicht versucht, mich umzubringen. Wir sind nämlich ein Paar.»

«Ach, auf einmal doch wieder? Ich dachte, der gute Herr Schmidt hat Sie sitzenlassen. Und wer war der Mann im Krankenhaus?»

Kappe sah, wie sich der Blick des Mädchens veränderte. Die Bockigkeit wich Panik, sosehr sie auch versuchte, das zu verbergen. Sie kannte den Kerl, der sie bedroht hatte. Und der Mann machte ihr eine Höllenangst.

Statt zu antworten, zuckte Ulrike Gerke nur mit den Schultern.

«Ulrike, du hast ihn doch erkannt», sagte Lilli Lenné sanft.

Franziska Gerke griff nach der Hand ihrer Tochter. «Erzähl, was du mir erzählt hast, Kind! Ich flehe dich an.»

«Ich habe ihn nicht erkannt. Er hatte sein Gesicht mit einem Schal verhüllt», erklärte sie.

«Aber was er von dir wollte, das kannst du uns doch sicher sagen.»

Ulrike Gerke schüttelte den Kopf. «Keine Ahnung. Er ist nicht dazu gekommen, irgendwelche Forderungen zu stellen. Da war die Polizei ausnahmsweise mal schnell.»

«Er hat Sie mit einem Messer bedroht. Er wollte Druck ausüben. Weshalb? Wissen Sie etwas über den Anschlag in Gatow oder den Toten in Charlottenburg, das Sie uns erzählen sollten?», fragte Kappe.

Ulrike begann zu zittern. Da hatte er einen Nerv getroffen. Die Panik in ihren Augen war echt, nicht gespielt. Plötzlich fiel Kappe auf, dass sie gar nicht wirkte, als wäre sie auf Entzug. Jetzt dämmerte es ihm: Sie hatte sich, nachdem sie aus der Klinik entwichen war, Drogen besorgt.

«Woher hast du den Stoff? Wer ist dein Dealer?» Kriminalmeisterin Lenné war gerade zu derselben Erkenntnis gekommen.

«Welchen Stoff?» Ulrike Gerke wirkte seltsam erleichtert über den Themenwechsel.

«Wir können gleich einen Arzt kommen lassen. Der nimmt Ihnen Blut ab. Drogen sind leicht nachzuweisen», schaltete sich Kappe wieder ein.

«Dann machen Sie das doch. Ich sage gar nichts!»

Kappe ließ nicht locker. «Es gibt nur zwei Möglichkeiten: Konrad Knecht oder Till Schmidt. Ist Schmidt wieder im Westen? Sie haben doch wieder Kontakt zu ihm, oder?»

Beim Namen Knecht war etwas in Ulrikes Augen aufgeblitzt. So gut sie auch schauspielern konnte, Kappe ließ sich nicht täuschen. Er hatte zu viel Erfahrung. «Also war es Knecht. Wo ist er? Hat er Ihnen Drogen angeboten, damit Sie den Mund halten? Weiß er inzwischen, was er wissen wollte?»

Ulrike lehnte sich zurück, sie wirkte plötzlich entspannter. Da stimmte was nicht. Kappe hatte danebengetippt. Er warf Lilli Lenné einen Blick zu, der sie aufforderte zu übernehmen. Er musste nachdenken. Er war sich jetzt sicher, Ulrike kannte ihren Angreifer. Doch Knecht war es nicht.

«Konrad, Knorke, Knecht – du kennst ihn. Wo ist er?», nahm die Kriminalmeisterin den Faden auf.

Wieder dieses Schulterzucken. Und ein kleines, siegessicheres Lächeln. «Den finden Sie nie.»

«Ist er in der Laube, die sich in der Nähe des Yachtclubs in Gatow befindet?»

Ulrike schaute einen Augenblick erschrocken, dann senkte sie eilig den Blick. Natürlich, sie kannte die Laube. Sie wusste, wer hinter dem Sprengstoffanschlag steckte. Und sie kannte auch den Mörder von Schidlos. Inwieweit sie für die Taten der Bewegung 2. Juni mitverantwortlich war, mussten sie noch herausfinden. Eines wusste Kappe jetzt jedenfalls: Das Mädchen hatte Kontakt zu Knecht, aber es war nicht er, vor dem sie sich fürchtete.

«Sie haben gar nichts, was Sie gegen mich verwenden können. Sie stochern im Nebel.» Ulrike wirkte jetzt nicht mehr eingeschüchtert.

«O doch, wir haben so einiges. Besitz von Drogen zum Beispiel. Und Ihren Kontakt zu Knecht. Wir suchen ihn wegen Bankraubs, und sie decken ihn, was Sie quasi zur Mittäterin macht. Aber es geht ja noch um viel mehr. Geben Sie es zu, Sie sind die Komplizin von Knecht und Schmidt im Fall des Sprengstoffanschlags in Gatow! Und Sie wissen, wie Schidlos, der Mann im Schutt, ums Leben gekommen ist. Damit decken Sie einen Mörder. Ich kann Ihnen nur raten, packen Sie aus! Sonst lasse ich Sie nicht nur wegen Mitgliedschaft in einer terroristischen Vereinigung und wegen eines Sprengstoffanschlags festnehmen, sondern wegen Beihilfe zum Mord.»

«Das können Sie gar nicht.»

«Und ob ich das kann!»

«Am Ende werfen Sie mir noch vor, Schidlos ermordet zu haben, was? Und mit dem Sprengstoffanschlag habe ich nichts zu tun.»

«Doch, Sie haben etwas damit zu tun. Das können wir beweisen. Ihnen ist klar, dass das ‹lebenslänglich› bedeutet? Wenn Sie aus dem Gefängnis kommen, sind Ihre besten Jahre vorüber. Fräulein Lenné, bitte benachrichtigen Sie die Kollegen, wir haben hier eine Festnahme.»

Kappe sah, wie Ulrike Gerke Tränen in die Augen stiegen. So abgeklärt sie zu wirken versuchte – sie war eben doch noch ein Kind.

«Ulrike, arbeiten Sie mit uns zusammen! Sonst können wir nichts für Sie tun.»

Diesmal tat der mahnende Ton seine Wirkung. «Aber ich wollte das doch nicht, ich meine …»

«Ulrike, was ist geschehen? Nun geben Sie sich einen Ruck. Es geht um Ihre Zukunft. Verbauen Sie sich nicht alles aus falscher Loyalität zu Menschen, denen nichts an Ihnen liegt, die Sie nur ausgenutzt haben. Nur wenn wir die ganze Wahrheit wissen, können wir Ihnen helfen.»

Ulrike griff nach der Hand ihrer Mutter. «Mama!» Jetzt klang ihre Stimme so piepsig wie die eines kleinen Mädchens.

«Glaub mir, Kind, der Kommissar hat recht. Dieser Till meint es nicht gut mit dir. Er ist viel älter als du und liebt dich nicht. Er hat dich wirklich nur ausgenutzt. Er ist ein übler Verbrecher! Kind, wie konntest du dich nur mit ihm einlassen? Ulrike, wenn du dich nicht änderst, dann weiß ich auch nicht mehr, was ich tun soll. Dann musst du ins Gefängnis.» Franziska Gerke war kurz davor, die Fassung zu verlieren.

«Ein Anruf, und die Kollegen sind hier und nehmen dich fest», ergänzte Kriminalmeisterin Lenné. «Du lässt uns keine andere Wahl.»

«Kind, red mit dem Herrn Oberkommissar, er meint es wirklich gut mit dir. Bitte! Sonst wird alles nur noch schlimmer», flehte die Mutter ihre Tochter an.

Kappe schlug einen verbindlicheren Ton an. «Ihr wolltet Richter Grätz ans Leder, nicht wahr?»

«Ulrike! Sag, dass das nicht wahr ist!» Franziska Gerke war fassungslos. «Wie konntest du nur? Du hast den Richter in Gefahr gebracht? Die werfen mich hochkant raus. Und wovon sollen wir dann leben?»

«Willst du wirklich länger bei solch einem Heuchler arbeiten? Der tut immer so verständnisvoll, aber die wahren Mörder lässt er laufen.» Ulrikes Trotz blitzte wieder auf. «Von wegen Gerechtigkeit! So was kennen die in diesem Staat nicht. Das sagt auch Till. Der Richter ist ein Büttel der Herrschenden. Er hat den Ohnesorg-Mörder Kurras freigesprochen. Das hat auch Manfred gesagt. Und jetzt ist der ...» Sie biss sich auf die Lippen. Da war ihr etwas herausgerutscht, das sie nicht hatte sagen wollen.

Der Name schärfte Kappes Aufmerksamkeit. «Reden Sie! Wie gesagt, wir wissen ohnehin alles, auch über Lüttke.»

Jetzt flossen die Tränen bei Ulrike Gerke. «Das mit dem Hausmeister war ein Unfall, das müssen Sie mir glauben. Und nachdem sein Onkel umgekommen war, hat Manfred sich fürchterlich aufgeregt. Hat gesagt, wir alle seien schuld. Ich auch. Weil ich nicht rechtzeitig Bescheid gegeben habe, dass der Richter nicht kommen würde. Es sollte niemand sterben, wirklich nicht. Der Richter sollte nur entführt werden. Mit dem Audi von Manfreds Onkel. Das war Manfreds Aufgabe, weil der an die Autoschlüssel rankam. Till hat sich noch lustig darüber gemacht: Das würde den Verdacht auf einen gewissen Klingenberg lenken, dem der Wagen inzwischen zum Teil gehörte. Nach der Entführung müsse der Audi sofort verschwinden, hat Till gemeint. Am besten solle er verbrannt werden. Manfred fand das nicht so gut, weil das doch seinen Onkel schädigen würde. Aber Till hat gesagt, der alte Lüttke könne den Audi doch als gestohlen melden, denn offiziell gehöre der ihm ja noch, weil er noch nicht ganz abbezahlt war. So könne Manfreds Onkel sogar doppelt kassieren: Er hatte die Anzahlung von diesem Klingenberg und bekäme außerdem Schadensersatz von der Versicherung. Jedenfalls müsse der Wagen weg, wegen der Fingerabdrücke, denn wir sind alle immer mal wieder damit gefahren. Ob das dann wirklich so gelaufen ist, weiß ich aber nicht.»

«Und welchen Zweck hatten die Sprengsätze?»

«Die Sprengsätze sollten möglichst viel Trubel verursachen, um die Polizei von der Entführung abzulenken. Die sollte denken, es handele sich um einen Anschlag auf den britischen Kommandanten, und in die falsche Richtung ermitteln. Aber ich habe keine Schuld daran, dass alles schiefgelaufen ist. Ich *habe* doch Bescheid gesagt, dass der Richter nicht kommt. Sobald Mama mir davon erzählt hatte, hab ich Till benachrichtigt. Und der hat geschworen, dass alle Rohrbomben wieder entfernt würden. Schidlos sollte die Sprengsätze vom Unterboden der beiden englischen Autos abmontieren. Der hat mir aber später gesagt, dass das nicht möglich gewesen sei, weil zu viele Leute im Yachtclub waren, er wäre aufgefallen. Außerdem sei die Zeit zu knapp gewesen. Und Knorke sollte eine Bombe aus dem Kofferraum eines Mercedes holen, der da schon einige Tage rumstand, weil er defekt war. Der gehörte dem englischen Kommandanten.»

«Im Mercedes war aber keine Bombe.»

«Doch, ursprünglich schon. Später hat Knorke Manfred gegenüber auch behauptet, da sei keine gewesen. Aber das kann nicht sein. Ich nehme an, dass der Hausmeister die Bombe, die in einem Feuerlöscher steckte, zu dem Zeitpunkt schon gefunden und aus dem Kofferraum genommen hatte. Er hatte wohl den Auftrag, das Auto zu reparieren. Vielleicht wollte der alte Lüttke Werkzeug aus dem Kofferraum holen, hat das Ding gefunden und es mitgenommen. Manfred hat getobt. Hat gesagt, er habe sich auf Till verlassen und geglaubt, dass alles wie besprochen klappen würde.»

«Und was wolltet ihr mit dem Richter anstellen?»

«Der Grätz sollte nicht sterben. Wirklich. Wir wollten den mit dem Audi wegbringen.» Ulrikes Unterlippe zitterte.

«Und wohin wolltet ihr ihn bringen?»

«In den Keller in der Lohmeyerstraße, wo Till gewohnt hat. Der Richter sollte eingestehen, dass er korrupt ist und genau weiß, dass er ein Fehlurteil gefällt hat. Dann hätten wir ihn zwingen können, das Geständnis zu unterschreiben. Das hätten wir an die Medien weitergeleitet. Damit wäre seine Karriere vorbei gewesen, und er hätte nie wieder einen Mörder freisprechen können.»

«Wie ging es dann weiter?»

«Manfred hat Till vorgeworfen, dass der den Sprengstoff absichtlich nicht entfernt hätte. Es gehe Till gar nicht darum, das System zu ändern, er wolle bloß seine Aggressionen ausleben. Till hat nur gelacht und gesagt, im Krieg gebe es nun mal Kollateralschäden und Manfred solle sich nicht so anstellen. Um den alten Knacker sei es nicht schade, der wäre sowieso bald abgekratzt. Aber eigentlich ist Till nicht so, ehrlich. Der hat das bloß gesagt, weil er wütend auf Manfred war. Doch Manfred ließ sich nicht davon abbringen, dass Till am Tod seines Onkels schuld sei. Till hat ihm dann erklärt, Schidlos und Knorke seien schuld, weil es ihre Aufgabe war, die Bomben zu entfernen. Danach schien es, als hätte sich Manfred wieder etwas beruhigt.»

«Du kanntest Schidlos also», schaltete sich Kriminalmeisterin Lenné ein.

Ulrike verzog das Gesicht. «Der hat mich immer blöd angemacht. Nach den Vorfällen in Gatow hat Till gesagt, er kümmere sich darum, dass das nicht mehr vorkommt. Und Knorke hat hinzugefügt, er erledige das schon.»

«Das heißt, du glaubst, dass Konrad Knecht den Mann umgebracht hat?»

«Das weiß ich doch nicht!»

«Wo ist Manfred Lüttke jetzt?»

«Keine Ahnung.»

«Wissen Sie wenigstens, wo Knecht steckt?», erkundigte sich nun Kappe.

«Nein, wirklich nicht.»

«Was hat dir Schidlos eigentlich angetan, dass Schmidt ihn aus dem Weg schaffen wollte? Hat er dich angefasst?» Lilli Lenné ließ nicht locker.

Jetzt begann das Mädchen unkontrolliert zu schluchzen. Sie war kaum noch zu verstehen. Doch Kappe konnte sich aus den Satzfetzen einigermaßen zusammenreimen, was da in der Lohmeyerstraße geschehen sein musste. In Schmidts Abwesenheit hatte Schidlos das völlig zugedröhnte Mädchen zu vergewaltigen versucht. Till Schmidt war dann in die Wohnung gekommen und hatte sich wutentbrannt auf Schidlos gestürzt.

«Und woher wusstest du, wo du Schidlos' Leiche findest?»

«Von Manfred. Er hat mir gesagt, ich müsse vor dem keine Angst mehr haben. Der liege im Schutt vor dem Abrisshaus, in dem Till und ich uns oft getroffen haben. Er habe selbst beobachtet, wie Till ihn dort hingebracht und ihn bei einem Steinhaufen verbuddelt habe. Das Haus liegt nicht weit entfernt von dem des Richters, so konnten Till und ich uns immer kurz sehen, wenn ich Mama an ihrer Arbeitsstelle besucht habe. Ich … ich weiß nicht, was ich mir dabei gedacht habe, da im Schutt zu wühlen. Ich war irgendwie … Ich dachte, wenn ich genau weiß, dass er tot ist, dann fühle ich mich sicherer. Damals war der Manfred noch nett zu mir.»

«Was soll das nun wieder heißen?»

«Manfred war derjenige, der mir im Krankenhaus Angst gemacht hat, weil er unbedingt wissen wollte, wer die Bombe in den Mercedes gelegt hat und wo Till und Knorke sind. Ich hab aber niemanden verraten, obwohl er gedroht hat, mich umzubringen. Deswegen bin ich abgehauen. Ich wusste, der würde es wieder versuchen. Der Manfred ist extrem wütend. Jedenfalls, wenn Knorke den Schidlos umgebracht hat, dann hat Till ihm vermutlich einfach nur geholfen. Und dann haben sie es auch nicht meinetwegen getan, sondern weil Schildlos ein Verräter war. Das hat Knorke herausgefunden. Ja, jetzt schauen Sie nicht so! Das wussten Sie nicht, was? Schidlos hat nämlich für den Verfassungsschutz gearbeitet. Till hat mir später gesagt, Knorke habe Angst gehabt, dass er uns bei seinen Auftraggebern verraten würde.»

Otto Kappes Hirn arbeitete auf Hochtouren. Es waren also beide, Schmidt und Schidlos, für den Verfassungsschutz tätig gewesen? Und der eine Verfassungsschutzinformant, der zusätzlich noch für die Stasi arbeitete, hatte den anderen Spitzel des Verfassungsschutzes ausgeschaltet. Deshalb hatte Pfister sich so angestellt. In dessen Haut mochte Kappe nicht stecken. «Ich glaube Ihnen, Fräulein Gerke», sagte er schließlich. «Dennoch sitzen Sie tief im Schlamassel. Deshalb sollten Sie uns helfen. Und ich verspreche Ihnen, wenn Sie kooperieren, werde ich mich für Sie verwenden, wenn es um die Anklage gegen Sie geht. Arbeiten Sie mit uns zusammen?»

Ulrike nickte.

«Gleich kommt eine Frau vom Jugendamt vorbei», mischte sich nun Lilli Lenné ein. «Du wirst mit ihr gehen müssen. Wir können kein Risiko mehr eingehen.»

«Mama!» Ulrike klammerte sich an ihre Mutter.

«Kind, bitte beruhige dich! Wenn du mit der Polizei zusammenarbeitest, darfst du bald wieder nach Hause. Das hat die Frau vom Jugendamt gesagt.»

«Du hast bereits mit ihr gesprochen? Ich hasse dich!»

Franziska Gerke hob die Hände. «Was hätte ich denn tun sollen? Ich wusste einfach nicht mehr, was ich noch machen sollte.»

«Ich hasse dich! Ich hasse euch alle!»

Kaum war Otto Kappe wieder zurück im Büro, stattete ihm Friedhelm Keunitz einen Besuch ab.

«Meine Frau hat gerade angerufen. Aus der Villa Lemm. Sie hat sich mit der Frau des Kommandanten das Gewächshaus angesehen.»

«Und – konnte sie etwas über Manfred Lüttke in Erfahrung bringen?»

«Sie hat herausgefunden, dass der tatsächlich dort nächtigt.»

«Da haben wir ausnahmsweise einmal Glück. Und wie kommen wir jetzt an den heran? Ich schätze, auf das Gelände der Villa dürfen wir nicht.»

Keunitz grinste. «Der Mann muss ja auch irgendwann mal was einkaufen, oder? Dafür muss er raus. Ich habe einen Beobachtungsposten organisiert, oder besser gesagt zwei. Einen gewissen Peter Kappe und seinen Kollegen Wolle Kaufmann. Sie haben den Auftrag, Lüttke sofort ins Präsidium zu expedieren, wenn sie seiner habhaft werden. Da staunen Sie, was, Kappe?»

KAPITEL ZWANZIG
in dem sich vieles klärt

AM NÄCHSTEN MORGEN war Manfred Lüttke immer noch nicht gefasst, es gab aber dennoch einen Lichtblick: Peter Kappe und Wolle Kaufmann hatten Konrad Knecht festnehmen können. Er war mit einer geladenen Pistole vor der Villa Lemm aufgetaucht. Bei seiner Verhaftung hatte er keinerlei Widerstand geleistet. Peter brachte den Mann ins Präsidium. Wolle harrte derweil an seinem Beobachtungsposten aus. Vielleicht würde Lüttke ja doch noch auftauchen.

Otto Kappe hatte mit allem gerechnet, nur damit nicht.

«Bekomme ich jetzt mildernde Umstände?», fragte Knecht sofort, als er vor dem Kriminaloberkommissar stand. «Bin ja fast freiwillig hier. Und die Waffe, die gehört mir.»

Otto Kappe schaute zu seinem Sohn und dann zu Hans-Gert Galgenberg. «Bring den Mann bitte ins Vernehmungszimmer, Hans-Gert.»

Der nickte, und die beiden Männer zogen ab.

Otto Kappe wartete, bis sich die Tür hinter ihnen geschlossen hatte. «Gute Arbeit, Junge. Hast du eine Idee, warum Knecht sich ohne Widerstand hat festnehmen lassen?»

Sein Sohn verzog das Gesicht. «Ich glaube, er hat eine höllische Angst vor Manfred Lüttke. Knecht hat durchblicken lassen, dass der auf der Suche nach ihm ist. Wegen des Feuerlöschers, der seinen Onkel getötet hat. Lüttke denkt wohl, das sei Knechts Schuld. Wie er darauf kommt, weiß ich nicht, das muss er dir selbst erklären. Ich glaube aber, er geht lieber ins Gefängnis, als von Lüttke erledigt zu werden. Wenn man ihm Strafmilderung verspricht, wird er sicherlich reden. Jetzt muss ich aber wieder los.» Peter Kappe warf seinem Vater einen kühlen Blick zu, nickte und ging.

Auf dem Weg ins Vernehmungszimmer hatte Otto Kappe das Gefühl, der Lösung des Falls näher zu kommen. Doch er konnte sich nicht freuen. Die Kluft zwischen Peter und ihm war wieder tiefer geworden, anstatt sich zu schließen.

«Krieg ich jetzt mildernde Umstände?», fragte Knecht erneut, als Kappe ins Vernehmungszimmer trat. Galgenberg und Knecht saßen schon dort. Kappe setzte sich neben den Kollegen.

«Dann fangen wir am besten von vorne an», eröffnete er das Verhör.

«Ich bin kein Mörder, wirklich.»

«Was können Sie uns über Ihre Rolle bei dem Anschlag in Gatow und zu dem Toten im Charlottenburger Schutt sagen? Wir wissen, dass Sie damit zu tun haben. Es gibt entsprechende Zeugenaussagen und jede Menge Indizien.»

«Das Mädchen, was? Vermutlich hat sie sogar behauptet, ich hätte den Typen umgebracht. Die tut alles, um ihren Lover zu schützen.»

«Sie haben Schidlos nicht umgebracht?»

«Nein, natürlich nicht. Aber was ist nun? Ich dachte, wenn ich brav mitgehe, dann gibt es mildernde Umstände. Das hat der junge Polizist gesagt. Der ist doch Ihr Sohn, oder?»

Kappe erinnerte sich an Peters Hinweis, dass Knecht vor Lüttke eine Heidenangst habe. Er hatte nicht die mindeste Absicht, dem Festgenommenen entgegenzukommen. «Sie wissen von nichts und sind ganz und gar unschuldig? Na, dann lassen wir Sie doch am besten wieder laufen. Wegen unerlaubten Waffenbesitzes kommt man nicht gleich ins Gefängnis. Nur noch ein paar Fragen, dann können Sie gehen.»

Im Blick des jungen Mannes flackerte Unsicherheit auf. «Das meinen Sie nicht ernst, oder?»

«Doch, durchaus. Wenn sich herausstellt, dass Sie tatsächlich so ein Unschuldslamm sind, wie Sie behaupten.»

Knecht zögerte. «Also, ich … ich weiß, wer Schidlos umgebracht hat.»

«Nu sach aber auch!» Galgenberg konnte sich diese spöttische Bemerkung nicht verkneifen.

«Ich kenne … ich kannte Schidlos kaum.»

«Wie haben Sie ihn denn kennengelernt?»

«Durch Till. Er hat ihn mal mit in die Lohmeyerstraße gebracht. Auch in die Laube von dem Lüttke.» Knecht zögerte.

«Und weiter?»

«Als ich eines Tages in der Lohmeyerstraße war, haben Schidlos und Till besprochen, wie sie das Mädchen kirre machen können. Diese Ulrike. Der Name Gatow fiel dabei auch.»

«Gatow, aha. Und worum ging es da genau?»

Knecht wand sich. «Sie wollten einen Typen entführen, einen Richter. Und um die Bullerei abzulenken, haben die das Ding mit dem Sprengstoffanschlag inszeniert. Aber das mit der Entführung hat nicht geklappt, weil der Richter nicht kam. Dafür ist der Hausmeister in die Luft geflogen.»

«Und Sie hatten nullkommanüscht damit zu tun?», hakte Galgenberg nach.

Knecht sah zu Galgenberg. «Genau, Herr Kommissar.»

«Und warum stehen Sie mit einer Waffe vor der Villa Lemm?»

«Weil der Lüttke glaubt, ich habe den Tod seines Onkels zu verantworten. Jetzt will er mich umbringen. Dabei hatte ich doch mit alldem nichts zu tun!» Knecht klang inzwischen ziemlich kleinlaut.

«Und deshalb wollten Sie ihm zuvorkommen und ihn ins Jenseits befördern?»

«Nein, ich wollte ihm nur ein bisschen Angst einjagen. Wirklich, Herr Kriminaloberkommissar!»

«Und wie kommt Lüttke auf die Idee, dass Sie etwas mit dem Tod seines Onkels zu tun haben?»

Knecht rutschte unruhig auf seinem Stuhl hin und her. «Er

behauptet, Till habe ihm gesagt, er hätte mich beauftragt, die Bombe aus dem Mercedes zu entfernen, nachdem der Richter nicht zum Yachtclub gekommen ist. Das stimmt zwar, aber da war gar keine Bombe im Kofferraum, als ich nachgeschaut habe. Außerdem wäre ich bei dieser Aktion beinahe selbst draufgegangen. Kaum war ich da wieder weg, da hat es vom Yachthafen her gekracht. Und gleich danach gingen die beiden Autos, die neben dem Mercedes standen, in die Luft und der gleich mit. Nach allem, was ich heute weiß, muss der Hausmeister die erste Explosion ausgelöst haben. Ich bin mir noch nicht mal sicher, ob Till nicht wollte oder zumindest in Kauf genommen hat, dass ich dabei draufgehe. Der lügt doch, wenn er den Mund aufmacht! Wie er zusammen mit Schidlos das Mädchen manipuliert hat, das war einfach nur hinterhältig. Aber der Lüttke glaubt mir nicht. Und jetzt ist er hinter mir her. Der Mann ist irre, Herr Kommissar! Mit dem ist nicht zu reden. Und wo ich nun keine Waffe mehr habe – kann ich bitte Personenschutz bekommen?»

Kappe schaute Knecht eindringlich an. «Also haben Sie doch etwas mit dem Anschlag zu tun. Aber eines nach dem anderen. Was haben sich Schidlos und Schmidt denn ausgedacht, um das Mädchen, um es mit Ihren Worten auszudrücken, kirre zu machen?»

«Der Schmidt hat gesagt, eigentlich fresse sie ihm aus der Hand. Und er werde sein Vorhaben, den Richter zu entführen, nicht aufgeben. Dafür müsse sie ihm Informationen beschaffen. Doch sie ziere sich, traue ihm nicht mehr so richtig. Deswegen brauche er jetzt die Hilfe von Schidlos.»

«Und wie sollte Schidlos helfen?»

«Er sollte so tun, als wolle er die Kleine vergewaltigen. Dann sollte Till auftauchen und sie retten, damit sie ihm wieder vertraut und sich ihm verpflichtet fühlt. Ich weiß aber nicht, ob das dann so abgelaufen ist.»

«Das ist ja interessant. Und was hatten Sie nun mit dem Anschlag zu tun?»

«Nichts, das sag ich doch. Ich sollte nur den Ausputzer spielen. Aber Schidlos hatte jede Menge damit zu tun.»

«So, und was?»

«Schidlos hat die Rohrbomben gebastelt. Der hat auch die Zeitzünder so eingerichtet, dass die kurz nacheinander hochgingen. Das hat Till jedenfalls gesagt. Der hat Schidlos später auch damit beauftragt, die Bomben unter den beiden Autos neben dem Mercedes wieder zu entfernen. Die waren mit Magneten an den Unterböden befestigt. Als Till mir sagte, ich solle die Bombe aus dem Mercedes holen, meinte ich, das könne doch auch der Schidlos übernehmen. Aber Till hat mir erklärt, die Kleine, also Ulrike, habe ihm erst sehr spät Bescheid gegeben, dass der Richter nicht kommt, und nun stünden wir unter Zeitdruck. Der Schidlos schaffe es nicht alleine. Später hab ich dem Till dann gesagt, dass im Mercedes keine Bombe war. Mehr weiß ich wirklich nicht. Das hab ich dem Manfred auch alles erklärt. Aber wie gesagt, der glaubt mir nicht!»

«Sie sagten vorhin, sie wüssten, wer der Mörder von Schidlos sei. Also wer war es?»

«Till Schmidt, Herr Kommissar.»

«Und warum hätte er das tun sollen?»

«Er hatte erfahren, dass Schidlos ihn beim Verfassungsschutz auffliegen lassen wollte. Dieser miese Verräter!»

Kappe horchte auf. Damit bestätigte Knorke die Aussage Ulrike Gerkes. «Und von wem hat Schmidt das erfahren?», fragte er neugierig.

«Von der Stasi.»

Kappe versuchte, sich nicht anmerken zu lassen, wie sehr ihn diese Antwort elektrisierte. Nun bestätigte sich, was er bisher vermutet hatte. Auch wenn Ulrike ausgesagt hatte, Schmidt habe die Information von Knorke. Jetzt fiel Kappe zudem ein, dass Schmidt laut Dossier Mitglied der Kommunistischen Partei gewesen war. Wie hatte er das vergessen können? Als Pfister Schmidt das Angebot gemacht hatte, für den Verfassungsschutz zu arbeiten, hatte der es vermutlich erfreut angenommen. Eine bessere Tarnung hätte es für ihn gar nicht geben können. Aber davon, dass er auch für den Verfassungsschutz gearbeitet hatte, hatte Schmidt Knecht ganz offensichtlich nichts erzählt. Warum auch? Dann wäre er nicht mehr glaubwürdig gewesen. «Schmidt hat also mit der Stasi zusammengearbeitet?», fragte Kappe, um auf Nummer sicher zu gehen.

Knecht nickte. «Ja, schon 'ne ganze Weile. Das hat er sogar selbst zugegeben. Er wollte mich nämlich auch anwerben. Aber das sei alles bloß pro forma, hat er behauptet. Die von drüben hätten ihm sogar Geld gezahlt. Er sollte alles tun, um den Klassenfeind zu verunsichern und den Kapitalismus zu destabilisieren. So ähnlich jedenfalls. Er hat sich damit gebrüstet, dass er das alles nur mache, um eine bessere, gerechtere Welt zu schaffen.»

«Bessere Welt, ick gloob's nich!», entfuhr es Galgenberg.

«Jedenfalls haben die von der Stasi ihm irgendwann gesteckt, dass Schidlos ein Informant vom Verfassungsschutz sei. Und dass der drauf und dran sei, ihn hochgehen zu lassen.»

«Und woher sollte Schidlos wissen, dass Schmidt für die Stasi arbeitete? Haben *Sie* es ihm gesagt?»

«Ich? Nein, aus so was halt ich mich raus. Keine Ahnung, wie der da darauf kam. Wer weiß schon, was die Geheimdienste so alles kungeln? Vielleicht ist er selbst drauf gekommen, war ja beim Verfassungsschutz, da hat man Möglichkeiten. Vielleicht hat Schidlos ein Treffen von Till mit seinen Auftraggebern beobachtet oder bemerkt, dass der merkwürdig oft zwischen Ost- und West-Berlin hin- und herpendelt. Oder was weiß ich. Ich hab jedenfalls schön meine Klappe gehalten. Hab keine Lust, dass mich so ein Geheimdienstler am Ende übern Jordan befördert.»

«Und dann hat sich Schmidt mit Schidlos getroffen und ihn umgebracht?»

Knecht nickte. «Ja, in Charlottenburg, in einem der Abrisshäuser. Ich war aber nicht dabei. Ich weiß das nur von Till.»

«Nur damit ick det recht vastehe: Der Till Schmidt, der

Mann von der Stasi, hat die terroristische Aktion in Gatow inspiriert, und Schidlos, der Mann vom Verfassungsschutz, hat die Bomben dafür gebastelt?», fasste Galgenberg zusammen.

Knecht nickte abermals. «Genau so, Herr Kommissar. Ich konnte das anfangs ja selbst kaum glauben. Und da soll ein Bürger noch Vertrauen in die Staatsorgane haben, die ihn eigentlich beschützen müssten.»

«Und was ist genau im Abrisshaus passiert?»

«Till hat den Schidlos mit seinen Erkenntnissen konfrontiert.»

«*Konfrontiert* – det ick nich lache! Und wie hat die Konfrontation ausjesehen? Hat er ihm eins auf die Rübe jejeben?» Galgenberg war auf 180.

«So ähnlich, glaube ich. Das hat er jedenfalls gesagt. Und dann sei der Schidlos blöd gefallen, sagt Schmidt.»

«Direkt innen Schutt. Saublöd aber auch! Wüsste bloß gern, wie das bei rund 150 Metern Entfernung vor sich gegangen sein soll.» Galgenberg konnte kaum noch an sich halten. «Und da issa dann erstickt.»

Knecht machte ein betroffenes Gesicht. «Oh, der Schidlos hat noch gelebt, als er unter dem Schutt lag?»

Kappe glaubte Konrad Knecht keine Sekunde, dass er das alles nur vom Hörensagen wusste. Von wegen! Der war mit Sicherheit dabei gewesen, als Schidlos starb. Warum hätte Schmidt ihm auch davon erzählen und sich durch einen Mitwisser gefährden sollen? Knecht musste den Streit zwischen den beiden Männern zumindest teilweise mitgehört haben. Denn von Schmidts Tätigkeit für den Verfassungsschutz wusste er ja ganz offenbar nichts, und um die war es bei dem Streit höchstwahrscheinlich auch gegangen. Vermutlich hatte Knecht seinem Komplizen Till Schmidt geholfen, Schidlos im Schutt zu verstecken.

Kappe schaute Knecht an und fragte sich, was der ihm noch alles verheimlichte. Er musste Knecht weiter unter Druck setzen. «Gut, Sie können gehen. Halten Sie sich zu unserer Verfügung. Ihre Waffe bekommen Sie natürlich nicht zurück.»

Knecht war perplex. «Ich kann gehen? Aber ich dachte … weil Sie doch nach mir gefahndet haben … und weil ich doch helfen kann, ein Verbrechen aufzuklären …»

Kappe lächelte dem Mann freundlich zu, obwohl ihm das nicht leichtfiel. «Wir honorieren Ihre Kooperationsbereitschaft. Schmidt sind wir dicht auf den Fersen, wir müssten ihn bald haben. Der wird uns dann sicher bestätigen, dass Sie nichts mit dem Tod von Schidlos zu tun haben.»

«Ist er denn wieder im Westen?» Knecht war seine Angst jetzt anzumerken.

Kappe tat so, als bemerke er das nicht, und behauptete: «Ja, das ist er. Na dann, Herr Knecht, bis bald! Wenn wir Schmidt gefasst haben, melden wir uns. Damit Sie vor Gericht gegen ihn aussagen können. Das tun Sie doch, oder?»

Knecht wurde immer bleicher. «Aber das dürfen Sie nicht. Ich bin in Gefahr!»

Jetzt hatten sie ihn. «Was dürfen wir nicht? Sie gehen lassen? Aber Sie sind doch wirklich nur am Rande beteiligt. Wer genau bedroht Sie denn und warum?»

«Lüttke, dieser Manfred Lüttke. Das hab ich Ihnen doch schon gesagt. Er und Till und Schidlos haben zusammen die Geschichte in Gatow ausgeheckt, da war ich wirklich nicht dabei.»

«Ick gloob Ihnen keen Wort!», sagte nun Galgenberg.

«Also gut, ich war dabei, als Till Schidlos im Schutt vergraben hat. Aber ich hab ihm nichts angetan! Das war Till. Ich hab bloß geholfen, die Leiche zu verstecken. Ich wusste nicht, dass er da noch gelebt hat. Wirklich. Das müssen Sie mir glauben. Ich bin doch kein Mörder!»

«Und wat ist mit den Bomben? Wie sind die unter die Autos gekommen und in den Kofferraum des Mercedes?»

«Keine Ahnung. Ich schwöre bei allem, was mir heilig ist. Das hat Schidlos gemacht. Das mit der Bombe im Mercedes hat Till auch erst später entschieden. Vermutlich irgendwann in der Nacht vor der geplanten Entführung.»

«Als Sie im Yachtclub waren, um die Bombe aus dem Mercedes zu holen, haben Sie Schidlos da nicht gefragt, wann die Dinger eigentlich hochgehen sollten? Die Aktion war schließlich gefährlich, wie Sie selbst gesagt haben.»

Knecht schaute ratlos. «Der war gar nicht da. Irgendwie hab ich gedacht, dass der schon wieder weg sei. Und als ich merkte, dass die Bombe, von der Till geredet hatte, nicht im Kofferraum lag, dachte ich, der Schidlos hätte die schon entfernt. Übrigens bin ich mir sicher, dass der Till den Manfred und mich gegeneinander aufhetzen wollte und deshalb dem Manfred Lügengeschichten über mich erzählt hat.»

«Und warum hätte er das tun sollen?»

«Ich wusste vielleicht zu viel. Über seine Stasi-Kontakte. Und ich wusste, dass er den Schidlos zusammengeschlagen hat. Vielleicht wollte er mich aus dem Weg schaffen, ohne sich selbst die Hände schmutzig zu machen. Zutrauen würde ich es ihm.»

Kappe sagte nichts, sondern schaute Knecht nur forschend an.

«Mit dem Anschlag in Gatow hab ich nichts zu tun. Ich bin doch kein Terrorist. Ich hab nur den Audi angezündet. Manfred hatte den ein Stück vom Yachthafen entfernt abgestellt, wie abgesprochen. Da hab ich den dann abgeholt, gleich nachdem ich beim Mercedes war. Schmidt hätte mir doch sagen können, dass das nicht mehr nötig ist. Hat er aber nicht. Da sehen Sie's, Schmidt trägt für alles die Schuld. Das ist alles, was ich gemacht habe.»

«Und was ist mit dieser Liste aus der Laube von dem Lüttke, auf der die Namen von Richtern und von Kurras aufgeführt waren? Wer hat die geschrieben?»

«Mit der hab ich nichts zu tun, die hat der Till geschrieben.»

Kappe hätte den Mann am liebsten härter angepackt. Er bemühte sich aber, den lockeren Ton beizubehalten, um Knecht nicht merken zu lassen, dass er sich immer tiefer in den Schlamassel ritt. «Wo kann ich Sie erreichen, wenn wir noch weitere Fragen haben?»

«Sie dürfen mich nicht fortschicken! Lüttke ist hinter mir her.

Wenn er mitbekommt, dass ich bei Ihnen ausgepackt habe, bin ich meines Lebens nicht mehr sicher. Erst bringt er mich um und dann Till. Oder vielleicht auch umgekehrt, wenn er nicht an mich herankommt. Der weiß, wie er problemlos in den sowjetischen Sektor kommt. Nämlich mit der Uniform seines Onkels, der hat bis vor zwei Jahren bei der S-Bahn gearbeitet. Das hat Lüttke mir selbst mal gesagt. Sie haben ja vielleicht mal vom Ho-Chi-Minh-Pfad gehört, ich meine natürlich den Dienstübergang für S-Bahner, also den Verbindungsgang in Nähe des Abgangs zum Bahnsteig am Bahnhof Friedrichstraße? Der wird auch als Agentenschleuse genutzt. Und was Schmidt angeht, der bekommt bestimmt mit, dass ich bei Ihnen ausgepackt habe.» Knecht konnte sich langsam nicht mehr beherrschen.

Kappe war fassungslos. Erwin Lüttke war bei der S-Bahn gewesen, die ja von der Deutschen Reichsbahn, also vom Osten betrieben wurde? Es konnte also durchaus sein, dass der Neffe dessen Dienstkleidung für die Flucht in den Osten genutzt hatte. Er warf Galgenberg einen warnenden Blick zu, sagte dann aber zu Knecht: «Da wurde Ihnen ja richtig übel mitgespielt.»

«Das sag ich doch die ganze Zeit, Herr Kommissar.»

«Dummerweise gibt es noch weitere Zeugen. Und die behaupten, Sie seien einer der Bankräuber beim Überfall am Grünen Weg gewesen», gab Kappe vor. «Wollten Sie damit Geld für die Bewegung 2. Juni auftreiben, für weitere Aktionen?»

Knecht schaute zu Boden. «Ich hab mich losgesagt von der Bewegung 2. Juni. Aber was den Grünen Weg betrifft ... Ja, ich war an dem Banküberfall beteiligt. Nehmen Sie mich jetzt in Haft?»

Kappe musterte Knecht. «Na, dann wollen wir mal.» Er griff zum Telefonhörer und wählte. «Ich habe hier jemanden, der möchte in Untersuchungshaft genommen werden. Holen Sie ihn bitte ab.»

Kappe und Galgenberg sahen Knecht hinterher, als der zusammen mit einem Vollzugsbeamten das Vernehmungszimmer verließ. Dann sprang Kappe auf. «Wir müssen Lüttke sofort aus dem Gewächshaus holen, der will womöglich nach Ost-Berlin, Schmidt hinterher, wenn er spitzkriegt, dass wir Knecht geschnappt haben. Auf die Engländer können wir jetzt keine Rücksicht mehr nehmen. Keunitz muss uns helfen.»

Kriminalrat Friedhelm Keunitz kam Otto Kappe und Hans-Gert Galgenberg schon auf dem Gang entgegen. «Ich habe Nachrichten für Sie. Wollten Sie mich nicht ständig auf dem Laufenden halten, Kriminaloberkommissar Kappe?»

«Genau das hatte ich gerade vor. Ulrike Gerke hat sich entschieden, doch noch mit uns zu reden. Und Konrad Knecht ist verhaftet. Er hat vorhin gestanden, am Banküberfall beteiligt gewesen zu sein. Außerdem gibt er zu, mitgeholfen zu haben, den Toten aus Charlottenburg zu verstecken. Knecht ist fest davon überzeugt, Manfred Lüttke wolle Schmidt in den Osten folgen, um sich an ihm zu rächen. Mithilfe der Dienstkleidung seines Onkels. Der alte Lüttke war ursprünglich S-Bahner. Sie wissen schon, der Übergang Bahnhof Friedrichstraße. Wir müssen den Mann aus dem Gewächshaus holen, sofort.»

«Gemach, Herr Kollege! Bevor wir hier etwas Unbedachtes tun, erklären Sie mir doch erst noch mal die Zusammenhänge.»

Kappe seufzte. «Also gut. Wir lagen richtig mit unserer bisherigen Theorie.» Kappe fasste die wichtigsten Punkte noch einmal zusammen. «Das Pikante: Nicht nur Schmidt war Informant für den Verfassungsschutz, sondern auch der Tote aus Charlottenburg, Schidlos. Mit dem Unterschied, dass Schmidt ein doppeltes Spiel trieb und eigentlich für die Stasi arbeitete. Das Problem war, dass Schidlos das herausgefunden hat und Schmidt auffliegen lassen wollte. Deshalb hat Schmidt ihn aus dem Weg geräumt. Was mich brennend interessieren würde, Herr Kriminalrat – wussten Sie von Schildlos' Rolle?»

Keunitz antwortete nichts.

Kappe konnte es nicht fassen. Noch nicht einmal jetzt, wo sie den Fall fast aufgeklärt hatten, bekannte Keunitz Farbe. «Herr

Kriminalrat, Sie können sich angesichts unserer Erkenntnisse nicht einfach zurücklehnen. So geht das nicht!»

Der Kriminalrat schüttelte nur den Kopf.

Kappe kniff die Lippen zusammen, dann atmete er tief durch. Schweigen konnte auch Bände sprechen. «Also gut, den Ablauf der Aktion in Gatow konnten wir fast vollständig klären. Wir haben im Wesentlichen drei mehr oder weniger konkrete und glaubwürdige Aussagen zum Tathergang. Eine von Friedhelm Grätz, eine von Konrad Knecht und eine von Ulrike Gerke. Die stimmen aber nicht in allen Punkten überein. Um die Unstimmigkeiten auszuräumen, brauchen wir unbedingt die Aussage dieses Manfred Lüttke. Und natürlich die von Till Schmidt. Und mit Verlaub, der Gipfel der ganzen Geschichte ist, dass der Verfassungsschutz bei der ganzen Geschichte seine Finger im Spiel hatte. Er hat nichts getan, um den Anschlag zu verhindern, sondern hat die Dinge einfach laufen lassen. Damit trägt er eine Mitschuld an allem, was passiert ist.»

Keunitz nickte und schaute düster.

«So, und jetzt schnappe ich mir einige Leute, stürme das Gewächshaus und hole mir Lüttke. Und versuchen Sie nicht, mich aufzuhalten!»

«Stopp, Kriminaloberkommissar Kappe, Sie brauchen das Gewächshaus nicht zu stürmen!»

«Wie bitte?»

«Ich habe gerade erfahren – fragen Sie mich bitte nicht, von wem –, dass sich Manfred Lüttke offenbar an Polizeimeister Wolfgang Kaufmann vorbeischleichen konnte.»

Kappe und Galgenberg stöhnten unisono auf.

«Es kommt leider noch schlimmer: Lüttke befindet sich inzwischen mit ziemlicher Sicherheit im sowjetischen Sektor. Das weiß ich von … Aber das tut ja nichts zur Sache.»

«Ich kann mir denken, von wem Sie diese Information haben. Von Pfister, nicht wahr? Der ist in meinen Augen ebenso ein Verbrecher wie die von der Bewegung 2. Juni. Das können Sie ihm gerne von mir ausrichten.»

«Im Prinzip haben Sie recht, auch wenn ich es nicht ganz so drastisch ausdrücken würde. Verlassen Sie sich darauf, das wird nicht ohne Folgen für ihn bleiben. Und wenn es das Letzte ist, was ich tue. Vielleicht wollte er schon mal gut Wetter machen, als er mich kontaktierte, er hatte nämlich noch eine andere Nachricht für Sie, besser gesagt für Ihren Sohn.»

«Ich ahne nichts Gutes.»

«Seien Sie nicht so vorschnell. Aufgrund seines besonnenen Vorgehens beim Auffinden des Toten von Charlottenburg und eines Empfehlungsschreibens seines derzeitigen Chefs Andreas Wagner ist Polizeimeister Peter Kappe zum Kripo-Fachlehrgang zugelassen. Trotz einiger Ungereimtheiten in Bezug auf seine Vergangenheit.»

«Wenigstens das.»

«Ich wusste, das würde Sie freuen.» Nach einer kurzen Pause fragte er dann: «Was machen wir jetzt mit Ulrike Gerke?»

«Ich denke, wir sollten zuerst noch einmal mit dem Jugendamt reden und sie unter Auflagen der Mutter übergeben. Die Beamten vom Jugendamt können dann dafür sorgen, dass sie in eine Entzugsklinik kommt. Von ihrem Drogenkonsum abgesehen, ist sie ein unbedarftes Mädchen, das sich durch ihre Verliebtheit zu mancher Dummheit hat hinreißen lassen. Alles Weitere muss der Jugendrichter entscheiden.»

Kaunitz nickte. «Das denke ich auch.»

Drei Wochen später bekam Ulrike Gerke einen Platz in einer Entzugsklinik. Weitere drei Wochen später, im Mai 1972, erfuhr Otto Kappe von ihrer Mutter Franziska Gerke, dass sie durch eine Überdosis Heroin ums Leben gekommen war.

EPILOG

PAUL B. sollte den Anblick nie vergessen, der sich ihm bot, als er an der Absturzstelle der Iljuschin am 14. August 1972 im Kornfeld ankam. Das Schrecklichste waren nicht die Wrackteile. Am meisten machte ihm der Anblick der Stewardessen zu schaffen. Sie lagen gemeinsam zwischen der Bordverpflegung in einem Seitenteil der Maschine. Wahrscheinlich hatten sie sich im Bewusstsein, dass eine Katastrophe nahte, gegenseitig Mut zu machen versucht.

Die *Berliner Zeitung* berichtete am 16. August 1972, dass das Präsidium des Ministerrats der DDR wegen des Unglücks *schmerzlich bewegt* zusammengekommen sei und der Opfer des Absturzes gedacht sowie den Hinterbliebenen sein tief empfundenes Beileid ausgesprochen habe. Sodann sei beschlossen worden, ihnen jegliche Hilfe und Unterstützung zukommen zu lassen. Otto Arndt, der Vorsitzende der zur Aufklärung des Absturzes eingesetzten Regierungskommission, hatte zudem Bericht erstattet. Demnach sei es trotz aller erdenklichen Maßnahmen sowie des aufopferungsvollen Einsatzes zahlreicher Ärzte, des Sanitätspersonals und der Volkspolizei nicht mehr möglich gewesen, den 148 Passagieren sowie den acht Mitgliedern der Flugzeugbesatzung zu helfen. Eine Expertengruppe der Regierung werde die Absturzursache ermitteln.

Offiziell hieß es, dass Pilot Heinz Pfaff, der seit sechzehn Jahren für Interflug unterwegs war, etwa hundert Kilometer von Berlin entfernt beschlossen hatte, nach Schönefeld umzukehren. Als die vierstrahlige IL-62 immer weiter gesunken war und in geringer Höhe über den Bahnhof Königs Wusterhausen raste, konnten Reisende beobachten, wie das Flugzeug unter ächzenden Motorgeräuschen Treibstoff abließ. Kurz darauf gab es eine Explosion.

98 der Absturzopfer kamen laut *Berliner Zeitung* aus dem Bezirk Dresden, 25 aus dem Bezirk Cottbus, weitere 15 aus den Bezirken Karl-Marx-Stadt, Leipzig, Gera, Potsdam, Schwerin und aus der Hauptstadt Berlin. Von ihnen waren teilweise nur zerfetzte Körper übrig geblieben, die zwischen Gepäck, Schuhen und Kleidungsstücken verstreut gewesen waren. Dass sich unter den Toten der Neffe eines Hausmeisters Lüttke und ein aus der BRD in die DDR übergewechselter Stasi-Mitarbeiter namens Till Schmidt befanden, wurde in keinem Bericht erwähnt. Dabei wurden ihre Ausweise unter zig anderen zerfledderten Papieren gefunden.

Die Körper von Schmidt und Lüttke, dem Mörder und dem Rächer, hatten mit verrenkten Gliedern eng beieinander auf einem Feld nahe der Absturzstelle gelegen.

Es gab über lange Zeit Gerüchte zur Ursache des Absturzes der Iljuschin. Besonders hartnäckig hielt sich der Verdacht, sie sei in die Luft gesprengt worden. Womöglich von einem Selbstmordattentäter. Doch es wurden keine Beweise für diese Theorie gefunden.

Es geschah in Berlin ...

Horst Bosetzky: **Kappe und die verkohlte Leiche (1910)**
Sybil Volks: **Café Größenwahn (1912)**
Jan Eik: **Der Ehrenmord (1914)**
Horst Bosetzky / Jan Eik: **Nach Verdun (1916)**
Iris Leister: **Novembertod (1918)**
Horst Bosetzky: **Der Lustmörder (1920)**
Peter Brock: **Das schöne Fräulein Li (1922)**
Wolfgang Brenner: **Stinnes ist tot (1924)**
Petra A. Bauer: **Unschuldsengel (1926)**
Horst Bosetzky: **Bücherwahn (1928)**
Petra A. Bauer: **Kunstmord (1930)**
Jan Eik: **Goldmacher (1932)**
Klaus Vater: **Am Abgrund (1934)**
Horst Bosetzky: **Mit Feuereifer (1936)**
Jan Eik: **In der Falle (1938)**
Jan Eik: **Polnischer Tango (1940)**
Petra Gabriel: **Beutezug (1942)**
Horst Bosetzky: **Unterm Fallbeil (1944)**
Jan Eik: **Heimkehr (1946)**
Horst Bosetzky: **Razzia (1948)**
Petra Gabriel: **Operation Gold (1950)**
Jan Eik: **Heißes Geld (1952)**
Horst Bosetzky: **Auge um Auge (1954)**
Petra Gabriel: **Kaltfront (1956)**
Jan Eik: **Grenzgänge (1958)**
Petra Gabriel: **Tod eines Clowns (1960)**

Horst Bosetzky: **Berliner Filz (1962)**
Horst Bosetzky: **Auf leisen Sohlen (1964)**
Klaus Vater: **Brandt-Gefahr (1966)**
Horst Bosetzky / Uwe Schimunek: **Rotlicht (1968)**
Stephan Hähnel: **Geschwisterliebe (1970)**
Petra Gabriel: **Im Rausch (1972)**
Bettina Kerwien: **Au revoir, Tegel (1974)**

Alle Bände sind auch als E-Book erhältlich.